魅丽文化　桃天工作室

废土时代

龚心文 著

长江出版社
CHANGJIANG PRESS

图书在版编目（CIP）数据

废土时代 / 龚心文著 . — 武汉：长江出版社，2023.9
ISBN 978-7-5492-8950-9

Ⅰ . ①废… Ⅱ . ①龚… Ⅲ . ①长篇小说－中国－当代 Ⅳ . ① I247.5

中国国家版本馆 CIP 数据核字（2023）第 127577 号

废土时代 / 龚心文 著

出　　版	长江出版社
	（武汉市解放大道 1863 号）
出版统筹	曾英姿
选题策划	刘思月　曾　枰
市场发行	长江出版社发行部
网　　址	http://www.cjpress.com.cn
责任编辑	陈　辉
印　　刷	湖南天闻新华印务有限公司
版　　次	2023 年 9 月第 1 版
印　　次	2023 年 9 月第 1 次印刷
开　　本	880mm×1230mm　1/32
印　　张	9
字　　数	243 千字
书　　号	ISBN 978-7-5492-8950-9
定　　价	46.80 元

版权所有　盗版必究（举报电话：027-82926804）
（如发现印装质量问题，请寄本社调换，电话 027-82926804）

CONTENTS

目 录

第一章	·001
第二章	·012
第三章	·023
第四章	·034
第五章	·047
第六章	·060
第七章	·072
第八章	·085
第九章	·097
第十章	·109
第十一章	·122

CONTENTS

目录

第十二章	·140
第十三章	·153
第十四章	·163
第十五章	·174
第十六章	·190
第十七章	·203
第十八章	·214
第十九章	·231
第二十章	·246
第二十一章	·261
第二十二章	·276

第一章

楚千寻醒了过来,她扶了一下脑袋,不知道自己昏睡了多久。

她刚刚做了一个冗长的梦。

这个梦太过真实,以至于她觉得自己是在另外一个平行世界旁观了她自己的人生。

当然,楚千寻眼下没空考虑这种不切实际的事情,她的身体正处于一种极度难受的状态,嗓子眼干燥疼痛,浑身虚脱,头晕目眩,几乎无法从杂乱的床上爬起身来。

我这是怎么了?

楚千寻按了按额头,伸手去够床头小桌上放着的搪瓷水杯。

她的手臂绵软又无力,勉强够到了杯子的手柄,指尖一抖,整个水杯就从桌上翻了下去,哐当一声砸到了地板上,还在地上转了两圈。

一只小爬虫从干燥的杯子中慌乱地爬出,惊慌失措地逃走了。

不知道这个杯子干燥了多久,一滴水都没有。

这里是星际1225年,X星球。曾经人类是这个星球上的绝对统治者，高度文明，物资丰富，那个美好的时代被后世称为"黄金年代"。

可自从五年前巨大的绿色月亮在天空突然出现，又转瞬消失，天空中降下无数能够寄居在人体内的魔种开始，文明渐渐覆灭，世间魔物横行。

人类的社会变得一团糟，楚千寻的生活也过得一团糟。

她是一位极其平凡的四阶风系圣徒，为了糊口，不得不冒着巨大的风险，跟着战队出外猎魔，却在不久前猎杀魔物的行动中受了重伤。

幸好，还有队友记得把她从战场上拖回来，丢进这间窄小的屋子里，没有将她遗弃在野外，成为那些魔物的盘中餐。

楚千寻想喊一声，喉咙却像是生了锈的锯子，只发出嘶哑、难听的细小声音。

她知道自己不能再这样躺下去。

哪怕她在这个窄小的房间里躺成了干尸，可能也不会有人进来看上她一眼。

楚千寻用力撑起身体，咬咬牙，把自己从床上摔到了地板上。她扶着墙壁，从凌乱而窄小的房间内一路爬出门去。

短短的几步路，她爬了半天，好不容易抓到了圆形的门把手，于是将全身的重量都挂在上面，用尽力气拧开门，然后一骨碌从屋内滚到了屋外的走廊。

"哎哟，作死啊，你，吓了老娘一跳。"

门外一个身材玲珑、打扮花哨的女人路过，被突然滚出来的楚千寻吓了一跳。

这个女人名叫高燕，住在楚千寻隔壁，和她在同一战队，算是有些交情的朋友。

"水……给我水。"楚千寻一把抓住了高燕的手，几乎挂在了她的身上。

"欸，你这是干什么？快放开，老娘的衣服都快被你抓破了。"

高燕骂骂咧咧,最后还是扯住楚千寻,把她拖进了自己的房间。

高燕扫掉自己屋中那张低矮的四方桌上的东西,把楚千寻丢在桌子边,给她手上塞了半杯清水。

高燕的房间比楚千寻的屋子还乱,角落里凌乱地堆着各种破旧的杂物,改装得乱七八糟的自行车,彻底生锈了的电风扇,破破烂烂的塑料薄膜,更多的是各种各样奇怪生物的躯壳。

魔种降临已经多年,废土中求生的人基本上是这种养成了收集的习惯的人,在物资极度紧缺的时代,略微能够再利用的东西,基本没有人舍得丢弃。

即便如此,黄金年代残留下来的那些东西如今也已经越来越少见。

在这个世界上遍布着各种强大的魔物,人类不再高居在食物链的顶端,而是成为这些突然出现在地球上的强大物种的食物。

同时也有不少人类被激发出特殊的能力,在这个被宗教统治的X星球上,这些拥有异能的人类被称呼为"圣徒"。

高燕是一个等级仅仅为四阶中期的重力异能圣徒。

楚千寻和她半斤八两,两人在这个强者如云的时代,都只能算是混迹在社会底层的小人物,每日摸爬滚打,勉强混上了不用出卖皮肉也不至于把自己饿死的日子。

楚千寻一口气把那半杯水咕噜咕噜喝了下去,感觉身体里多了一丝活气,知道终于成功地把自己从死亡边缘捞了回来。

她把脑袋伏在桌上,伸手将空杯子放在高燕面前:"好饿,再给点吃的。"

"过分了啊,我凭什么给你吃的,老娘欠你的吗?"

高燕是一个既小气又尖酸刻薄的女人。

"再不吃,我就快死了。"楚千寻贴着桌面,有气无力地看着高燕。

在今日之前,她和高燕的关系很平淡,她的心中甚至有些戒备、排斥这个性格不太好的女人。

但在那个梦中的世界里,高燕还没有被岁月折磨成如今这副尖酸刻薄的模样,她既温柔又体贴,细致地照顾着身边的每一位队员,是楚千寻最亲密的朋友。

高燕口里不断叨叨,却还是站起身打开锁紧了的柜门,捣鼓出了半杯子不明材料的糊糊,哐当一声丢在楚千寻的眼前。

"半死不活了这么多天,醒了还要来烦我,吃了我的东西,我都给你记着,必须加倍还给我。"

楚千寻捧着杯子,把那杯热乎乎的东西慢慢喝进肚子,感觉浑身的毛孔都被妥帖地烫了一遍。

她放下杯子,满足地叹了口气,身体一歪,靠在了一旁席地而坐的高燕身上。

"干什么?你这是被魔物打傻了吗?"

高燕起了一身鸡皮疙瘩,推了楚千寻一把,没推动。

楚千寻几乎半个人都歪过来了。

高燕性格不太好,没有什么女性朋友,也只有楚千寻这个住在隔壁,又属于同一个佣兵团的妹子和她能说上几句话。

但之前的楚千寻性格冷漠,寡言少语,一直和高燕保持着不远不近的一种关系,从没有像今天这样亲近过,让她很有些不习惯。

楚千寻缓缓闭上了眼,这会她喘过气来,再度想起了梦中的那个世界,里面的一点一滴、一人一物和他们那些细水长流的日子都清晰地在她的眼前放映了一遍。

这导致她如今即便睁开了眼,也有些恍惚,分不清梦境和现实。

在那个世界里,有些本来早已死去的人却还活着,有些原本活着的人却已经死了。

臭名昭著的恶魔却是个温柔体贴的傻白甜,盛名之下的神父反而是披着人皮的魔鬼。

许多她所熟知的人在那个世界过上了完全不同的人生。

"燕姐,你其实是个好人。"楚千寻闭着双眼,察觉到那只没有推开自己的胳膊带着一丝不习惯的僵硬。

"谁要当好人,你才是好人,你们全家都是好人。"

高燕不干了,在这种烧杀抢掠随处可见的废土时代,"好人"可算不上什么夸奖别人的词汇。

一个人一旦过于心软,也就意味着他有弱点,可欺骗,可抢夺,几乎算是一个被人看不起的对象。

楚千寻扑哧笑了一下,想起了另外一个人,

那个人在这个世界是一个令人闻风丧胆的恐怖男人,传说中他暴戾嗜血,杀人如麻。

"叶裴天呢?他最近在什么地方?"

高燕吓了一跳,一把捂住了楚千寻的嘴巴:"找死啊,你提那个人魔做什么?"

她左右看了看,确定自己的房间内没有第三个人,这才压低声音慢慢地靠近楚千寻。

"你没听说吗?神爱研究中心鹅城覆灭了,整个基地都被那个恐怖的男人埋到了黄沙底下。"

她再度压低了声音,悄悄对楚千寻耳语,"你昏迷的这几天,城里都在传,说叶裴天到了我们附近,最近大家都缩在城里不敢动弹,连猎魔行动也少了很多,就怕一个不小心撞上了那个大魔头。"

楚千寻沉默了,叶裴天是一位生活在黑暗中的死神,据说他独自住在一座黄沙筑成的城堡之内,但凡他所经之处,生机覆灭,人烟灭绝。举手投足之间,一城的生命就被他轻而易举地掩埋在黄沙之下。

他是罕见的双系异能者,同时具备控沙异能和强大的恢复能力,没有人能够真正杀得了他。人们害怕他,畏惧他,甚至不敢随便谈论他,认为他所带来的危害,远远超过那些游荡在原野之中的魔物,给他冠以"人魔"之称。

但楚千寻见到了另外一个叶裴天，他虽然也有着强大无比的异能，却既温柔又善良，是一个腼腆而容易害羞、动不动就会脸红的男人。

楚千寻想起他那副浅笑轻言的模样，想到他这一世没有逃脱那些恐怖的遭遇，成为那样一个近乎变态的人魔，心里就有些不是滋味。

楚千寻住在一栋回字形的筒子楼里。

楼里住户多，人口杂，十分拥挤，每层楼被隔出了二三十间小小的屋子，挤着上百号人。这里的隔音效果很差，楼上楼下吃喝拉撒、打架、说话都能听得一清二楚。

楚千寻一只手端着个双耳瓦罐，一只手提着柴，低头从晾在走廊上那些五花八门的衣物中穿出去，钻进了搭盖在庭院中的公用厨房。

厨房内的墙壁被烟火熏得乌黑，周围砌着一圈的土灶台，在这个时代，电力已经成为昂贵的资源，想要吃一口热乎的东西，只能烧火做饭。

楚千寻找到一个灶，熟练地烧沸一小锅的水，掰开手中的一块豆饼往锅里丢。这种颜色褐黄的豆饼是用黄豆榨汁后留下的残渣制成的，又硬又干，不泡水的话，难以下咽，还没有什么营养。在黄金年代，这种喂猪都被嫌弃的食物，如今却变成大部分人的主食。

楚千寻搅动着锅里褐黄色的豆糊糊，心中盘算着自己还剩多少魔种。

如今，人类通用的货币是一种被称为魔种的绿色晶体。杀死野外的魔物可以从它们的躯体中得到魔种，所有身具异能的圣徒都需要用魔种提升能力，因此，魔种成为除了粮食之外唯一的流通货币。

尽管身体还没有完全复原，但楚千寻知道自己不能再休息下去了。她打算等高燕他们这一次猎魔回来，就去和小队长报备自己准备参加下一次的猎魔行动。

黄褐色的豆糊糊开始沸腾起来，楚千寻从口袋中掏出了一个半青半红的西红柿。

她在自己窗台上的盆里种了几株西红柿，几天没给它们浇水，它们不但没有干死，还很争气地结了一个半生不熟的果实来，让她心中欣喜不已。

在她对面灶台的两个女人，一脸艳羡地看着她把那个富含维生素的珍贵食物随意地切开，连皮带蒂一点不剩全丢进了锅中。

"最近可得省着点吃，多储备点粮食。"女人对她身边的同伴说道。

"可不是得这样，如今那位'人魔'叶裴天就在几十公里外的北镇，神爱召集了这附近数十位高手，围剿了几日。谁知道最后要打成什么样，会不会波及春城。我们这些小老百姓还是多做点准备。"

"听说那个叶裴天是个杀人不眨眼的变态，希望那些大佬给力点，这一次能真的把那个魔鬼剿灭了，也好让我们安心地外出猎魔。"

叶裴天这个名字传来的时候，楚千寻的脑海中突然出现了一个男人的面孔，那个人有着干净的笑容，在梦境中的世界里时常面色微红地牵起她的手。

楚千寻甩了甩头，把脑海中那些不切实际的东西摒除。

别想了，那只是个梦，好好夹紧尾巴过自己的小日子才是正事，别去招惹那些恐怖的人物。

她把一锅乱炖的黑暗料理倒出来，端着瓦罐往屋子走去。

她刚刚走到门口，几个圣徒分开人群，抬着一个浑身是血的人走进了她隔壁的房间。

"怎么回事？"楚千寻放下手中的食物赶过去。

高燕躺在床铺上，脸色煞白，秀气的双眉紧紧地拧在一起，她的腹部似乎被某种巨大的生物咬了一口，红色的血从胡乱扎在她身上的绷带渗出，瞬间染红了整个床单。

她还活着，但离死亡也不远了。即便是恢复能力远胜于普通人的圣徒，也没办法承受这么严重的伤势。

送高燕回来的几个男人，楚千寻认识，其中一人正是她所在战队的小队长王大志。

王大志等人看着床上的高燕摇了摇头，他不准备再多做些什么。

作为队友，在这个天天死人的时代，能把她带回来，让她死在家里，他也算是够意思了。

"之前你昏迷不醒，燕子也算是去照顾过你。你看着她，等人走了，再喊我们来搭把手。"王大志拍了拍楚千寻的肩膀，准备领人离开。

"等一下。"楚千寻拦住他们，"请治愈者！队长，麻烦你帮忙请一位治愈者过来。"

王大志有些诧异，平日里他倒是没看出楚千寻和高燕的关系有好到这样的程度。

拥有治愈能力的圣徒，被称为"治愈者"。高阶治愈者在这个时代是很受欢迎的，请他们前来一趟代价不菲。没什么人会愿意为一个已经无法挽救的濒死之人浪费这个钱。

被请来的治愈者是一个瘦高个的中年女性，她瞥了一眼血泊中的高燕，转身就走。

"已经是死人了，还喊我来做什么。"

"请您试一试，尽力挽救。"楚千寻拉住了她，"只要止住血，能拖上几天就行。"

楚千寻把手中的一袋魔种恭恭敬敬地递上前去。

那个治愈者掂了掂手中的袋子，哼了一声，双手亮起一道白色光芒，照在了高燕腰间巨大的伤口上。

屋中的其他人退了出去。

楚千寻给高燕换了一条床单，看着她的脸，默默地坐在她床边发愣。

高燕脸色苍白，满头冷汗，但神志还算清醒。她别过脸，没有看床边的楚千寻。

"电风扇里面。"高燕的声音传来。

楚千寻一下子没反应过来："你说什么？"

"电风扇的底座，打开吧。"高燕淡淡地补充道。

楚千寻把她房间角落里的那台锈迹斑斑的小型电风扇翻了出来。

她拆开了底座，里面塞着一个被层层包裹的袋子，她打开袋子一看，绿莹莹的全是魔种。

"便宜你了，拿着吧。"高燕说，"早晚都有这么一天，这样的世道，老娘也活腻了。"

楚千寻愣愣地看了那个袋子半晌，将它合上："不，你等着我，还有机会，我去一趟北镇，去买救你的药。"

在这个被各大宗教统治的世界，有一个庞大的宗教组织名叫神爱。它曾经出品过一种能够活死人、肉白骨的药剂，据称这是神为了拯救世人而下放的神赐之物，因此被取名为"圣血"。

但楚千寻知道这个光鲜圣洁的神话背后的真相是多么污秽、残忍。

如果梦境中的所见是真实的，那所谓的圣血，事实上只来自人魔叶裴天。

魔种降临初期，还是一个小制药集团的神爱组织在一个密闭的仓库中发现了身受重伤的叶裴天，并意外得知了身为永生者的他的血具有异于常人的恢复能力。

这些表面慈善的教会人员残忍地囚禁了当时还十分弱小的叶裴天，利用他不死的特性，制作出神药圣血，并对外宣称是神赐之物，借此广招信众，大肆扩张势力。

如今市面上已经没有圣血可买，但作为神爱的重型研究机构所在的北镇，黑市上还有机会高价买到一两瓶圣血，楚千寻要为高燕试一试。

天空中挂着一轮冷冰冰的明月，月色之下，是一片被黄沙覆盖了的战场。

这片战场上的所有圣徒此刻心中都产生了悔意，他们已经战斗了整整三日，死了不知道多少战友，几乎耗尽了异能。但那个鲜血淋漓的男人依旧站在漫天黄沙中，仿佛永远也杀不死，永远也不会倒下。

他身边萦绕着血红的沙粒，他一步步走来。

他是月夜下的恶鬼，地狱中的修罗，令人毛骨悚然。

一条几乎看不见的透明蛛丝粘在了前进中的人魔手上，他死气沉沉的眼珠转了一下，停住脚步。

就在一瞬间，无数银色的链条顺着那道看似脆弱的细细蛛丝显现，紧紧地缠绕住了他的双手，把他吊在了空中。

"抓住了，我抓住他了！"施展出特殊异能偷袭成功的圣徒欣喜若狂，"快，大家快上！"

叶裴天修长的眉毛上扬了一下，这个被束缚的男人，却仿佛看见了什么令他开心的趣事，漫天的沙尘中传出他肆意的笑声。

黄沙在空中滚滚流动，缠绕住了他的双臂，生生地把他的双臂绞断。

得到自由的魔鬼从漫天沙尘中出现，冲向了围剿他的敌人。

远处的偷袭者转身就跑，血红的沙粒在空中散开，凝结成一双巨掌追了上来，一把掐住了他。

"魔……魔鬼。"围剿人魔的圣徒们的意志终于崩溃，开始转身逃散。

血战了三个日夜的战场重归沉静。

覆盖了方圆数里的沙丘，成为那些贪婪者的坟墓。

冷月清辉，夜风拂过，死寂的沙丘之上，尸横遍野，血流成河。

一身残破的人魔躺在尸山血海中，睁着眼，静静地看着天空中的圆月。他双臂被折断，异能耗尽，浑身是伤，已经失去了行动能力。这个时候，即便随便来一个拿着刀的小孩，也能够把他的脑袋割下来。

但他毫不在乎，活着是对他的折磨，死亡才是他求而不得的事。

"真无趣，还是死不了啊。这就是上天对我这个人魔的惩罚吗？"他咧开嘴角，无声地笑了起来。

看吧，这里满地都是他的血，这就是那些人像蝗虫一般冲上来想要抢夺的东西。

他叶裴天虽然活得了无生趣，但他偏偏要把那些人苦苦追求的东西白白地混进黄沙，埋到地底深处，也不愿白白便宜了那些道貌岸然的卑鄙之徒。

夜空中的圆月逐渐被云层遮盖，叶裴天的脸色暗淡下来。

他是臭名昭著的杀人狂魔，凶名赫赫，人人闻而生畏。

没有人知道他有一个可笑的弱点——他这个令人闻风丧胆的大魔头，却惧怕黑暗。

在魔种降临初期，他曾被锁在无边的黑暗中度过了三个月的时间，从那之后，不论他变得如何强大，他都无法摆脱心中那份对黑暗的极端恐惧。

他不由得在心底祈祷月光不要消失。但他知道没有用，这个世界似乎从来就没有人或是东西能够回应他的祈求。

事实上，他反而习惯了应对恐惧，无数的经验告诉他，面对痛苦唯一的办法就是忍——不论他是否忍耐得住。

明月的最后一丝光辉即将消失，黑暗化身为一只冰凉的手，开始沿着他的肌肤向上爬，很快就会攥住他的心脏，捂住他的口鼻，把他拖进无法呼吸的世界中。

沙丘边缘的丛林中传来细小的响动。

叶裴天的眼珠转动，在黑暗的森林边缘，亮起一小团火光，橙黄色的火光照亮一张小小的脸，那张脸的主人正探头探脑地向着这边打量。

第二章

火光渐渐近了,那是一个女人,身材苗条,扎着短短的辫子。从行动的灵敏度来看,她不过是一个十分弱小的低阶圣徒。

那人小心翼翼地靠过来,夜色中一双剔透的眼眸映着火焰的光辉,带着一份谨慎,上下打量倒在血泊中残破不堪的叶裴天。

叶裴天感到一种屈辱,于是别过脸去。

看来,自己的威名还不够显赫,连这样一个弱小的蝼蚁都敢趁着他虚弱的时候来觊觎他的血肉。

那个女人似乎犹豫了半天,把手中的火把插在了地上,从背包中翻出一个罐子,在他身边蹲下。

"抱歉,我在北镇找了很久,都没有买到那个……药剂。我的朋友马上就要死了,抱歉。"

她低声道歉,小心地从叶裴天流血的伤口处取了一罐血液。

不过又是一个打着大义的口号,行着卑鄙之事的小人,等能动了,立刻要你死。

叶裴天在心中冷笑。

楚千寻盖上盖子站起身来,她神色复杂地看着浸泡在污血中的那个人。

她在北镇找了很久,没有找到自己想要的圣血,只好冒险来到这个战场碰碰运气。她的运气不错,但不知为什么,心脏却产生了一股令她快要窒息的痛苦。

躺在血泊中的这个人,一头微卷的短发沾染了猩红的血液,凌乱地覆盖着他的眉眼,从乱发中透出的眼神,死寂、冰冷、锋利如刀。

在另外一个世界的叶裴天,眼神很纯净、温柔,总是闪动着点点星光。

虽然他们有着一模一样的面孔,却是彻彻底底不同的两个人。

楚千寻知道眼前的这个男人恨这个世界,恨所有的人,包括她。她为了高燕,也做出了让他最为憎恨的事。

在这样残酷的时代中摸爬滚打了五年时间,楚千寻的一颗心早已被锻炼得坚硬、冰冷,她认为自己能够和其他生存在这个时代的人一样,为了自己所需做出任何残忍的事。

她咬了咬牙,弯腰伸手去拿地上的火把,准备离开。

那个人的目光几乎粘在了火把上。

对了,叶裴天怕黑。楚千寻想了起来。

魔种降临之初,他被自己的父母关在暗无天日的仓库中,与魔物为伍,足足三个月才被人发现,想必他的黑暗恐惧症比在另外一个世界中的他更为严重。

此刻的他一句话都没有说,只是死死地盯着火把。

楚千寻如冰一般的心就被那个眼神切开了一道口子,灼热滚烫的岩浆从那道口子涌了进来,在心田的冰原上流动,让她酸涩又痛苦。

叶裴天眷念地看着黑夜中那一点点的光明。

女人的手落下来，握住了火把，叶裴天知道这个人要走了，她会带走这份唯一的亮光，让自己重新陷入黑暗中。

　　他甚至开始希望对方多取一点自己的血，多停留一会，不管这个人要拿走什么都行，只要她能把这份亮光留给自己。

　　他不想被留在黑暗中。

　　但他的想法无关紧要，这个世界从来没有人在意他的想法。

　　握上了火把的手的主人好像听见了他心底的声音，她突然顿住了，然后那只手几度握紧又松开。

　　空气中响起衣物掀动的声音，一件厚实的外套，带着温暖的体温，盖到了他的身上。

　　深秋的夜很冷，叶裴天全身的血几乎流干，冷得已经接近麻木。

　　那份温暖不给他抗拒的机会，顷刻间包裹住了他冻僵的身躯，从他的肩头、脖子、胸部、腹部……从他每一寸裸露在外的肌肤迅速地钻入，猝不及防地钻入他有了一个洞的心，在那里放肆地打了几个转。

　　那个女人竟然还不甘休，伸手绕过他的肩膀，小心避开他断了的手臂，把他整个人从血泊中扶了起来。

　　楚千寻扶起叶裴天的时候吃了一惊，他太瘦了。

　　这是她第一个感受，她完全感觉不到一个成年男人应有的重量。

　　他的腰过于纤细，后背的肩胛骨硌到了她的手臂，那靠在她肩头的白皙脖子搏动着青色的血管，其下的锁骨凸出而显眼。

　　威名赫赫的叶裴天应该不缺食物，为什么会把自己瘦成这个样子。

　　进阶之后的圣徒，随着等级的提升，各种身体机能也会全面得到提升，不论是速度还是力量方面。

　　四阶的楚千寻带着叶裴天丝毫不影响行动。

　　她迅速地离开此地，转身钻入战场边缘的丛林中。

叶裴天的耳边是呼呼的风声。背着他的女人是风系圣徒，等阶很低。不过，她也能够运用风力加速自己的行动，奔跑之时顺着风高高跃在空中，有一种御风前行的快感。

这个女人或许最终还是不甘心只得到一点点圣血，所以决定把自己整个人带走。

但她好歹不像之前的那些人，把自己捆起来拖着或提着跑路，而是带着一份小心，避开了自己所有严重的伤口，把他裹在温暖的外套里，小心翼翼地背在背上。

叶裴天生活在离异重组的家庭中，从小父亲对他就不怎么过问，继母对他也十分冷淡。在他的记忆中，似乎就没有被人这样对待过。

丛林里是浓得化不开的黑，他被黑暗攫住，像沉入深海的溺水者，不由自主地全身僵硬，几乎无法呼吸。他用尽所有的力气，勉强让自己颤抖得不要过于剧烈，以免被这个女人发现自己的软弱之处。

他叶裴天可以任世人追杀，任世人唾骂，但绝不愿露出自己柔弱的一面，被人嘲笑、怜悯。

幸好现在自己的脑袋靠在她的肩头，人体的温度从肌肤的接触面传过来，他甚至可以清晰地听见她因为奔跑而加剧的心跳声。

这让他感觉稍微好一点，因为他知道自己不是黑暗中唯一活着的人类。

楚千寻跑得很快，跑了很远的路，一路从北镇跑回春城附近。

她的心中有些焦虑，她在北镇停留了太久，一直没能够买到传说中的药剂。最后她不得不冒着风险，找到叶裴天本人，不顾他的意愿，从他身上直接得到了一份"疗伤圣药"。

尽管如此，时间也已经耽搁得太久，她很担心自己回去的时候，等着她的只是高燕冰冷的尸体。

楚千寻在基地外的荒野中找到一栋废弃的小楼。魔种降临之后，地球上的植物似乎得到了魔物的滋养，以异常旺盛的生命力迅速生长，时至今日，几乎覆盖了黄金年代人类遗留下来的大部分痕迹。

这栋小楼也已经被绿色的藤蔓植物严严实实地遮盖。

楚千寻拨开绿色的藤蔓，钻了进去，把叶裴天小心地放在地上。

他保持着一个完全僵硬的姿势，一动不动，一声不吭。

"你等一下。"楚千寻说着，从随身携带的背包中翻出一盏小夜灯，拨开底座的开关。

柔柔的灯光在一瞬间倾泻下来，驱除了屋内的黑暗。

这只是一个比乒乓球大不了几分的廉价塑料制品，单调的外壳有一点老化。在黄金年代，这样的小灯在地摊上只卖一元一个，现在却不太易得。它很实用，可以亮很久，楚千寻平日里很珍惜。

此刻她把它拿出来，点亮了，轻轻放在叶裴天的面前。

躺在地上的男人好像突然能够呼吸的溺水者一样，张开嘴呼吸，喘息了几下，僵硬的身体很明显地松弛了下来。

楚千寻取出自己的水壶和携带的唯一的干粮，打开盖子和包装，同那盏夜灯一起摆在叶裴天的眼前。

"抱歉。我必须走了。"她说。

掀起密实的藤蔓钻出去之前，楚千寻再度回头看了一眼，那个身影躺在地上一动不动，眼睛却是睁着的，视线一直落在那盏微微发着光的小灯上。

他的眼睛映进了细细碎碎的灯光，就显得不再那么死气沉沉，有了几分楚千寻记忆中的模样。

楚千寻一路跑回春城，冲进高燕的房间，把躺在床上濒临死亡的她扶起来，打开手中罐子的盖子就往她的嘴里灌。

高燕喝了半罐子，似乎稍微恢复了点力气。她拦住楚千寻的手，咳了几声。

"什……什么东西，这个味。"

"喝光，别浪费。"楚千寻说。

高燕低下头，终于看清了装在罐子里的液体是什么。

她紧紧锁住眉头，沉默半晌，最终一仰头全喝了。

她把罐子一放，抹了把嘴，默默地躺了回去。

楚千寻坐在她床边，有些呆滞地想着自己的心事。

高燕灰败的脸上眼见着慢慢就有了血色，她甚至有力气撑起身体，稍微坐起来一些："原来你也知道了。"

"知道什么？"楚千寻一下没反应过来。

"知道那一直被吹捧成神赐之物的圣血，其实不过是……人类的血液罢了。"高燕看着楚千寻，"这事知道的人很少，我也是偶然得知，一直都不敢说出来。"

高燕在自己需要的时候，还是一个很会钻营的女人。相比起楚千寻，她认识基地的不少"上层人物"，肚子里藏着不少的小道消息。这也是她经常被大楼里的一些女人排斥的原因。

她的视线落在那个空罐子上，那罐口染着一抹红："想想也是可笑，那些天天打着除魔卫道口号的大佬，不过是为了满足自己不可告人的欲望。而那位人人欲除之而后快的人魔，反而是神药真正的提供者。"

楚千寻顺着高燕的话想了想，突然感到一阵毛骨悚然。

曾经在这个基地的大街小巷，大家可以随便买到救命的神药圣血。人们一边赞美着生产出神药的神爱集团，一边毫不知情地唾弃那位提供血肉救助了他们的叶裘天。

楚千寻喃喃道："难怪有那么多人前仆后继地去围剿叶裘天。难怪他会变得这么疯狂。"

高燕自嘲地笑了笑："可是又能怎么样呢？轮到自己在生死关头的时候，谁又会不想得到这样一罐可以救命的圣血。"

"谢谢你，千寻。"高燕的手从被子下伸了出来，握住了楚千寻的手，"以前，我总觉得你这个人很冷淡。是我错了，我真没想到你能这样帮我。"

高燕一向泼辣而强势，楚千寻从来不知道她有一双这样柔软的手。

有时候她们把外壳穿得太厚，习惯了戒备所有人，对所有人保持距离，彼此都不愿意多靠近一步，即便相处了很久，也可能没有机会真正相互了解。

"所以说，你到底是从哪儿弄来这个的？"高燕拿起那个空了的罐子，"哪里搞来这么新鲜的、没有经过处理的……"

"我找了很久，没有买到成品，就直接去找了叶裴天。他恰好受伤了。"

罐子哐当一声掉落在地上，滚了一滚，拖出了一丝红色的痕迹。

"你这胆也太肥了。"高燕捂住了嘴。

楚千寻也不知道自己胆子怎么那么大，可能在她的潜意识里，那位杀人如麻的人魔并不是一个那么恐怖的人。

天色已经微微亮了，楚千寻回到自己的屋子，昨夜来不及吃的豆糊糊隔了一晚上，已经结成了块。

楚千寻往里面加了一点开水，搅了搅，不管好吃还是难吃，一口气稀里哗啦倒进肚子里。

桌上摆了面裂了一角的玻璃镜子。镜子里的女人头发凌乱，一脸憔悴，二十五岁不到，仿佛已经历尽沧桑而显得死气沉沉，没有一点朝气、活力。这是一个早已被生活压弯了脊背，什么也不敢做，什么也不敢管，缩着脑袋能活一日算一日的女人。

楚千寻默默地看了镜子半晌，在床上躺下。

奔波了一日一夜，明明十分疲惫，但她怎么也睡不着。她盯着头顶破旧的蚊帐看了半晌，在床上滚了两圈，坐起身来，又躺了回去，随后再度坐起来。

如此反复了数次，楚千寻一骨碌爬起身，从种了各种蔬菜的窗台上伸出脑袋，冲着楼下喊了声："疯婆子，买东西。"

楼下的窗户哗啦一声被推开，一个满脸雀斑的女人叼着牙刷伸出脑袋，含混不清地嘟囔了一句："要啥？"

"来一袋麦片,鸡蛋有吗?要两个。"

"去哪里发财了,吃这么好?"疯婆子吐掉口中的牙膏泡沫,"你等着。"

"欸。"楚千寻叫住了她,加了一句,"冰糖有吗?来一点。"

鸡蛋和冰糖在这个时代是金贵物品,价格可不便宜。

楚千寻从窗口吊着放下去一个篮子,篮子里放着五颗绿莹莹的一阶魔种,随后换上来了一些食物。在她的记忆中,这是那个人喜欢的食物。

片刻之后,她把一碗煮熟的麦片粥摆在了高燕床头,粥里放了鸡蛋,黄澄澄的,还带着一丝丝甜味。高燕看着,眼泪都快出来了。

楚千寻把剩下的粥装在保温壶里,收拾了一个背包,出城去了。

城外的那栋小楼看上去和楚千寻离开时没什么区别。

楚千寻掀起层层叠叠的藤蔓钻了进去。

外面的天色已经亮了,屋内依旧昏暗。屋里蒙着厚厚的尘土,隐约可以看见角落里遗留着几件残破的家具。

地板的正中间,静静地摆着一壶打开盖子的水和一份摊开了的干粮,显然没有被任何人动过。

食物边上是一大摊触目惊心的血液,楚千寻顺着血迹找过去,在狭窄的墙角发现蜷缩着身体靠在那里的叶裳天。

他脸色苍白,脑袋抵在墙壁上,已经陷入彻底的昏迷之中,身下的血液顺着地板一路蜿蜒流出。

在他面前的地板上,堆着小小的一捧黄沙,黄沙的中心有一盏还在微微发亮的小夜灯。

尽管断了手,伤得这么重,他还是动用异能把这一点光明拖到了自己身边。

楚千寻小心地碰了碰叶裳天,靠着墙壁的身躯倒了下来,倒进了她的怀中。

她一只手捞住那个冰冷的身躯,一只手揭开了那件几乎被鲜血浸透了的外套，露出了那副残破不堪的身躯。

在叶裴天的身上有着数道贯穿伤，那些狰狞的伤口不时闪现着细小的黑色电弧，每当伤口开始愈合的时候，那些电弧闪烁，再度残忍地从内部将伤口撕裂。

叶裴天是永生者，他的恢复能力本应十分惊人，被折断的双臂，伤口处早已愈合，不再流血。但他身上的这些特殊伤口还在反复不断地开裂，使得他处于持续失血状态。

楚千寻的眉头紧皱，这样的伤口，是被具有"流血"效果的圣器所伤留下的。

所谓的圣器，是人类在杀死魔物之后，用魔物的身躯制作的武器。如果设计巧妙，制作精良，就能够带上魔物生前的部分异能，这样带着特殊能力的武器被称为圣器。

带有"流血"效果的圣器十分罕见，几乎是所有近战圣徒最渴望拥有的兵器。被这样的兵器所伤留下的伤口将会持续流血，无法自行愈合。叶裴天身上的伤口，就是被这样的高阶圣器造成的。

想要治愈这种伤，需要涂抹一种从魔物身躯上提取的液体，再配合治愈者的异能进行驱散。大部分伤者往往在治疗的过程中已经因为失血过多而亡。

叶裴天不会因此死去，但这对他来说可能是另外一种残忍。

楚千寻打开带来的保温壶，伸手扯开叶裴天紧闭的苍白双唇，给他喂了一勺温热的麦片粥。

饥肠辘辘的身体得到了食物，即便人是在昏迷状态下，也产生了反应。他的喉头蠕动，毫无血色的双唇颤抖着张开，舌头在口腔内轻轻搅动，表达出自己对食物的极度渴望。

恢复能力越强大，在伤口恢复的时候能量的消耗也越大，会产生强烈的饥饿感，楚千寻不明白之前叶裴天为什么没有吃自己留下来的食物。

她用勺子舀起加了鸡蛋和糖的麦片粥，一勺一勺地喂给昏迷中的男人。

叶裴天长长的睫毛微微动了动，突然间睁开眼来。

冷森森的一双眸子仿佛含着万年不化的寒冰，他像一只濒死的困兽，眼中装的是嗜血、仇恨和杀戮。

过了片刻，他才从那种暴戾的状态中清醒过来，缓缓地看清了眼前的人。

那个女人又回来了，端着一壶食物正在喂他。

叶裴天需要食物。伤得越重，他就饿得越厉害，饥饿烧灼着他的肠胃，乃至浑身每一根血管，使他痛苦难耐。但伤得越重，也往往意味着他就越没有机会补充到能量。他已经习惯了在这种饥肠辘辘的煎熬中忍耐，忍耐到伤势恢复，忍耐到他能够自己从泥沼中爬出来为止。

他觉得自己很可笑，明明活得这么悲惨，但偏偏更固执地守着那一点点可怜的自尊。

那个女人离开时，在地上留下食物。但失去双手的他不愿意像一条狗一样趴在地上吃别人留下的东西。

他只能远离那个位置，把自己蜷缩在一个角落里。

盛着食物的勺子被举到他的面前，他别开脸。

食物的香气钻进他的鼻腔，他发现自己的口腔、喉咙都残留着一股让他极度渴望再度得到的味道。

"吃吧，是甜的。"在那个诱惑的声音中，热腾腾的食物被递到他的嘴边，他的身体在意识还没反应过来的时候，就已经羞耻地张开嘴，把食物一口吞咽下去。

温热的燕麦混着香浓的鸡蛋，从他的喉咙一路滑落，抚慰了他饥肠辘辘的肠胃，留在唇舌间的是丝丝的甘甜。

的确像那个女人说的一样，是甜的。

这只是巧合。叶裴天对自己说。

在魔种降临之前，他最喜欢的食物就是带着一点甜味的燕麦粥，但即便是在那样物资充沛的时代，父亲和继母也很少顾及过他的口味，更不用妄想在这样的时候，会有人特意为他准备一份他喜爱的食物。

既然被喂了第一口，第二口、第三口也就顺理成章地接连而至。叶裴天的心烦躁而不安，无所适从。

杀掉这个女人，爬回他那空无一人的城堡，缩到自己习惯的角落，才能回归自己想要的平静。他在心里不断地说着。

他的双手虽然断了，但异能已经有所恢复，杀死这样一个弱小的低阶圣徒完全不在话下。

地面上的黄沙开始浮动，却根本没有凝结成尖锐的刺，而是像他不受控制的身体一样，欢快地在地面上来回滚动着。

楚千寻从背包里掏出一卷薄薄的毛毯，把叶裴天的身体连着整个脑袋一起包裹起来。

"你忍耐一下，我带你混进基地去治疗伤口。"那个女人蹲下身，这样对他说。

在那个女人把自己扶起来之前，叶裴天悲哀地发现，自己竟然在心底隐隐期待被这个女人抱在怀中的感觉。

除了被追杀和杀人，他已经数年没有这样平静、正常地和一个同类相处过，以至于他在茫然慌乱、不知所措中又有一点点期待。尽管知道自己终将失望，他还是忍不住幻想一下这个把他裹在毯子中小心翼翼地扶起来的人对他存有一点善意，而并不只是想要夺取他的血。

那个女人带着他，走出了黑暗的房间，进入一片光明的户外。

他的头靠在那个女人的肩膀上，再一次听见那种熟悉的心跳声。

算了，叶裴天在刺眼的阳光中闭上了眼睛：不管她之后准备怎么对我，我都不取她性命就是了。

第二章

在黄金年代,人类的每一个城市里都有许多酒店。这些提供给旅人住宿的场所大多装修得高端大气,布置得舒适整洁,服务贴心又到位。

而在这样的废土时代,旅店这种东西依旧存在。

春城的某个角落,就有着这么一间提供给往来旅客遮风挡雨的旅馆。

昏暗的长长的走廊,两侧是一扇挨着一扇的木板门,进进出出端着水盆或是杂物的住户甚至要侧着身体走路,才不至于和对面走出来的邻居撞到一起。

入口处摆着一张掉了漆的长桌,一个满身肥肉的大汉歪着身子在桌后百无聊赖地抠着脚。

大门口的帘子被掀开,一个女人从门外走进来,在长桌上丢了一颗绿色的一阶魔种。

"开一间房。"

抠脚大汉头都不抬,摸出来一把钥匙拍在桌上,有气无力地说了一句:"一颗魔种三天,右边第九间。"

一颗最低阶的魔种可以住三天,价格不算贵。这里除了提供一间房间和一张床,其他什么也没有。

同时,只要出得起魔种,他们就不会管你住进去的是什么人,也不管你住进去做什么事。

女人托了托背后的人,伸手拿起钥匙一声不吭地转身走了。

大汉这才从长桌后抬起头来,瞥了一眼那个女子的背影。

——穿得一般,武器也普通,不是什么值得特别关注的人。

她背着一个被毛毯严严实实裹住头和脸的人,从那人露出毛毯裸着的双腿,可以看出,是一个比较年轻的男人。

不算什么稀罕事。

看门的汉子不再看她,收回了目光。

楚千寻推开房门。

房间非常小,地板和墙壁脏兮兮的,到处糊着黑褐色的可疑污渍。

右侧抵着墙放的一张铁架小床占据了大半的房间,左边摆着张小小的桌子,剩下的空间也就刚刚够一人行走。

门边的角落,靠墙直接安装着一个可以排水的洗手池,便于洗漱。当然,并没有水龙头这种奢侈品的存在,用水需要自己出去提回来。

桌子靠着的那一面墙壁,在较高的位置上开了一扇小小的窗户,一缕阳光顺着斑驳的玻璃投进屋内,落到了那张不怎么干净的床榻上,可以看见阳光中有无数细小的灰尘,怡然自得地在空中上下浮动。

隔开这些密集房间的只是普通的木板,隔音效果非常差,可以清晰地听见隔壁住户的各种声音。

楚千寻把叶裴天放下来,床榻发出吱呀一声响。

男人沉默着,没有声音,没有动作,也没有丝毫抵抗。

楚千寻知道他是醒着的,他面对着墙壁,那凌乱的额发下,没有什么焦点的眼睛始终睁着。那目光散漫,冷淡,带着一种了无生趣的颓丧。

好像不管被带到哪里,不管别人怎么对他,他都可以不在乎,无所谓。

楚千寻去服务台领了一个水桶,打了一大桶的水,坐到床边。

她从背包里拿出一条还算干净的毛巾,弄湿了,拧干,然后伸手将叶裴天额头的乱发撩到一边,开始清洗他被血污覆盖了的面孔。

那些血块已经干涸,凝结在肌肤上,楚千寻尽量小心,褐红色的血块剥落,用湿毛巾一点一点地清洗了眉眼。

他的眉眼有些淡,恰好被窗口洒下来的阳光照到,可以看见脸上细细的绒毛。

纤长的睫毛沾了水,眼珠在光线的照射下带着点琥珀色的剔透。

那眼睑略有点向下,配着毫无波澜的眼神,竟然有一种颓废美。

楚千寻的心突然微微酸了一下。这张面孔对她来说十分熟悉,她在那个冗长的梦境中,看到另外一个世界的自己和他耳鬓厮磨,朝夕相处。

那时候这张脸总是在笑,动不动就满面飞霞。

相比楚千寻的记忆,眼前的这张脸太瘦了,绷紧的下颌和高挺的鼻梁,使他处处透着一股狠厉,像是一把准备随时拼命的刀。

他的肌肤很白,双眼之下有着浓重的黑眼圈。

楚千寻觉得他可能很少睡觉,以至于连他那样的恢复能力,都来不及消散眼下沉着的黑色素。

怎么就把自己过成了这副模样呢,他明明在另外那个世界活得那样怡然自得。

楚千寻突然很想再看一次那干净、羞涩的笑容。

叶裴天是被她从血坑中捞出来的,他身上的泥和血污实在是太多了，一整桶的清水很快变得血红。

楚千寻放下毛巾，从背包中取出一个小小的陶瓷罐子。这是刚刚在路上的魔药铺子里买的，里面装着的是可以缓解流血圣器造成的流血状态的特殊药剂。

她打开盖子，里面是晶莹剔透的半流质药膏，散发出一种十分特殊的香味。

楚千寻用手指蘸了膏药，小心地涂抹在叶裴天的伤口上。那血红的伤口偶尔闪现出一两道细小的黑色电弧，让她的手指感到一阵刺痛。

在那道深深的伤口里，隐约可见密集的黑色电弧正不断交错地亮起，楚千寻想象不出这有多疼。

胸前无休止地折磨着自己的伤口突然凉了一下，叶裴天这才回过神。

那个人的手指上有药，一点点地涂在他的伤口上，火辣辣的伤口就好像敷上了清凉的冰块，不再那么让他难受。

这种药只能治疗肌肤表层的伤，不能解决内在的问题，但不管怎么说，让他在无尽的痛苦折磨中得到了一点点的缓解。

那个女人的指腹因为常年握刀，结了厚实的老茧，接触到肌肤的时候，有一种刺刺的感觉。

这种细细痒痒的触觉，从肌肤的毛孔一路往他的身体里钻，一直钻进了他的心，让那里也微微地刺痛了一下。

这个人在为他疗伤。

"疗伤"这个词的意义，他已经快忘记了。

自从魔种降临，他被发现了拥有永生者的恢复能力，所有的人似乎就觉得他受伤了也不需要救治。

尽管他的伤口和他们的一样疼痛，甚至他还无法通过死亡从那些无法忍受的痛苦中解脱。

他拖着一身的伤回到家人身边的时候，继母看着他那千疮百孔的身体，会象征性地询问一句："小叶伤得这么重，要不要给他包扎一下？"

"算了吧，他又不会死，这个时候药品太珍贵了，我们还是要为裴元留一点。"说这话的是他的父亲。

他被神爱集团的人找到，关在研究室，锁在手术台上。

即便在那样堆满医疗药剂的地方，也没有人伸手为他减轻过一次痛苦。

有时候被蒙着双眼的他会听见身边有人在说话。

"不用浪费了吧，反正他也不会死。"

从那以后，"他又不会死""他不需要治疗"就成了他的标签。

再也没有人把他当作一个活生生的人，哪怕一次帮他缓解过他的痛苦。

他果然没有死，慢慢从痛苦中熬过来了。

眼前的女人低着头，给他每一道伤口仔仔细细地涂上了药膏，还不时俯下身来，轻轻地在伤口上吹着气。

叶裴天别过脸去，他不想看这个女人的脸，他不想看见这罕见的温柔面容转瞬间又撕开面具，变成狰狞残酷的模样。

楚千寻的手指都被电弧打裂了，这对她来说，算是微不足道的小伤。她甩了甩受伤的手，站在桌子边，用没有受伤的另一只手在背包里翻东西。

叶裴天躺在床上，视线就落在了她垂在身边的那只手上。

那手指上还残留着一些药膏，裂了好几道血口，微微动了动，几滴血珠子就从指尖上滴落。

那手轻轻甩了一下，一滴血珠甩在了叶裴天眼前的枕套上，很快渗进去，在泛黄的布面上留下一个显眼的血点。

叶裴天的视线粘在那点红色上，就不动了。

"我出去一下，给你找一个治愈者。等人来了，你别说话，也别乱动。

"这里是黑街,治愈者一般只管收钱,不会管你是谁。"

楚千寻翻出一个口罩,戴在叶裴天的脸上,又拢了拢他微卷的头发,把一顶棉布帽子套在他头上,拉低了帽子的边缘,压住他大半的眉眼,随后小心地给他盖上毛毯。

在这个时代,打扮成各种奇怪样子的人都有,叶裴天这样算不了什么。

"行了,这样就认不出了。"楚千寻上下打量了一遍,"好好待着,我很快回来。"

房门咔嚓一声合上了,狭窄的房间内只剩叶裴天一人。

这里的隔音效果很差,他可以清晰地听见各种各样的声音。

有婴儿在哭泣,他的母亲轻声哄着。

有人在刷碗,金属餐具互相碰撞,发出乒乒乓乓的声响。

楼上的小孩光着脚噔噔噔地跑过,玻璃珠掉落在了地上,发出一连串清晰的跳跃声。

一个女人在骂她的男人,男人不住地低声讨饶、解释。另外一家有男人在打女人,他的女人在哭泣、尖叫。

充满生活气息的声音把叶裴天湮灭。

曾经这样热闹的岁月沉淀在他记忆的最深处,骤然从死寂一片的心底被翻了出来,让他感到陌生而不习惯。

他已经很久没有置身于这样喧哗的环境中。是多久呢?三年,还是五年?

这是属于人类的生活,而不是像他这样的魔鬼可以待的地方。

太吵了,这个地方。

这些鲜活的声音扎进他空洞的心,他心中陡然蹿起一股戾气。

凭什么,一个个都能活得这样热闹,只有他独自一人被献祭在黑色的深渊。

就应该用黄沙覆盖这里的一切,让所有声音消失,一切都安静下来,回归到那种死一般的寂静之中。

他在忍耐着,但那些该死的声音反而越来越大,使他烦躁不安。

叶裴天看着斑驳的天花板,觉得自己应该逃离这里,回到自己所住的城堡。

那座用黄沙筑成的城堡空阔、巨大,有无数个房间,方圆数里之内一片荒漠,没有人敢踏足,也不会有任何声音。

那里寂静得可怕,他每天夜里点亮所有房间的灯,独自待在巨大的城堡中。

那才是他习惯的生活,才是魔鬼应该待的地方。

叶裴天的双臂断了,他花了很多力气坐起身,靠在墙壁上喘息了片刻。

全身又冷又疼,身体里的血几乎流光了,新生的血液还不足以支撑器官的运作。

但不要紧,勉强已经能动了,只要能动,他就必须离开。

失去双臂的他不容易保持平衡,下床的时候,他没能稳住,从床沿摔了下去。

他挣扎着从地上爬起身,枕头上一个小小的血点进入他的视线,杀人如麻的大魔王被那一点红色攫住心神。

那个小小的红点,仿佛比蜿蜒流淌的血河还要刺目。

他呆滞地看了很久,没有手,只能用视线代替了手指在那点红色上摸了摸。

这么多年来,这是第一次有人为他流血。

窗户发出一声咔嚓轻响,一个小男孩的脑袋出现在高高、小小的窗口。

为了防盗,这里的窗户又高又小,还安装了防盗栏杆。小男孩的脑袋使劲往里探了探,确定屋内的床铺是空着的。

他就从不锈钢防盗栏杆的缝隙中,伸进来一条细细的小胳膊,手上握着一根长长的铁钩子,沿着墙壁往窗下的桌子上够,敲敲打打,试探着看能不能钩上点什么东西。

他的脸挤在窗口,努力伸着脖子斜着眼,想要尽量看清整间屋子里有没有他可以捞走的东西。

突然间,他看见了一双眼睛。

那双眼冰冷、凶恶,像是丛林中负伤的凶兽。

混迹在黑街,见惯了三教九流的小男孩吓了一跳,起了一背的鸡皮疙瘩。

直至他看见一个断了双臂的年轻男人缓缓从床边站了起来。

"一个残废。吓了老子一跳。"十岁不到的小偷,一口一个"老子",一点不因自己被抓了个现行而害怕。

看清待在屋内的人对他不构成威胁,他甚至还敢扒在窗口骂骂咧咧。

"瞪什么瞪,老子还会怕你一个废人?快说,东西藏哪里了?怎么什么都没有?都被刚刚出门的那个女人随身带着了吧。"他的铁钩在屋内探索了半天,什么也没得到。

"喊,值钱的都带在身上,就留一个残废的小白脸在屋子里。"

他没偷到东西,白爬了一趟高墙,心情不太好,在窗口放肆地奚落叶裴天,根本没发现在自己身后细细的黄沙逐渐聚集,一根尖锐的刺已经对准了他的脖颈。

"欸,你是她的那个吧?"男孩伸出一根小手指,朝着叶裴天转了转,活在这条街上以偷窃为生的小混荤嘴里习惯往外跑荤段子,"双手都没了,那个女人还肯背养着你,是不是因为你长得好看?"

冷森森的眼神闪烁了一下,里面的杀意突然就散了。

男孩的脚下方落了一地的黄沙。

得意扬扬的小偷不知道自己刚刚从生死边缘走了一趟,还在侃侃而谈。

"我不觉得你有多好看,就是白了点,可能女人都喜欢小白脸。"他摸摸自己蜡黄的小脸。

男孩一开始觉得屋里的这个男人很凶，瞪着他的眼神冰冷又凶恶，就像这条街上的无数人看他的眼神一样。

他就忍不住地想要气男人一把，左右是个残废，反正也打不着他。

说着说着，他突然觉得那个人其实也还好。

不管自己说什么，那个人也只是默默地站在那里听着，甚至听得有些认真，给他一种被人认真对待的感觉。很少有人能这样听他说话，他心中有点得意，不知不觉就说个不停。

东街的李三的老婆偷男人，卷了家产和小白脸跑了；西街的王二麻子巴结上了春城城主表妹的小叔子，从此要抖起来了。

屋里的男人没有说话，沉默地听着他絮絮叨叨。

男孩心里突然就有些同情这个男人：一个男人，断了双臂，脸色苍白，被锁在屋子里，也真是可怜。估计平时除了那个女人，都没有人会和他多说两句话。

"欸，你叫什么名字？你们要住几天？看你这么可怜，平时肯定很无聊吧，这样吧，我可以认你做小弟，等我有空了，我就来陪你说话。"

"你怎么不回答，你是不是个哑巴？"

叶裴天不知道怎么回答，他大部分的时候一个人待着，已经不太知道怎么和别人正常交流。

有时候许久没有敌人来找他，他甚至会希望有敌人出现在他的面前，虽然那些人只会大喊大叫一些难听的话语，但那些毕竟还是活人，而不是冷冰冰的黄沙。

如今世间的魔物越来越厉害，如果许久没有敌人前来，他会担心有一天走出城堡的时候，发现全世界的人类都死光了，整个星球只剩下魔物和半人半鬼的他。

"啊，我看见你的那个女人回来了，先溜了。"小偷的脑袋从窗户消失。

叶裘天不知道自己为什么也有点慌，他躺回了床上，用嘴叼着被子盖回身上。

门外传来脚步声和说话声。

门把手被转了转，门被推开。一个女人的脸露了出来，看见他，就露出了笑。

四面嘈杂的声音仿佛在一瞬间停止了，整个世界就只剩下这么一个人的笑。

"请进吧，先生。"楚千寻转身让出位置给身后的一个人。

那是一位年逾五旬的老者，八字眉，三角眼，又干又瘦，一副尖酸刻薄的模样。

"就是他了。"楚千寻掀起盖在叶裘天身上的毯子，把床上的被子堆得很巧妙，恰好遮盖住叶裘天的面孔，只露出了胸前的区域。

老者看着那些狰狞的伤口，脸上的肌肉抖了抖，他只是在底层人类生活的黑街混口饭吃的末流治愈者，这样严重的伤势，他见都没见过。他知道女人的魔种基本上是打了水漂，这样的伤势，他根本治不好。

但不管怎么说，他不会和即将到手的魔种过不去。

管他能不能治好，按规矩，只要治愈者出了手，都必须收费。这个女人傻乎乎地把他请来给这人治这么严重的伤，也只能怪她自己愚蠢。

"这伤得有点重啊，我也没有绝对的把握。"他装模作样地说着。

"没事的，只请您尽力而为。"

对楚千寻来说，只要叶裘天的伤口能够略微得到缓解，就有希望自行复原。

高阶的治愈者，她不敢请，也请不起。

为了治疗叶裘天的伤，她几乎花光了积蓄，甚至连高燕给她的那些魔种都花了大半。

不过，高燕的命是靠着叶裘天捡回来的，花了她的魔种，楚千寻没什么心理负担。

老者咳了一声，装模作样地伸出鸡爪一般的手，悬停在叶裴天的身体上方。

白色的光芒笼罩上了那些狰狞的伤口，伤口上突然蹿出了黑色的电弧，电弧剧烈跳动，顺着白光往上覆盖。

老者大吃一惊，握住自己发抖的手腕，用尽力气稳住了身形，艰难地把手中的白光提起，白光底部沾染了无数恐怖的黑色线条。

他连退了两步，贴在墙壁上，一头冷汗滚滚而下。

"这，这……"他抖着手，心中知道眼前的这个人大概是救不活了。

他的眼珠转了转，向楚千寻伸出了一只干瘦、发黑的手："这和说好的不一样，这伤也未免太重，害得我一把老骨头都快散架了。剩下的也只能看他自己的命数。"

楚千寻取出一袋魔种，恭恭敬敬地放在他的手上。

老头打开袋子看了一眼，脸色就不太好了："这么少，虽是说好的颗数，但你这魔种都是低阶的。我消耗了这么多异能，都可以救治几个病人了，这我也太亏了，好歹加点。"

楚千寻赔礼道歉，好说歹说，最终还是没有添加魔种，把这位十分不满的治愈者送了出去。

脸面她可以不要，魔种却不能乱花。

老头唠唠叨叨地一路抱怨着走出旅馆，在一片平坦的道路上，小腿不知道被什么东西扯了一下，猝不及防地在地上摔了个狗啃泥。

"怎么回事？谁暗算我？"他跳了起来，戒备地看着四周。

四面空无一人，地面上只有一层薄薄的黄沙在微风中流动。

第四章

楚千寻把那位治愈者送走，在旅馆的门口买了一点食物，豆渣煮成黄褐色的粥，里面象征性地混着几丝青菜叶子，就是她眼下吃得起的最好食物了。

楚千寻回到房间，把叶裴天扶起来，一点一点地喂他喝粥。

这种粥吃到嘴里寡淡无味，还特别难以下咽，粗糙的颗粒磨得喉咙生疼。

但叶裴天好像没什么意见，别人喂什么，他吃什么，也不像之前那么别扭，只要勺子递到眼前，那张颜色淡淡的嘴巴就会配合着张开。

楚千寻给他喂完粥，自己捧着罐子把剩下的一点点咕噜噜喝下去，又从口袋掏出一个小纸包，放到床头柜上摊开，纸包里面装着的是几颗冰糖。

她自己吃了一颗，又拿起一颗顺手就塞进叶裴天的口中。

她的指腹碰到了冰冷而柔软的唇，收回来的时候，指尖还带着一点点的湿度。

楚千寻的心莫名就多跳了一拍。她偷看了一眼叶裴天，幸好坐在眼前的男人好像没怎么察觉。

他依旧呆滞而沉默地坐着，薄薄的嘴唇只是略微地抿了抿，把那一点甜味抿了进去。

楚千寻就放下心，收拾起罐子，出门去刷碗。

屋中的叶裴天躺在床上，看着天花板斑驳的痕迹，一再地抿了抿嘴。

那里很甜，他不知道世间竟然有这种甜，让他几乎有些惊惶而不知所措。

窗口响了一下，那个小男孩的脑袋又露了出来。

他探头探脑地看了半天，看到了桌上那一小包冰糖。

"啊，那是糖？是不是糖？"他大惊小怪地说，努力从窗户的栏杆之间伸进手来，想要用手中的铁夹子夹到一颗冰糖，"快，给老子一颗。"

那个小小的床头柜轻轻摇晃，好像被什么东西拖住了，自行在地面移动了一下，挪到了男孩怎么也够不到的地方。

"哼，小气。"男孩哼了一声，沮丧地收回夹子，"原来你还是圣徒啊，难怪断了双臂也有人要。"

"分我一颗吧，我就想要一颗。"他咽了咽口水，"老子几年都没吃过这东西了，上一次为了吃这么一口甜味，还被东街的赖老三追着打了三条街。"

躺在床上的男人没有回应，他的眉眼被凌乱的额发遮盖，陷在床头死气沉沉的阴影中，一句话也没有说。

那个床头柜向着更远的地方移了移，表明了他的态度。

男孩失望了，但他依旧不肯走，眼神死死地粘在那几颗够不到的冰糖上面，伸出舌头舔着嘴唇："这是她留给你吃的？那女人对你不错啊，这东西可金贵了，普通人都买不起。她看起来也不像多有钱，刚刚我还看见她坐在门外啃黑饼呢。"

"她买了粥进来给你吃,自己却在外面啃硬得要死的黑饼。啧啧,你这个小白脸当得牛。"

到了晚上的时候——

楚千寻又买来粥,喂了不到半罐,叶裴天就摇头表示不吃了。

楚千寻不疑有他,扶着他躺下,摸了摸他有些发烫的额头:"怎么了?是不是很不舒服?"

过了许久,她看见那苍白的嘴唇轻轻动了动,低低地发出一点声音:"谢谢。"

这是她听见叶裴天说的第一句话。

那声音和想象中的不同,既低沉又暗哑,好像是反复斟酌才憋出来这两个字。

楚千寻的心就止不住地高兴起来。

她费了这么多力气,得到的不过是两个字,如果被高燕知道了,必定要骂她愚蠢、败家,倒贴男人。

但是,她看着叶裴天严重的伤势以肉眼可见的速度好转,眼见着这个残破不堪的人一点点地有了人样,她心里就抑制不住地高兴。

"为了让自己开心,花点钱算啥。"楚千寻对自己说,完全忘记了自己平日是多么精打细算地过日子。

她高高兴兴地把剩下的粥喝完,看天色渐渐暗下来,就掏出了那盏小夜灯,拨动了开关。

夜灯微微的亮光打在叶裴天的侧脸上,光与影的冲撞下更显得那张棱角分明的脸虚弱、苍白。双眼之下是因为睡眠不足造成的浓浓的黑眼圈,但那双眼睛自始至终都微微睁着,透着一点水光的眼眸偶尔转动。

除了昏迷的那一会,楚千寻就没有见过他真正闭上眼。

叶裴天的额头有点烫,正在发着低烧。可他好像在固执地撑着,不肯闭上眼。

楚千寻犹豫了一下，伸手摸了摸叶裴天柔软的头发，她知道这个男人畏惧黑暗的根源。即便在另一个平行世界，他的这个症状也经历过很长的时间才得以缓解。

"睡一会吧，我好像都没看见你怎么睡。"她说。

叶裴天不喜欢睡觉，他的睡梦中只有无边的黑暗和无尽反复的噩梦。

平日里他只在实在撑不住的时候略微闭一会眼，长年累月睡眠不足的痛苦使得他的脾气变得更加易怒而暴躁。

杀戮是他唯一的舒缓方式，他逐渐失去耐心，不再对任何触犯他的人手下留情，人魔之名也因此而远播。

在这样陌生的环境，在陌生的人身边，他更不可能放任自己睡着。

一只柔软的手伸了过来，轻轻地摸着他的脑袋。

"这里有光，一晚上都会有。我陪着你，没事的，你放心睡吧。"那个女人在说话。

叶裴天突然想起非常久之前的记忆片段。

那时候他还很小，同样是这样发着烧，浑身发冷，躺在家里客厅的折叠床上。

客厅里没开灯，很暗，卧室里明亮的灯光照出来，在黑暗的地面上投射出一块长方形的亮光。

那间明亮的房间内，继母坐在弟弟的床边，一下一下地摸着他的头，耐心地安慰着同样感冒发烧的他。

蜷缩在黑暗中的小小男孩，看着那明亮温暖的卧室，心中涌起强烈的渴望，渴望有一个人也像她那样伸手来摸一摸他的脑袋，安慰一下同样痛苦难受的他。

然而，直到男孩变成了男人，历经了世间种种苦楚，深埋在幼年时期的那一点卑微的愿望才突然实现。

此时此刻，有一个人坐在床沿，对他伸出了温暖的手。

他的眼睛一点点地闭上，纤长的睫毛不再抖动，呼吸平顺下来，终于进入安心的沉睡中。

恍惚中，他似乎总听见一个轻柔的声音在不断地对他说——

睡吧，放心地睡，有我在呢。

睡梦中的他想不起那个人是谁，但不知为什么他就真的安下了心，让自己沉入了安稳的睡眠中。

叶裴天这一觉睡得很深很沉，罕见地没有做任何梦，也没在半途中惊醒。

清晨时分，他从深沉的睡梦中醒来，心怦怦直跳，张皇四顾，有些茫然不知今夕何夕。

他发现自己躺在一间狭窄而陌生的房间里，一个人挨着他坐在床头。那人身体靠着床头的墙壁，耷拉着脑袋睡得正香。

微微亮的天光从窗口投射进来，带着清晨的凉意，洒在那个人的身上。

她的容貌很美，嘴巴微微张开，睡得很放松。

这是一个有朋友、有同伴、生活在阳光中的女孩。她年轻而单纯，连对自己这样的人魔都毫无戒心。

她和自己完全是活在两个世界的人。

叶裴天从被子中轻轻伸出手，他终于有一只可以使用的手臂，那手臂上新生的肌肤苍白而透明，可以清晰地看见淡蓝色的血管。

他的手伸到那个沉睡着的人面前，停顿了片刻，眼睛眷恋地看了很久，终究慢慢地收回手指。

楚千寻醒来的时候，床榻上已经空无一人。

她伸手一摸，被窝里已经凉了。那个人不知道走了多久。

使用了一半的药剂和那包冰糖依旧摆在床头柜上，唯一消失的是那盏小夜灯。

她这几日实在太累,一不小心睡得太沉。叶裴天的等级比自己高出太多,只要他愿意,完全可以在不惊醒自己的情况下离开。

楚千寻有些不理解自己怎么就能够在这样一位杀人如麻的人魔面前,这么放下戒心地睡着。

也好,取了他一罐血,这些就当还了他人情,彼此也算两不亏欠。他的身世固然可怜,但自己也不过是一个弱小无力的普通人,这样的大佬和自己终究是两个世界的人。

楚千寻怅然若失地回到了住处。

日子还是和往常一样,只要有行动,她就跟着队伍外出猎魔。

能够砍死那些狰狞恐怖的魔物,三餐就有了着落,可以回到杂乱无章的筒子楼里,吃着寡淡无味的食物。

如若不慎失败,这样寒酸的日子也就再也过不上,因为自己将变成那些魔物的盘中餐。

这一天,楚千寻刚刚走到门口,隔壁的高燕打开门,一把将她拉进自己的屋子。

"燕姐,你这就全好了?"

楚千寻眼前的高燕几乎容光焕发、活力四射。

"可不是吗!我已经好得差不多了,真是神奇。要不是怕别人起疑,我早就可以出去蹦跶了。"高燕谨慎地四处看看,关上了门,"三天后有一场猎魔行动,城主亲自领队,联合数支佣兵团一起行动。我打算去,你去不去?"

"去,我肯定得去。"楚千寻已经把用剩的魔种还给高燕,此时自己囊中羞涩,参与猎魔是她唯一的挣钱途径。

"魔物是九阶不眠者,你记得跟着队伍在外围处理一下低阶魔物就好,千万不能正面对上。"

不眠者是一种能够操纵众多低阶魔物的恐怖对手,不论哪个基地,附近只要有它的出现,城主都会迅速组织队伍清理,以防它一路实力大增,最终率领魔物大军攻城。

这样的猎魔行动一般报酬相对较高,楚千寻拍了拍高燕的手,表示记住了。

"对了,你先别回去,今天来了个怪人。"高燕想起一件事。

"怪人?"

"你听我说,你先别紧张。"高燕咽了咽口水,她自己有些紧张,"今天你不在,我又不方便出去,闲得无聊躲在门后从门缝里往外张望,突然看见一个男人站在你的房门外。"

楚千寻愣住了,心中隐隐猜到是什么人。

"那个人个子很高,瘦瘦的,戴着口罩和帽子,外面还穿着一件连帽卫衣,遮得那叫严严实实。"高燕比画了一下高度,"他就站在你的门口,一直看着你的房门,看了不知道多久。直到楼下的疯婆子路过,他才突然消失。

"我看他那速度,是我们招惹不起的大佬。千寻,你知不知道那是什么人?"

楚千寻有些魂不守舍地嗯了一声,回到了自己的屋中。

窗台上的西红柿又熟了一个,红艳艳的,令人欣喜。

在那盆盆栽的前面,摆着一个干干净净的小布袋。

楚千寻打开了袋子,满满一袋魔种,绿莹莹的光几乎晃花了她的眼。

楚千寻所在的春城地处大陆板块的西北地区。

据说最早一任的城主是一位植物系的大拿,所以至今城镇内外植被繁密,时有鲜花绽放,是这片干旱的区域中难得的绿洲,因而得了"春城"之名。

从此地再往北,植被逐渐稀少,土地沙漠化严重,渐渐出现大范围的戈壁和沙漠。

此刻,在郁郁葱葱的春城内,杂乱的筒子楼里,楚千寻拨弄着桌上那一袋翡翠一般的绿色魔种。叶裴天这一出手,差点没把她给吓死,这样小小的一袋魔种,却价值不菲到几乎可以让这座城内任何一位圣徒疯狂的地步。

像楚千寻这样的四阶圣徒,如果想要提高自己的异能,除了在战斗中不断磨炼自己之外,还需要依靠服用同阶的魔种。如果需要从四阶提升到五阶的话,更是必须在异能达到临界状态的时候,服用五阶魔种。

因此,如今市面上作为货币流通的,大多是一二阶的低阶魔种,越高等阶的魔种,越珍贵。魔种作为提升战斗能力的必需品,被众多圣徒所需要,高阶魔种往往有市无价。

出现在春城附近的九阶魔物不眠者,之所以能够引起城主桓圣杰的重视,不惜耗费巨资就近聘请各大佣兵团帮忙,说白了不过是冲着那颗罕见的九阶魔种去的。

桓圣杰是春城内等阶最高的圣徒,已经处于八阶到九阶的临界状态,急需九阶魔种来提升自己的等阶。但即便是他这样的一城之主,想要得到一枚九阶魔种,也不得不如此竭尽全力。

但叶裴天给她送来这么一袋魔种,其中就有三颗九阶的魔种,余下的魔种里最低等阶也在七阶。

这些魔种在春城随便拿一颗出去,都会引来众多大佬的哄抢。以楚千寻这样小小的四阶圣徒,如果拿出这样的魔种到市场上,不但换取不到物资,而且会给自己招来杀身之祸。

楚千寻觉得叶裴天送她魔种的本意,也许是看出自己经济上的窘迫,但此刻的她有些哭笑不得,不知道该说这个人细心还是过于不谙世事。她体会了一把身怀巨资却无法使用的心酸,小心谨慎地把这些高阶魔种收好,藏到了屋中最隐秘的角落。

躺到床上抱着枕头滚了几滚,楚千寻心中有些郁闷,明明坐拥着金山银山,却还是只能吃糠咽菜,依旧穷得叮当响。

真不知道这个叶裴天到底是一个怎样的人。

楚千寻抱着枕头,看着窗外的下弦月。

不知道此刻他在哪里,又在干些什么事。

从春城一路向北,植被减少,地表干燥,黄沙覆盖了地面,出现了延绵不绝的沙漠。

荒无人烟的沙漠中心,有一座黄沙堆砌而成的城堡。

城堡很大,内有无数个房间和长长的走廊,到了夜间,城堡内烛火辉煌,照得整座城堡灯火通明。

淡淡的下弦月挂在漆黑的夜空,广袤无垠的荒漠中孤立着的、亮着光的城堡显得分外渺小。

惨淡的月光洒在城堡的阳台上,那里站着这个城堡内唯一能活动的生命。他斜倚着栏杆,低着头,看着托在手中的一盏廉价而破旧的小夜灯。

在一片明亮的烛火中,那盏小夜灯不过亮着一点微薄而毫不起眼的光。

男人的眼珠久久不动,淡淡的双眸似乎只看得见手中的这一点光。

浩瀚苍穹,万里黄沙,茕茕孑立、形影相吊的男人和一盏微微亮的小夜灯。

漫漫长夜过去,天边微微泛白,小夜灯闪了闪,光芒逐渐黯淡。

在黑暗中待了一夜的男人动了动僵硬的肢体,为了这么一盏没电的小灯,紧紧皱起了眉头。

在这片沙漠的边缘,有一个人类聚集的小型基地,名为"巴郎基地"。这里邻近荒漠,东面有强者众多的北镇,向南是繁华的春城。小小的巴郎基地因为地理位置偏僻,人口稀少,反而有几分与世隔绝的平静。唯一让此地村民们忧心的是那座在荒漠中心时隐时现的黄沙城堡。

那是人魔叶裴天的住处。

对这些信息闭塞的基地居民来说,叶裴天也不过是报纸上偶尔出现的一个名词而已。有人在沙漠之中远远看见那座黄沙城堡出现的时候，他们这个小小的基地也曾起了一阵恐慌。但随着时间慢慢过去，他们发现那个传说中的魔鬼并没有给他们的生活带来多少改变，只是自打他来了之后，附近的魔物乃至盗匪都因为他的驻扎而消失殆尽。这里反而变成了废土时期生活相对轻松的小型基地。

这一天，天色刚亮不久，基地中的早市刚刚开始。

一个身影出现在集市的入口，他身材高挑而消瘦，微卷的头发覆盖在苍白的肌肤上，神色冷淡，穿过冰凉的晨雾，从集市口长驱直入。

刚刚端出簸箕的中年妇女吓得丢了手中的簸箕，捂住了她孩子的嘴巴，几步退回屋中。

正在吆喝着兜售货物的货郎，看到那张面孔，好像一只被人掐住脖子的鸡，高亢的嗓音在那一瞬间哑火，惊恐万分地蹲到了货架后面。

五大三粗的菜贩子，丢了手中的菜，仓皇地躲到身后的小巷。

一路的行人连滚带爬地四散开，躲避那位若无其事地走进集市的年轻男人。

那张看起来没精打采的面孔，无数次地被刊登在人类的报纸头版头条上，他所创的"丰功伟绩"甚至能治小儿夜哭。

杂货店的老板老胡，正躲在柜台后瑟瑟发抖，在他的柜台上摆着一个装着花花绿绿糖果的玻璃罐子。这些昂贵的商品被他用来装点门面，整个罐子被擦得光可鉴人。此刻他只恨不能把这个招摇显眼的罐子收起来，生怕引起了那位大魔王的注意。

柜台上发出一声轻响，老胡瑟缩了一下，小心翼翼地抬起眼。

一个身影背着光站在他的柜台前，那张面孔苍白，眼下是浓浓的乌黑，凌乱的卷发半盖着眉眼，冰冷的目光令人心惊胆战。

老胡双腿发软，心脏吓得几乎就要炸裂——

完了，我完蛋了。他在惊惧中想着。

敲击柜台的声音又响了一下。

"这个,电池。"

他听见一个低沉、沙哑的声音。

那个魔鬼正在和他说话。求生的欲望使他强忍住心中的恐惧,哆哆嗦嗦地抬起头来。

苍白而修长的手指捏着一盏廉价而破旧的小夜灯,放在他斑驳的柜台面上。

老胡总算明白过来。

鼎鼎大名的人魔在向他要这个玩具一般的东西的电池。

"稍……稍等,请您稍等一下。"

这种灯用的是那种纽扣一般大小的圆形小电池,他的店里没有销售。

为了不激怒这位杀人如麻的黄沙帝王,他脑筋急转弯,从店里成堆的废弃物中翻出了数个黄金年代遗留下来的儿童玩具。

老胡手忙脚乱地把那些玩具的外包装拆开,打开电池盒,取出了里面的电池。

他把数节确定过有电的电池放在一个小托盘上,抖着手举过头顶,小心地摆在了柜台上。

自己依旧缩在柜台的后面,拿眼窥视那位恐怖的人魔。

从他的角度只能看见那双白皙修长的手,像是对待某种珍宝一样,小心地打开那盏小夜灯的后盖,更换了电池。

电池换上之后,那盏灯迎合老胡诚惶诚恐的心,亮了。

人魔那淡色的嘴角似乎微微勾起。

所有躲在暗处偷看的人都在心底松了一口气。

老胡的托盘上传来骨碌碌一声响,过了片刻,他小心翼翼地抬起头,站在柜台前的男人已经不知去向,柜台上一个玻璃罐子被打开,里面的糖果似乎少了一袋。

那个空了的托盘上,正滚动着一颗莹绿色的魔种。

一颗六阶魔种！

老胡颤抖着手，不可置信地拿起那颗翡翠一般绿莹莹的魔种，对着阳光看了一眼，迅速地藏进了自己的怀中。

他这间小杂货店里所有的东西加起来，也比不上这颗价值不菲的高阶魔种。

那位黄沙帝王竟然为了几节电池和一袋糖果付了价值这么高的魔种，老胡几乎不敢相信自己的眼睛。

他欣喜万分地隔着衣服摩挲着怀中的魔种，拿起抹布擦了擦摆在柜台上装着糖果的玻璃罐子。多亏了自己聪明，把这个显眼的罐子摆在了外面，否则镇上的杂货店这么多家，这种幸运的好事，怎么能够落到自己的头上呢。

躲藏在暗处的人们围了上来。

"我的老天，六阶魔种。"

"这位出手还真是大方，老胡，你发了啊。"

"我说什么来着，上一次，这位出现在我们基地，拿走了我摊子上的食物，也是随手就打赏了高阶魔种。"

"要这么看来，我倒希望他能多来几次，也光顾光顾我的铺子。"

"别傻了，你不想想那是谁，一个没伺候好，翻了脸，咱们整个基地可都危险了。"

"危险什么？如今这个世道，哪里不危险。春城看起来繁华吧，最近出现了一只九阶魔物。那可是九阶的堕落者！城主带着全城大部分圣徒出城迎战，打了好些天，还不知道得死多少人。那里不危险吗？"

人们有的兴奋，有的唏嘘，有的警惕，议论纷纷。

叶裴天伴着黄沙，慢慢走在茫茫沙漠上，布满黄沙的地面随着他的脚步沙沙作响。

他拆开了手中的糖果，这袋糖果包装精美，颜色鲜艳，每颗糖果上都印着漂亮的花纹，还裹着一层白白的糖霜，看起来显得高档而精致，十分可口、诱人，比起上一次吃到的那种色泽暗黄的冰糖看起来好吃多了。

叶裴天放了一颗在口中慢慢含着，总觉得口中的味道不太对劲，怎么吃都没有了那种让人惊心动魄的甜味。

他薄薄的嘴唇抿了抿，那里好像还留存着一点点的触感，那根手指无意间轻轻一蹭，给他的口中塞进了无与伦比的甜。

身为这个星球上顶尖的强者，他的听力异于常人，在他离开的时候，镇上居民那些议论的话音断断续续地传入他的耳中。

春城附近，高阶魔物，全城大部分的圣徒已经出动了……

叶裴天的脚步不自觉地拐了个弯，向着春城去了。

第五章

黑街，算是春城内最黑暗无序的地带之一。

在这里居住的大多是这座繁华的要塞内底层的人。他们没有什么强大的异能，也没有什么特殊的谋生手段，有些更是没有任何异能的普通人，只能操持着整个春城最脏最累的各种活计，勉强求生。

小追从小就住在这条黑街，他不太记得自己的父母是谁，也没有姓名。因为习惯小偷小摸，时常在街上被人追着打，所以，他得了个很随便的名字叫"小追"。

七八岁的小男孩蹲在赖老三的杂货店对面，流着口水看着店门口那装着花花绿绿糖果的玻璃罐子。那大大的玻璃罐子用铁丝箍了，锁上一把大铜锁，昭示着这个罐子里装着的是不让人轻易触碰的金贵食物。

这种甜丝丝的食物，他打小就没有尝过几次。

此刻的小追不免想起前几天新认识的那个人，他断了双臂，独自躺在狭小阴暗的房间内，看起来有些可怜，却有人买糖给他吃。

如果也有人愿意买糖给我吃就好了。小追咽了咽口水。

那个朋友实在太过小气，连一颗糖都不舍得分给自己。但除此之外，他也还算得上是一位不错的朋友，至少他能够安安静静地听自己说话，不像别人，对他不是打骂，就是鄙视。

可惜的是，最近自己再去，那个朋友已经不再住在那间屋子里，不知去了何处。

小追溜溜达达回到自己的住处，在一堆用废弃物堆砌而成的窝棚中，他的住处显得有些怪异。认真看的话，可以看出那个挤在角落里的小小帐篷是用低阶魔物胸腔的骨骼作为支架，再补上各种残破的魔物躯壳碎片，那歪歪斜斜、四处透风的门上竟然还有一个可以勉强实现锁门功能的器具。

五年前，天空中莫名出现了一个巨大的绿色月亮，降下漫天翡翠色的魔种。自魔种降临，星球上的生态环境被大肆改变，超过三分之二的人类魔化成为奇形怪状的生物，人类多年文明被一夕颠覆，进入废土时代。

伴随岁月变迁，黄金年代遗留下来的物资逐渐稀少，人类开始学会在新的生态环境中提取生活所需的材料。大量坚固或者具有特殊效用的魔物身躯，被人类充分利用到了战斗和生活的方方面面。虽然魔物数量众多，也有大量职业猎魔者频繁同魔物交战，但这种需要流血的战斗才能得到的珍贵物资，在黑街这样的地方还是不容易看见的。

也不知道小追在哪里顺手牵羊，搞到这么多别人利用不上的魔物身躯废料，竟然给他拼凑成了一间相对结实的"住宅"。黄金年代里像他这样年纪的孩子，可能父母还得花钱送他上搭积木的兴趣班。不过短短五年，人类强大的适应能力在这个孩子身上表露无遗，不到十岁的他不仅能够在这样恶劣的环境下生存下来，甚至还能尽自己的所能改善自己的居住环境。

小追掀开破布条做成的门帘，钻进"住宅"里，狭窄的空间内有一小块地方堆着破棉被用来睡觉，其余地方都凌乱地堆砌着他收集来的废弃物，几乎没有能够落脚的地方。从那些被改造过的各种低阶魔物身躯的边角料，可以看出这个孩子有着强大的动手能力，并且具备了熔炼魔物身躯的异能。一台已经完全生锈了的破旧冰箱，是他的桌子，上面摆着他收集的各种宝贝，比如，一些装着弹珠的盒子，断了两条腿的玩具机器人。

今天在那个锈迹斑斑的遥控汽车边上，躺着一个透明的塑料袋，袋子口敞开着，滚出了几颗五颜六色的糖果。

小追不可置信地一把抓过了这个袋子。袋子中的每一粒糖果都晶莹剔透，颜色鲜艳，像是被精心雕琢而成的五彩宝石。

小男孩捏起一粒，小心地伸出舌头舔了一下，甜蜜的味道在口腔中扩散开来。

他不解地推开屋门，向外张望。

屋外依旧是垃圾成堆、蚊虫乱飞的昏暗街道，邻家的张大胖提着马桶出来，把一桶的污物哗啦一声直接倒进不远处的水沟中，向着他的方向吐了一口浓痰，顺便骂了一句"小瘪三"。

小男孩不明白这一塑料袋梦幻般的甜蜜从何而来。

污浊的街道上，一缕黄沙被卷入横流的污水中，不见了踪迹。

此刻，在春城外繁密的丛林中，人类同魔物的战斗正如火如荼地进行着。

迎面刮来一阵热浪，把楚千寻从高处扫了下来。

楚千寻片刻不敢滞留，纵向急滚，险险地避开了向着她直冲过来的巨大魔物。

这只魔物的身材高大，外壳坚硬，周身燃着熊熊烈火，横冲直撞地一路狂奔，基本无人能够直面其锋芒。

楚千寻抹了一把脸，她的后背和肩膀被烈焰烧伤，火辣辣地疼。她的腿骨断裂了，每行动一步，都是一阵剧痛。

"千寻，你退回来。"高燕把她往阵地内拉扯。

他们小队负责对付的这只魔物名为"钝行者"，是一只五阶火焰系魔物，攻高防厚，岩石般的躯壳内流动着赤红的灼热岩浆，所过之处，烈焰熊熊，草木成灰，很难对付。

但它其实不过是这次猎魔行动中微不足道的一个小卒而已。

离他们不远处的密林上方，高高悬停着一只体型较小、背生双翼的魔物。

那魔物容貌俊美，身材玲珑，有着和人类女性十分接近的面容和半昆虫态的身躯。

此刻它高悬在空中，后背的翅膀扇动，双目中旋转着一圈一圈黑黄相交的同心圆，玲珑有致的身躯上有着精致的黄色斑纹，四肢有如昆虫一般又细又长、长着尖利的倒刺。

这是一种名为不眠者的九阶魔物，看似身材小巧的它才是此次猎魔的主要目标。

这种魔物最难对付之处，不在于它自身的战斗能力，而是它具有独特的控制能力——能够控制数量众多的低阶魔物攻击人类。

每只不眠者可以控制魔物的数量和它的等级成一定比例。

九阶的不眠者是恐怖的，它带来了铺天盖地的魔物大军。

春城城主桓圣杰耗费巨资，就近征集了各大知名佣兵组织中的高手前来共同围剿魔物。

而楚千寻这样级别的圣徒组成的小战队，不过是负责阻挡不眠者召唤来的低阶魔物，为大佬们的战斗尽可能制造便利罢了。

楚千寻的后衣领子被人拉住，远远地抛了出去。她身体在空中，回手就是一刀，刀身带起一阵阵疾风，一路携起沙尘向前交错冲去。

几乎同时，铺天盖地的烈焰向着她刚刚停留的地方烧过来，火焰同疾风相冲，被改了方向，使得站在那里的几位圣徒得以在短时间内撤退。

如果慢了一步，就算圣徒身体强悍，也免不了会被那魔物口中喷出的烈焰烤得脱一层皮。

把她拉走的是同队的一位力量系圣徒，名叫林胜，因为同属一战队，他们配合过多次，彼此之间已经默契十足，及时化解了大家的一次危机。

属于另外一支战队的两位年纪幼小的圣徒，却因为经验不足躲避不及，被改了道的火焰掀翻在地。

钝行者巨大的身躯向下蹲了蹲。经验丰富的猎魔者心中都同时咯噔一声。

果然，下一刻，这只魔物就使出了它招牌式的必杀技，突然以爆发式的速度，冲向那两个倒在地上来不及起身的小小身躯。

魔物上空的柱状空间扭曲，宛如巨石般一下下地压在它的身躯上，把那个能够烧毁万物的火焰状身躯不断压弯，却阻止不了狂暴中奔跑的魔物。

高燕在全力施展自己的空间重力异能，想要拖住暴走的魔物，救下躲避不及的年幼的战士。

楚千寻双手翻转，一双银白色的短刀在空中一斩，两排共有数十道的风刃，蝶翼状交错向前，一路劈开火焰，直击魔物的身躯。纵横交错的风刃割开了它岩石般的外壳。

在高燕的惊呼声中，风系圣徒楚千寻挺身再上，灵巧的身躯急转，在空中带起飓风，被空压压紧的白色风刃接连不断地攻向魔物的腹部，那里是钝行者魔种所在的位置，也是它的弱点所在。

钝行者的腹部被切开了一个巨大的口子，露出了绿色魔种的一角。楚千寻心中大喜，不顾烈焰的灼烧，伸出手就欲取魔种。

恰巧在此时，丛林上方的不眠者发出了一声冗长而低沉的鸣叫。

那是不眠者特有的一种声波攻击方式。

尽管离得很远，事先所有人都在耳朵里塞上了耳塞，但等级与之差距甚大的楚千寻还是在那鸣叫声发出的一瞬间感到胸口极为沉闷，她脑袋一阵眩晕，从空中掉落下来。

她离魔物太近，地面上全是红色的火苗，燃烧着熊熊烈火的巨大手掌从空中向她抓来。

"千寻！"

她甚至听见了高燕担忧的声音。

天空在那一瞬间暗了一下，密集的冰凌从天而降，暴雪一般密密麻麻的冰凌接连打在魔物身上。

钝行者发出震天巨吼，一身的火焰被铺天盖地的冰凌熄灭，升起浓密的黑烟。

地面上燃烧着的火焰骤然消失，甚至在转瞬间结上了一层冰霜，以魔物为中心，从地面向着空中散射出无数六棱冰柱结成了巨大的冰块，那只刚刚还熊熊燃烧的恐怖魔物，被彻底冻在了这颗心脏状的冰凌中。

"凛冬之心！凛冬之心！"

"那是暴雪佣兵团团长江小杰的大招——凛冬之心。"

站在地面上的无数低阶圣徒被这惊人的一幕震撼，无不举头用崇拜的目光看向不知何时出现在一棵高高的大树顶端的那个男人。

那个人年纪很轻，带着一点年少轻狂，轻轻从鼻子里发出一声不屑的冷哼。

这个世界是以实力论英雄的，尽管独站在树顶上的只是一个年纪不到二十岁的年轻男孩，但没有一个人敢轻视他半分。

这就是春城第一强队——暴雪佣兵团的团长江小杰。

在所有人的目光都被树顶上的那个身影吸引的时候，楚千寻疑惑不解地摸着身下的地面。

她从空中掉下来的时候，所有人的目光都被从天而降的冰凌吸引。

只有她清晰地看见，地底突然冒出一股黄沙。她重重摔下的身躯被柔软的力道接住，那股黄沙不仅接住了她，没有让她掉进地面的火堆中，还及时为她挡住漫天落下的"火雨"和冰凌。

楚千寻从散开的沙堆中爬起身，举目四望，没有在人群中看到她想象中的身影。

江小杰从树顶跃下，抬手打碎了冰凌，取出魔种，毫不介意地把那颗昂贵的绿色五阶魔种用手抛接着。

那两位被楚千寻等人救下性命的年幼的圣徒，正是江小杰暴雪佣兵团的成员。二人急急忙忙跑到自己的团长面前，低头喊了一声"老大"。

暴雪是江小杰这位顶尖冰系异能者一手建立的佣兵团队。里面的成员大多和这位团长一样，年轻而强大，有不少甚至还是年幼的孩子。

这位团长脾气不是很好——嗜血而暴躁，而且毫无原则地护短，是基地内没有什么人敢随便招惹的人。在废土时代长大的少年，是非观念形成之前先学会的是弱肉强食的丛林法则，比起成年人，他们更加彻底地抛弃了黄金年代的公序良俗，认为强者至上，用拳头可以解决一切问题。

"简直是废物。"此刻，江小杰正臭骂着那两个刚刚捡回性命的团队成员，"连一只五阶钝行者都搞不定，还差点丢了小命，叫我的脸往哪里搁。"

他骂得毫无顾忌，两位年轻的团队成员一声也不敢吭，只能低着头唯唯诺诺地挨训。

江小杰转过脸，瞥了一眼楚千寻，嗤笑了一下，把手中的那颗魔种抛给了她。

"赏你的，我们暴雪的人从不欠别人人情。"

对江小杰来说，这个满身被烟火熏黑的女人等阶低到不值一提，但是此人刚刚杀怪的那股狠劲和用刀时那种对时机的精准把握能力倒是让他略微有些惊讶。

在江小杰的心中，是非对错没有任何意义，强者、狠人才值得他多留心一眼。

他转身离开之前本想问问这个人的名字，但随即又将此事在心中摘了去。

这样的人只要能活下来，迟早会成为一名强者，再度走到自己的眼前。

到时候，他再问她的名字也不晚。

所有在场的人都对楚千寻露出了艳羡的目光。那可是五阶魔种，本来应该分给所有在此战中出力的团队成员。但暴雪的团长出了手，又说了话，谁也不敢就此多说一句。

四阶的楚千寻如果还想再提高一个等级，五阶魔种正是她眼下最急需的高阶魔种，但她此刻有些发愣。

在她面前的江小杰飞扬跋扈，有着桀骜不驯的神情和鲜活的身躯。

这个活得肆意而张扬的男孩，在她梦中的那个世界却早早死在了魔种降临之初。

在那个梦里，自己亲眼见证了江小杰的死亡，但如今他活生生地站在自己眼前。那些一直活到最后，甚至和自己成为朋友的人，在这个世界中却已打听不到他们的名字。

在那个世界得到了救赎的叶裴天，如今还依旧沉沦在绝望的深渊。

持续已久的大战终于结束了。

经过惨烈的战斗，剿灭九阶魔物的春城城主桓圣杰受了重伤。他勉强支撑住身躯，从魔物的颈椎处取出魔种。

不眠者倒下之后，被它召唤来的魔物军团失去了指挥，各自为政，很快被腾出手来的高阶圣徒剿灭了。

历经苦战的同伴们欢呼一片，相互庆贺。

但是桓圣杰微微皱起了眉头，在战斗最为激烈的时候，不眠者发出了强大的音波攻击。属于近战系圣徒，需要直接面对魔物的他首当其冲，头疼欲裂，双耳流血。但也是在那一瞬间，他隐约看见空中凝结出一只黄沙组成的手掌，一把掐住了那只魔物的脖子，他抓住那一瞬间的时机，重创了魔物。

此刻桓圣杰看着散落在地上的一缕黄沙，这是控沙系异能，春城附近，哪里来的那样一位可以用一只手掐住九阶魔物脖子的超级高手。那位高手竟然还不求回报地出手帮了他一把。

这样的级别，几乎可以同那位黄沙帝王叶裴天一较高下了。

桓圣杰已经处于八阶到九阶的临界状态，为了得到这只九阶不眠者的魔种，他倾尽全力，花费了大量财力，聘请了著名的暴雪佣兵团团长江小杰及数支强大的佣兵团队参与战斗。

但如果不是这位神秘的强者出手帮忙，这场战斗的胜负还是未知。

楚千寻和自己小队的几个成员待在一起，队长王大志领取了报酬和食物，正在挨个给他们分发。

"千寻，你最近怎么了？刚才多险啊。"

高燕对刚刚发生的战斗心有余悸。她取出随身携带的应急药品，帮楚千寻上药。

楚千寻龇牙咧嘴，她的肩膀和手臂多处烧伤，起了大片的水泡，局部的皮肤开始脱落，疼得厉害。

"轻点，死女人，疼死我了。"

"现在知道叫唤，刚才是怎么了？拼起来，不要命了。"

"我想冲过五阶。"楚千寻说。

"五阶？五阶哪里是那么好冲的。"高燕略微有些诧异，从前的楚千寻可没有这样的上进心，大部分猎魔行动的时候，和她一样躲在队伍的最后，过着得过且过的日子。

"你可要想好，多少人都死在四阶冲五阶的关口。当初隔壁的素莹变成魔物的样子，你还记得吗？她的头还是我亲手砍下来的。"

四阶升五阶是所有圣徒升级的一个大坎，越过四阶之后，实力能够有一个质的飞跃。但不少圣徒在吞食五阶魔种升级的过程中都没能控制住自己，而是被魔种侵蚀，最终变成了食人的魔物。久而久之,许多圣徒都选择止步四阶,不再继续追寻实力的强大。

"燕姐,我不想再这么弱小下去,我真希望自己能够更强一点。"

楚千寻垂下眼,咬住了牙关,不再喊疼。

她曾经见过另一个世界的自己,在那里,自己站在了强者世界的顶端,在那样的高峰上,风景和她眼前的完全不同。

不知道为了什么,见过了那样的风景,一向得过且过混着日子的她,突然就不甘于自己处于如此弱小的状态。她希望自己能够再强大一点,能够恣意地左右自己的人生,和自己喜欢的朋友一起,过自己想过的日子。

她想要再亲眼看一看那些强者眼中的世界,而不是像如今这般每日只为了勉强混个饱腹,行尸走肉地活下去。

两人坐在草地上休息,周边来回走动着战友,有的人受了重伤正在包扎,有的人忙着分派食物、药品。

不管怎么说,这一战比想象中结束得快,不但取得了胜利,而且没有出现过重大的伤亡。

魔物的火焰已经全部熄灭,地面上的冰凌还没完全融化,冰雪被地底来不及消散的热气蒸腾起大量的烟雾。

周围的圣徒们都在小声议论着暴雪佣兵团的那位年轻团长。

"那位真是好年轻,看上去二十岁还不到?"

"听说他特别护短,只要是他们暴雪的成员,就没有人可以欺负。"

"真好,我也想成为暴雪的成员,他特意从主战场赶过来,就是为了救他底下那两个毛头小子?"

"算了吧,你别看他面部和善,脾气却特别暴躁,杀人从不眨眼,动手就见红,混在他底下的,平日里在他面前连屁都不敢放一个,不是被打就是被骂。换了你,还未必受得了。"

"那我也不怕,只要待遇好,吃得饱,猎魔时有人护着,被打骂算什么。"

女生们对强大、护短又高傲的年轻团长十分感兴趣,叽叽喳喳地谈论个不停。

楚千寻的视线停留在地面那一片黄沙上。

混杂在融化了的雪水和漆黑的尘土中,那一层薄薄的沙砾几乎不会引起任何人的注意,让楚千寻怀疑自己是不是出现了错觉。

直到她凝望了许久,那层薄薄的沙砾仿佛被看得不好意思似的,突然钻进土地里,消失不见了。

楚千寻瞬间站起身,周围是扛着武器、搬着魔物身躯来回走动的熙熙攘攘的人群。

她实在无法在其中找出她想要见到的那个身影。

刚刚在战场上把楚千寻抛到高处的力量系圣徒林胜走了过来。

林胜的身体强壮,浓眉大眼,笑起来的时候带着一点憨厚、单纯,能给人一种可靠、安全的感觉。在他们所住的那栋筒子楼里,已经突破了力量系四阶的他,也算是一位比较受女性欢迎的单身男士。

"千寻,你这是烫伤,我这里有烫伤膏。"他略带着一点腼腆,递上前一罐药膏。

"多谢了,林哥,燕姐已经给我上过药了,没什么大事,就别浪费了。"楚千寻笑意盈盈,口中说的却是拒绝的话语。

楚千寻委婉拒绝了他,让林胜心中沮丧,随便说了几句,憋红着脸离开了。

在这样生活充满紧迫感的时代,男女之间很少有那种过多的浪漫情调,成年人之间只要相互看对了眼,就可能迅速地凑成对。

毕竟每个人活过今天,不知道还能不能有明日,对他们这些人来说,人生无常,应该及时行乐。

"看不上啊。"高燕不以为意地说了一句,如今的她很少干涉别人的感情生活。

虽然这个男人看起来还行,但她知道,在这个今夕不知明日的时代中,轻易付出自己的感情,只会给自己带来伤痛,反而不如独身一人，逍遥自在。

"燕姐，你有没有想过将来？"楚千寻口中叼着一根稻草，半躺在草地上休息。

"想将来？"高燕坐在她的身边，自嘲地笑了笑，"有啊，曾经，在五年前。我的梦想也是特别多的。想要挣了钱以后，再去读大学，或者开个小店，找个有钱又专一的老公嫁了。"

"现在不再想了吗？"楚千寻的目光低垂，五年之前她也是一位充满幻想的少女，黑暗的岁月磨去了她生命中的一切色彩，如今她和这里的许多人一样满面烟尘，双眼中已经没有了当时的光。

"现在嘛——"高燕没有把话再说下去。

她轻轻哼起一首不知名的歌。

"生活也曾充满希望，那里有梦想在扬帆起航，可魔鬼在暗夜中来临……"

不远处的密林中，叶裹天透过丛林的间隙，悄悄看着人群中的楚千寻。

到了此时，他依旧有些不知道自己为什么会站在这里。

这些年来，尽管几乎成为全人类的公敌，但他从来不掩盖自己的面貌，想去哪里就去哪里，甚至不顾在所到之处会引起众人恐慌或是敌人的追杀。

但如今，他戴着帽子和口罩，穿着宽大的有帽衣物，把自己严严实实地藏在厚实的外套中，还在自己极不适应的人群中游荡了两日。

他想再见见那张会冲着自己笑的面孔，远远地看上那么一眼，似乎心中就有所满足，但又不知道这样做有什么意义。

他有些迷迷糊糊地远远跟着楚千寻的队伍来到了这里。

在自己无法触及的地方，他看见那个小小的身影冲着燃烧的火焰上去，被那些该死的火苗灼伤，掉下地来，又翻身再起，再度冲上战场。

叶裴天心中涌起一股戾气，这个爬虫一般该死的魔物，他本可以轻易捏碎。

他的脚微微动了动，最终还是伫立在阴影中没有动弹。

直到战斗终于结束，他看着草丛中坐在地上休息的那一群人，那些人在战斗中活下来，正兴致勃勃地一起吃着分配下来的食物，相互交谈着，分享胜利的果实。

叶裴天不太能够理解，打败区区一只九阶魔物，就能够让这么多的人兴高采烈。他的城堡中各种各样的魔种堆积了一房间，他从未从中得到过任何快乐。

那个人正坐在她的同伴身边，龇牙咧嘴地喊着疼，让她的朋友劝慰着给她涂药。

有一个男人来到她的面前，红着脸低头和她说着什么，她笑意盈盈。

那个男人离去了，她和身边的伙伴轻轻哼着歌谣。

真是幸福、热闹——和自己格格不入。

一个自己完全不能融入的世界。

叶裴天在黑暗中站立了很久，等一切热闹消失，山林中的一切重归寂静，才默默转身回到黑暗之中。

第六章

"千寻,走了,你在看什么?"

高燕临走的时候喊了楚千寻一句。

"欸,来了。"

楚千寻忍不住回头望了几眼,那些散在地上的沙子已经不见痕迹,她心中一直在想着一个人。

但身后只有寂静、幽暗的森林,层层叠叠的枝叶,静默地回望自己,看不见那个想象中的身影。

城外高阶圣徒们的大战对春城底层居民的生活似乎没带来什么影响,叶裘天的鞋子踩在街口的泥泞中,停住了脚步。

嘈杂的人声,拥挤的街道,让他心底微微有些不安。他扯了扯脸上的黑色口罩,不知道自己的心底涌动着的情绪是烦躁,还是畏惧。

他走进摩肩接踵的人群中,一个个鲜活的人从他身边擦过,使他的呼吸有些加快,这里的气味很浑浊。

一种混杂着包子的香气、煤炉的臭味和人体的汗味的味道飘散在空中。

离开人类生活很久的大魔王一步步走着，觉得自己似乎也慢慢恢复了一点活着的气息。

他好想回到很多年前，虽然那时候的生活也不是太好，父亲的漠视、继母的排斥、弟弟的针对时常令他痛苦。

那时候他也时常这样蹲在街道上，听着这样的声音，闻着这样的味道。

当时魔种还不曾降临，没有无处不在的魔物，身边的人类也都还像是人，不会像恶魔一般面目狰狞地把他扯入黑暗的深渊，自己的双手也不曾像现在这样染满鲜血。

叶裴天避开了人群密集的街道，去了人员稀少的巷子，绕了很远的路，在不知不觉中，又来到了那栋筒子楼的楼下。

他抬起头，远远看着其中的一扇窗户。

那个窗口有几盆绿色的植物，有一个西红柿红了，隐隐约约地在绿叶后露出一点惹人喜爱的红色。

他在那里站了很久，窗户突然被推开，他觉得自己的心脏怦怦跳动了起来。

那个人探出半个身体，一只手拿着半块褐色的黑饼啃着，另外一只手持着花洒浇花。她半长的头发刚刚洗过，湿漉漉地别在耳朵后面，脸洗得干干净净的，有一种和平日不一样的气息。

楚千寻开心地摸了摸红通通的西红柿。

又熟了一个，今天就把它吃了吧。

在那一刻，她敏锐地察觉到了什么，抬起头看了一眼，远处一棵绿色的梧桐树下，微风卷过一缕黄沙，那里空无一人。

是错觉吧，怎么最近总是疑神疑鬼的。

楚千寻笑了一下。

春城之中最脏乱无序的街区，名为黑街。

这一片纵横交错的街区中，有一条内河穿过。

说是河，其实它也不过比水沟略宽一点。

这条内河从基础建设毫无规划的基地内自西向东横穿而过，席卷着从上游顺流而下的各种废弃物滚滚流到下游的黑街时，水面已经漆黑一片，脏得没法看了。

故而，周边这一圈的街区因着这条黑水河得了黑街之名。

一把破烂的木椅在水面上浮浮沉沉，慢悠悠地顺流而下。一只黑色的乌鸦停在了椅背上，转着眼珠看了半晌，发出一声难听的鸣叫，张开翅膀呼啦啦地飞走了。

无其他人的河堤上坐着一个穿着帽兜T恤的男人，他身材消瘦，双腿修长，微微佝偻着脊背，沉默地看着流动的黑色水面。

夕阳缓缓下沉，它像一位吝啬的商人，终于舍得在黑夜降临之前给这片昏暗的水面施舍一点点细碎的光。

光影变幻，河水流逝，坐在堤岸上的那个年轻人却一动也没有动过。不知道他在这个位置坐了多久，似乎是一个清闲到了无所事事地步的人。

"站住，小兔崽子别跑！"

"爷爷我今天就不信抓不住你这个小贼！"

喧闹声打破了这里的宁静，一个小小的身影炮弹般从附近的斜坡上直冲下来，他的身后有三四名大汉怒骂着紧追不舍。

小男孩头也不回，向身后的地面丢了两个小小的三角锥，那两个不起眼的黑色三角锥落在巷子口的两侧，瞬间变化形态，底端深深地扎入地面，顶部各射出一条黑线，彼此连接。黑线绷紧，将一路冲过来的三个追兵一起绊倒在地。

男人们从高处跑下来，冲势太强，被绊得接连滚了数圈，一时爬不起身。

小男孩转过身来，指着倒地的几人哈哈大笑："你大爷我不过拿了你们一块黑饼,就疯狗一样追了我几条街,这下知道大爷的厉害了吧。"

他这里正得意着,没见到倒在地上的一个独眼男人,悄悄把自己的手指插入了地面。

男孩脚边的草地上生长出一条细细的藤蔓,悄悄爬上了他的脚面,趁其不备,一瞬间捆住了他的双脚。

这个"独眼"是一位拥有植物系异能的低阶圣徒。

小男孩的脸色变了,他想跑,却一下倒在了地上。

摔得鼻青脸肿的男人们爬起身来,把那个十岁不到的小偷按在了地上,毫不留情地拳打脚踢。

坐在堤岸上的叶裴天侧过身,沉默地看着眼前的这一幕。

独眼转头看了他一眼,向地上啐了一口口水:"臭小子,看什么看,少管闲事,否则连你一起揍。"

小男孩蜷缩着身子在地上翻滚,雨点般的拳头落在他瘦小的身体上。他没有求饶,没口子地咒骂着。他从小在这条街上混日子,挨打对他而言不过是家常便饭。

残酷的生活告诉他,这个时候求饶没有任何作用,反倒不如骂个痛快,还能拿回点利息。

"小崽子还敢嘴硬,老子今天就弄死你!"独眼男人抽出腰间的短刀,狠狠地往下扎。

一只手从旁伸了过来,握住了他的手腕。

那只手肌肤苍白,并没有特别强壮,但一握上来,独眼就觉得手腕像是被一把坚硬的铁钳紧紧地箍住,一丝一毫也动弹不得。

"放手!快放手!大……大哥,手要断了,饶,饶了我。"

独眼初时还要开口骂人,随着那手掌微微一收,他的手腕上顿时传来难以忍受的痛苦。

这位刚刚还十分嚣张的低阶圣徒瞬间就怂了。

他是从战场上退下来的低阶圣徒,也曾见过猎魔战场上那些高阶强者的风采。眼前这个蒙着脸的年轻男人,虽然没有动用异能,但那看尸体一般冰凉的眼神和一招之间捏断他手腕的强大体能,让他很快意识到这是自己招惹不起的人。

几个识相的男人连滚带爬地离开了。

叶裴天瞥了一眼躺在草地上的男孩,没有说话,默默回到堤岸,坐回他的位置。

不多时,一个小小的身影在他身边坐了下来。

"多谢了啊,哥们。我叫小追,你叫什么名字?"小追用袖子擦了把脸,把一口污血吐到地上。

叶裴天的视线转了过来,看了他一眼,又转回到流淌着的黑色水面上。

小追不介意叶裴天的冷漠,冷漠的人,他见多了,肯伸手救他的人却很少见。

他从怀中摸出一块被压得变形了的黑饼,掰成两半,递了一半给身边的叶裴天。

"吃吗?兄弟我今天算运气不错,挨了顿揍,能换上顿饱饭。"

这块饼既黑又粗糙,甚至还沾上了泥污,显然不会有什么好味道,却是这个基地内大部分人的主食。更有一些在饥饿边缘挣扎的人,甚至连这样粗糙的食物都吃不上。

叶裴天迟疑了一下,伸出手,接过半块黑饼。他用白皙的手指把那粗糙的黑饼掰下一小块,送入了自己口中,慢慢地吃着。

原来是这样的味道。

他曾看见那个人吃着这种食物。那个人给他吃既香又甜的麦片粥,自己却站在门外啃这样难以下咽的东西。

叶裴天的心突然就软了一下,也许是太久没有得到过来自他人的善意,这一点点受到照顾的幸福感,被他紧紧地攥在心中,不停地反复摩挲,细细品尝。

天色很快暗了下来。

小追把那位看起来无处可去的"新朋友"带到了自己的住处。

"别客气，进来吧。"小追钻进魔物骨骼拼凑成的小屋中，踹开地上的杂物，给进屋的叶裴天腾出落脚的地方。

这间屋子实在太小，两个人一起待在里面就显得有些局促。

但小追完全不以为意，他摸到角落的一处开关，按了一下，屋内几个挂在墙壁上的五角星就亮起来了。不知道他从哪里捡来的这种黄金年代用来装饰树木的小灯，修理好了，挂到自己屋中的墙壁上用来照明。事实上，平日里他是舍不得开这种需要耗费电池又没多少亮度的小灯的。

"怎么样？还不错吧。"小追因为能在朋友面前炫耀自己的得意之作而高兴。

这位新认识的朋友也很给面子地把视线落在了那些灯上，久久没有移动。

小追整理了一下倒下来放在地上的废弃冰箱，在上面铺上一床破旧的被褥，打算晚上就睡在这里。而地面上乱成一团的"床铺"被他让给了叶裴天。

收拾整理的时候，他忍不住把自己制作出的一个个小玩意展示给自己的朋友看。

"怎么样，我很厉害吧？"虽然他的那位朋友始终沉默无言，但也止不住他絮絮叨叨地述说自己的梦想，"等我再长大一点，我会加入一支佣兵团，在那里就能摸到那些高阶魔物的躯体，到时候我一定能成为一个伟大的锻造者。"

"给你看看，这是什么。"小追翻出了自己最为宝贝的一袋东西，小心地开了一个口子，放在叶裴天的面前，迅速地晃了一下，"没见过吧？这么多的糖，这可是高阶的糖果。"

他小心地取出两颗，往叶裴天手中放了一颗，自己吃了一颗，带着点不舍地舔了舔自己的手指。

难得有朋友来到家里,他准备像一位大方的主人一样,和客人一起享受一次这种奢侈的食物。

"这可是我一个好兄弟送我的。"小追说道,"他那个人有些奇怪,明明断了手臂,一副半死不活的样子,但还有一个女人愿意养着他。不仅养着他,还给他买糖吃。"

他如愿以偿地看见叶裴天被他的话题吸引,抬起头来,那双没什么波澜的眼眸中似乎有了一点光。

"可惜我最近都找不到他了,说起来,他长得似乎和你有些像。"

黑街附近的居民都知道这里新近来了一个有些神秘的年轻人。

这个年轻人总是戴着黑色帽子和口罩,穿着一件连帽T恤,把自己遮得严严实实。他少言寡语,从不与他人交谈,和这条街上依靠小偷小摸过活的小追住在一起,终日无所事事,最喜欢做的事就是坐在黑水河的堤岸上发呆,时常一坐就是一整日。

但自从他来了以后,这条街上的小混混们就不怎么再敢找小追的麻烦。他们似乎逐渐发现这个年轻人虽然话少,但打架是一把好手,动起手来从不留情。就这么几日之间,各路小混混基本都被他打得服气了。

黑水河的另一边,有一片两层高的房子,是胖子阿源经营的廉价旅馆。

小追爬到高高的外墙上,从某个狭窄的窗户口向内张望了半天,最终失望地跳了下来。他从随便用几条铁索拉成的木板桥上跑过河,来到呆坐在河堤上的朋友身边。

"走吧,回去了。今天收获还不错。"他从怀中掏出两个黄色的窝窝头,分给了叶裴天一个。

但他发现自己的朋友好像没有听见他说的话,还在看着河对岸他刚刚跳下来的那个窗口发呆。

"那里啊，曾经住着我的一个好朋友。"小追把叶裴天拉起来，一边走，一边解释自己爬上去的原因，"那可真是一位好朋友，他临走的时候，还特意到我家给我留了一袋糖果。我时常去看看，是希望他哪天能回来。"

不久前下过一场雨，把这条本就泥泞的街道搞得更加污秽不堪。

一高一矮的两人，踩着地面的水坑，走在昏暗的巷子中。路边阴暗的角落里，一个衣衫褴褛的女人解开上衣扣子正在给她的孩子喂奶，她的身边还有两个年纪幼小、瘦骨嶙峋的儿童，正忙碌地帮助母亲收拾被雨水溅湿了的破旧棉絮。

看到小追和叶裴天踩着水走过来，两个骨瘦如柴的小男孩一左一右想要抱住叶裴天的双腿。

"哥，饿。给点吃的吧。"

他们没能够成功，叶裴天也不见怎么动作，一抬手就提住了他们的衣领，毫不留情地把他们一把推进泥地里。

小追骂骂咧咧地挥手赶人："走、走、走，看到新来的就想欺负，老子自己都吃不饱，哪有东西给你们两个小崽子。"

"养不起就别生那么多，生出来就算丢在街上，也没人给你养。"

这条街上时常有一些迫不得已生孩子的女人，但这些女人大部分不会养着这些连父亲都不知道是谁的孩子。

小追就是被父母抛弃在这条街上的孩子之一，是那些被遗弃的孩子中侥幸存活下来的少数人。

习惯了遭遇拒绝的两个男孩在泥地里滚了一滚，没有哭，爬回母亲的身边，擦了把脸上的泥水，可怜兮兮地看着叶裴天手中诱人的窝窝头。

他们那枯瘦而呆滞的母亲抽出手，在两人头上随便摸了一把，算是安慰。

从他们身边跨步走过的修长双腿丝毫没有停歇，那个金黄色的窝窝头却被抛过来,在那位母亲的怀中滚了一滚,金灿灿地躺在那里,没有沾到半点泥水。

"欸,我说你这个人也真是的。和你说了多少次,不能这么心软,他们就是看你心软,每次都拦着你。我怀疑你要不是遇到我,早就饿死了。"年纪不大却十分老成的小追一边数落着他的朋友,一边从怀中掏出自己那个小小的窝窝头,掰成了两半,递给叶裴天一半。

叶裴天也不说话,接过来用手掰着,慢慢地吃了下去。

街边一家包子铺的老板掀开了一屉刚出笼的包子的遮布,白面包子的香气飘散到街道来。

小追用力地吸了两口,悄悄摸了摸自己的肚子。

一整天时间不过吃了半个窝窝头,实在让他有些受不住。窝窝头虽然好吃,但分量也未免太少了点,还是黑饼充饥,明天还是改吃黑饼吧。他在心里想着。

叶裴天停下脚步,转身看了他一眼,手指中就出现了一颗绿莹莹的魔种,向着包子铺递过去。

小追一把握住了叶裴天的手,大惊小怪地左右看了看,气急败坏地压低声音说:"你要干什么?你那可是三阶魔种,不论是镶嵌到器械上作为动能,还是换成稀有物资,都好用得很,你竟然想把它用来换包子?"

叶裴天有些发愣,生活了这几日,他也大概知道了市面上的交易情况。这是他能够找出来的唯一一颗最低阶的魔种了。可是,眼前的少年似乎不同意他使用。

一位白发苍苍的老妇人,吃力地拖着一辆破旧的平板车,车上堆着数倍于她身体的废弃物,正沿着道路一点点地向前移动。

小追双手插在口袋中,慢悠悠地路过,突然一伸手,从那成堆的废弃物中抽出一块巴掌大小的破损的魔物躯体,拔腿就跑,边跑还要边笑:"吴婆婆,这么破的魔物躯体,你反正也卖不了钱,就送给小爷我玩玩吧。"

　　吴婆婆敲着手中的一根竹竿,停下身来破口大骂,如果只看她那副干瘦、衰老的样子,完全看不出她骂人的时候能有这样像炮仗一般的战斗能力。

　　在黄金年代,老人和小孩会得到社会的尊敬和照顾,而到了如今的废土时代,这两种软弱无力的群体,会成为最先被抛弃的对象。时至今日,还能够独自生活的老人或是孩子,已经没有真正意义上的软弱者。

　　那些捆扎在一起的废弃物,在她的敲打中失去重心,慢慢向一侧倾倒。

　　一只手臂抬起,稳稳地撑住了它们。

　　叶裴天的袖子被挽到手肘处,露出的胳膊有些消瘦、苍白,但撑住了小山一般的物品,异常稳当。

　　"少年人,帮老婆子拖一把。哎呀,这把老骨头,都快散架到土里去的呀。"

　　吴婆婆的年纪大了,见过不少人,没两日,她已经摸准了新来的这个年轻人的脾气。他看起来冷冰冰的样子,其实非常好说话,力气还特别大。

　　果然,她看见叶裴天沉默了片刻,终究还是接过拖车的绳子,一言不发地拖起车向着她居住的巷子深处走去。

　　到了住处,他甚至主动把那一车沉重的货物卸了下来,搬进了吴婆婆堆积废品的仓库。

　　吴婆婆拉住了转身就要走的叶裴天,在他手里塞了自己做的一块土豆饼。

　　"谢谢你啊,少年人。下次还请你来帮忙的呀。"

　　小追找到叶裴天的时候,他还站在路边看着手中那块金黄色的土豆饼发愣。

　　"哇,那个抠门到家的老太婆今天竟然这么大方。"小追踮着脚,舔着嘴唇看着那块泛着一点油光的煎饼，"分，分我一半呀。"

春城的城主府内。

城主桓圣杰一下站了起来："你说什么？你确定是他？"

站在桓圣杰对面的是一个瘸了腿的男人，那人腿上装着假肢，弯着脊背，恭敬地回答："城主，我不会认错的，我曾经差点死在他的手中。那个男人操控沙子的手法，我永远都记得。那天大战之后，我悄悄留下了我的召唤兽，藏在地底。"

"虬枝，出来。"他向着空无一物的地方低低地说道。

一只巨大的鼠形召唤兽从地底冒出半个脑袋。

"主人。"磁性低沉的声音响起。

"和城主说一说你看见了什么。"

"是的，主人。那个男人不久之前从森林中出来，戴着口罩、帽子，穿得很奇怪，慢慢跟在队伍后面，进了春城。今天，我又在城里的黑街发现了他。看起来，他已经在那里生活了好几日。"

桓圣杰在屋内踱步了两圈："叶裴天，叶裴天，他怎么会出现在我们这里。"

瘸腿的男人从阴影中向前迈了一步，小心谨慎地说："我曾经和这个魔鬼交过手，那一次，其他人都死了，就我侥幸活了下来。那天在战场上，我看到空中的那些沙子，就觉得不对劲。"

桓圣杰缓缓坐下："我就说，哪里来的这样高阶的控沙圣徒，出手了却不现身，魔种也不分，白白送给我们？"

"那是因为他是叶裴天啊，他怎么敢出现在我们面前。"

桓圣杰眼珠急转，搓了搓手："若是按你这样说，我们必须全员戒备。"

"城主，您难道不知道叶裴天的秘密吗？这可是个千载难逢的大好机会啊。"那人靠了过去。

"你，你是说？你胆子怎么这样大？！不成，那可是人魔叶裴天，我们招惹不起。"

"神爱之所以能够有如今之势，不就是因为早期把这个男人控制在手中了吗？"瘸腿的男人露出贪婪的神色，低声鼓动着，"他的全身可都是宝啊，只要得到一点血液，伤得再重的都可以救得回来。"

第七章

暴雪佣兵团是春城内最强的佣兵团队，虽然他们人数不多，但由于团长江小杰嚣张跋扈的性格，硬是在拥挤的春城内占据了一大块的土地作为团队的驻地。

春城城主桓圣杰怒气冲冲地从有着暴雪标志的大门出来，他想到暴雪团长江小杰那个毛头小子丝毫不给自己留颜面的张狂样子，不由得脸色铁青，额头上青筋直跳。

"围剿叶裴天？城主大人还真是好胆识。圣血固然好用，但也要看有没有命去拿。这样的丰功伟业，我就不掺和了。"就在刚刚，江小杰坐在他那装修得像暴发户一样的奢华会客厅内，一点礼貌都没有地将双腿架在身前宽大的案桌上，嘲讽地说道。

跟随桓圣杰前来的亲随小声劝慰："城主，您不必和江团长一般见识，他不过是一个一竿子就到底的愚蠢之徒罢了。如今，您手握九阶魔种，等您越阶之后，就是春城第一高手。若是又能得到圣血，您将来哪里还需要看这个毛头小子的脸色呢？"

"可是，如果暴雪不出手……"桓圣杰停下脚步，心中犹豫不决，那位可是人魔，是一位比九阶魔物更恐怖的存在，他怕一个不小心，得了个鹅城一样的结局——整座城池化成一片沙漠，看不见半点旧日的痕迹。

神爱也是因为被这个魔鬼死死地咬着，才从曾经鼎盛一时的大集团变为如今落魄的模样。

下属的恭维话，桓圣杰爱听，但同时他的心里也十分清楚，虽然他和江小杰同为八阶圣徒，但江小杰强大的攻击能力是实打实地在战场上锤炼出来的。

而他借助了身为城主的权力和财富用大量魔种硬堆出来的等级，虚得很。

若是比拼单兵战斗能力，哪怕自己成功升上九阶，也不会是江小杰的对手。少了暴雪的帮忙，即便集合他能动用的所有力量，他也不太敢去碰那位大名鼎鼎的黄沙帝王。

但同时，正是因为春城内有暴雪佣兵团这样强大的武装力量，让他这个城主总有一种如芒在背的危机感，他才会被人一句话鼓动，决定出手抓捕叶裴天。

"暴雪不愿意出手，我们还可以请另外一个人。"瘸腿的男人凑过来。

桓圣杰的眼珠转了过去。

"听说麒麟佣兵团的团长正好到了离我们不远的南都，那位可是九阶的精神系高手。城主可以去请一请他。"

"辛自明，他能愿意？"

"那位团长，我还是有些了解的，他是一个唯利是图的男人，只要价钱出得足够高，不论什么生意，他都会接。

"您别担心，据我这几天悄悄观察，那个叶裴天……"

叶裴天在黑街住了几天，渐渐有些适应了这里的生活。

他在街头巷尾的铺面里,接了些出卖力气的散活,每日饶有兴致地挣几颗他平日里不屑一顾的一阶魔种。

斜阳晚照之时,沾染了一身烟火气息的年轻男人戴着他那标志性的口罩,手中托着一纸袋热气腾腾的包子,慢慢走在泥泞的巷子中。

蜷缩在角落里的孩子眼睛亮了,从阴暗的窝棚里飞快地爬出来,眼巴巴地看着他。

高瘦的男人目不斜视地从他们眼前走过。三个白白胖胖的大包子落在孩子母亲脏兮兮的衣裙上。

"谢谢,真是太谢谢您了。愿神保佑您。"

叶裴天的身后传来女人哽咽的道谢声。

"回来了呀,您。刚刚出锅的菜粥,给您装好的,您拿好嘞。"小吃店的老板看见叶裴天走过来,殷勤地招呼着,递上了一罐打包好的菜粥,满脸堆笑地从他的手中接过一颗魔种。

叶裴天一只手提着菜粥,腋下夹着装包子的纸袋,腾出一只手帮路过的吴婆婆拖了一把收购回来的废品。他轻轻松松一抬手,就把那小山一样高的重物抬上了台阶。

"谢谢侬啊。"

吴婆婆的大嗓门传得老远。

叶裴天抬起头,看见每天等着他一起回去的小追站在了自己的面前。

他把纸袋里剩下的两个包子掏出一个递给了小追。

这位平日里聒噪个不停的小男孩,今日面色苍白,眼神躲避,一反常态地安静,接包子的手指甚至有些颤抖。

"怎么了?"叶裴天低沉的声音响起。

他的话很少,小追和他一起住了数日时间,这是他说的为数不多的几句话之一。要是换了平时,小追一定会兴奋地蹦起来,连珠炮似的接上大段的话语。

但此刻他低下了头,有些结结巴巴:"没,没什么。今天我有点事,我们走小路。"

二人并肩慢慢走在人迹稀少的巷子中。

靴子踩着的是泥泞的污水,道路上到处是堆放的垃圾,空中嗡嗡飞舞着无数蚊虫,老鼠突然间从脚下蹿过。

路灯这种黄金年代的东西,如今已经不复存在。

阴暗处有着不少用废弃物随便建成的窝棚,里面影影绰绰,有着人类向外看的眼睛。

一个男人出现在巷子的另外一端,他的身体孱弱,并不显得强壮,穿着一件白衬衫,脸上架着一副眼镜,一派斯文的模样,微微分开的衣领,露出挂着一片黑色鳞片的脖子。

小追低着头看着地上的泥水,垂在身侧的拳头剧烈地颤抖了起来。

他突然抓住了叶裴天的衣角:"别过去,走,你快走。"

巷子另外一端的男人推了推眼镜,玻璃镜片在昏暗处反了一下光。

一只巨大的银白色眼睛图腾,诡异地悬浮在他头顶的半空中。

小巷的空气仿佛轻微地扭曲了一下。

叶裴天眼前的画面突然就全变了,昏暗的街道,一脸惊恐的小追,戴着眼镜的男人,全都不见了。

眼前是一片光明,整洁干净的街道,往来穿行的车辆,汽车的喇叭声,水龙头哗哗流水的声音,电视机播放的声音,远远近近、大大小小地混杂在一起。

在他的左手边是一栋熟悉的大楼,是他从小到大居住的工厂家属宿舍。

邻居大叔穿着破了洞的白背心出来,双手插在宽大的裤衩口袋里,嘟嘟囔囔地下楼来,看了他一眼,还往地上吐了口浓痰。

楼下一个胖大妈提着菜从身边经过,笑眯眯地和他打招呼:"裴天，放学了啊。"

一个幼小的男孩从身边跑过，拉住他的衣角："哥哥，背。"

那是他的弟弟叶裴全。

叶裴天站在那里，看见了小小的自己把书包挂到胸前，背起了弟弟，向着楼上走去。

房间里面没人，他打开房内的灯，放下书包和吵闹不休的弟弟，端来一把小椅子，垫在脚下，站在灶台边开始洗米煮饭。

他的肚子很饿，不由得加快了手中的动作，想要赶在父母下班前煮好饭菜。

读幼儿园的弟弟围在他的脚边吵闹不休，他一个不慎从椅子上摔下来，灶台上的东西撒了一地，年幼的弟弟反而哈哈大笑。

房门被推开了，一个女人进来，眼中仿佛没有看见他这个人一样，跨过他的身边，温柔地笑着伸手把坐在地上的弟弟抱了起来。

一个身材高大、满身是汗的男人跟着进来，拧紧眉头看着杂乱的厨房："一点小事都做不好，搞得乱七八糟。去，去街口给你爹买一箱啤酒回来。"

小男孩被骂着推出门，他没有哭，也没有说多余的话，沉默着站在楼下街道的角落，抬头看着楼上的灯光。

叶裴天和小小的自己站在一起，看着楼上那暖黄色的灯光，灯光里面的母亲抱起弟弟，父亲高大的身影投在窗口。那扇窗在他期待的眼神中被打开了，母亲、父亲和弟弟一齐向他伸出手。

"回来吧，裴天，妈妈煮好饭了，和爸爸妈妈一起吃饭。"

他们灿烂地笑着，他们露出他从未见过却一直渴望的微笑，向他伸出了手。

叶裴天抬起苍白的手，手指毫不眷念地向下一抓。

大地开始摇动，街道开裂，熟悉的房子在眼前摇摇晃晃。

黄沙组成的一条条黄龙，从地底钻出，遮天蔽日。

"不要，裴天。"

"哥哥，哥哥不要这样。"

家人的面孔在他面前扭曲起来，他无动于衷，收紧手指，明亮的街景不见了，在他眼前的依旧是昏暗肮脏、污水横流的那条街道。

无数埋伏在街边的人影迅速闪动着。

小追瘫坐在地上，哆嗦着后退，一脸惊恐地看着他。

"你，你真的是那个……他们说的那个人魔。"

叶裴天面无表情地瞥了他一眼，把视线投向站在巷子另外一端的穿着白色衬衣的男人。

"精神系，不错。"他缓缓拉下脸上黑色的口罩，咧开嘴笑了，冷冰冰的话语在昏暗的街道上打了个转，宛如深渊中一个嗜血的魔鬼。

楚千寻回到屋内，诧异地发现桌面上摆着几个白白胖胖还带着点温热的肉包子。

她用手拿起一个，软乎乎、香喷喷的。

她仔细地查看了桌面和窗台，没有找到一颗残留下来的沙粒。

放着包子的那张桌子一尘不染，几乎达到了光可鉴人的程度。

那个擅长控沙的男人大概不知道这张桌子平时是多么杂乱不堪，铺满尘土的吧。楚千寻笑了起来，拿起一个包子，放在口中咬了一口。

肉包子的香味充满口腔，填进了心里，让她心底不可抑制地滋生了一种情感，一种已经多年没有体会过的、名为幸福的感觉。

楚千寻坐在了窗台上，悠闲地啃着包子，视线落在了楼下不远处的那棵梧桐树上。

郁郁葱葱的大树沉静地和楚千寻对视着，树底下没有她心中想念的那个身影。

突然间，远处的街道发出轰的一声巨响，简陋的筒子楼甚至被这道巨响震得微微颤动。

异能的强光在远处城区的顶部闪出一道又一道半球形的异彩。

筒子楼内的人们纷纷探出头来,不安地望着远方。

楚千寻楼下的窗户哗啦一声被推开,满脸雀斑的疯婆子伸出头来。

"什么情况？那个位置是黑街吧？在城里打成这样,得死多少人？"楚千寻问道。

"谁知道呢,看这异能,都是些高高在上的大佬。那些人哪里会管普通人的死活。"疯婆子抱怨了一句,缩回了屋内,伸手关窗,"别看了,只要不打到这边来,都不关我们的事。"

楚千寻望着那不断响起巨大轰鸣声的远处。各种异能、不同色彩的光反复打在了她的面孔上。

不知为何她的心中,隐隐传来一丝不安。

狭长而昏暗的巷子内出现无数手持武器的战士。

充满鄙夷厌弃的目光从两侧建筑的屋顶、窗口射出,汇聚到街心站立的那个孤独的身影上。

春城城主桓圣杰出现在另一端的巷口,身材魁梧,国字脸,相貌堂堂,看起来很有一点正义凛然的领导者模样。

"你这个杀人狂魔,竟敢来我春城,我作为一城之主,绝不允许你这样的魔王滞留在我城中,伤害城中人们的性命。"

叶裴天抬起头看他,寒冰似的目光从额发的缝隙中透出。他一言不发地掰了掰手腕,空中开始出现若有若无的黄沙。

所有人都紧张了起来,桓圣杰说着那些冠冕堂皇的话甚至都有些结结巴巴。

"不要怕,我今天给你们都留个全尸。"人魔冰冷的声音仿佛从地狱中传出。

巷子内黄沙弥漫,光线越来越暗。

沙尘中,那位孤独的魔鬼伫立在街心,被滚滚黄沙萦绕。

异能的光芒在四处亮起，和此起彼伏的惨叫声一起混杂在尘土之中。

巷子另一端穿着白色衬衣的男人，是桓圣杰花了巨大的代价请来的外援。

这位麒麟军团的团长辛自明是眼下已知的人类精神系圣徒中，最高阶的存在。

他的身前身后围绕着许多人，或明或暗地保护着他，还有一个防御系圣徒，单独为他撑起一个小型防护罩。

狂沙风暴中，辛自明不为所动地站立着，风沙弄乱他的额发和衣领，双眼变为银白，高悬在空中的巨大银白色眼睛图腾缓缓转动，隐隐泛着异彩，对上了黄沙中的人魔。

叶裴天眼前的景物再度消失殆尽。

他发现自己置身于一间明亮的实验室中。

那个空荡荡的屋子内只有一张苍白的实验台。

一个男人被束住手脚，蒙住双眼，像砧板上一条无力反抗的活鱼，被紧紧地控制在那张实验台上。

身着白大褂的研究员们冷漠地围着他，残忍地对他伸出各种恐怖的器械。

实验台上的那个人挣扎着，从喉咙发出痛苦的嘶吼，蒙在眼上的绷带渐渐潮湿。

没有人理会他的痛苦，甚至没有人把他当作一个人来看待。

叶裴天沉默地看着这一切，冷笑了一声。

"你们以为我还会怕看这个？"

他苍白的手指凌空一抓，空间像是画布一般被撕裂，却又迅速重组切换成另外一幅场景。

一帧帧、一幕幕，电影画面一般的场景不停地从他眼前飞过。

叶裴天冷漠地看着自己惨痛而黑暗的过往。

他清醒地知道，自己被强行拉进了敌人制造的幻境，在这些时空中,时间似乎走得很慢,但在现实中不过只有短短一瞬间。

只要他不在任何一个记忆中的画面里沉浸、停留,这些都不过是一闪而过的梦境,破除之后,外面的时间几乎没怎么流逝。

但是,如若他被其中任何一个回忆所产生的情绪抓获,沉沦其中无法自拔,他现实中的身躯将会毫无反抗之力地陷入敌人的攻击。也许等他清醒过来的时候,他已经被那些人大卸八块。

他像是一个穿越时空的过客,漠然而平静地看着那些流动的画面。

全是无边的黑色,没有一点光亮,黑暗、鲜血、折磨。

突然间,黑暗中出现了一点光,一点微弱的光,那点朦朦胧胧的白光之中,转过来一张笑着的面孔。

叶裴天在那一瞬间愣住了,停下了脚步。

那人在白光中转过身来,伸出一只洁白柔软的手,缓缓摸了摸他的头。

叶裴天知道自己必须立刻离开,可不知为什么他依旧呆滞地没有移动脚步。他很明白自己应该拨开那只手,却不忍心。

那只手摸到了他的脸,和他记忆中一般柔软、温柔,带着点湿润,让他肌肤一阵战栗。

那人在向他笑。

他的腹部传来一阵刺痛。

即便如此,他甚至还有点不愿意醒来。

夜色之下,桓圣杰欣喜地看见叶裴天果然陷入了辛自明的精神力控制之中,在一瞬间失去了神志,进入恍惚状态。

他抓住了这个时机,终于一刀贯穿了叶裴天的腹部。

他手中的这柄刀是他耗费了大量的财力物力购买罕见的魔物身躯打造的,不但锋利无比,还带有可怕的腐蚀效果,但凡被它擦到、碰到,敌人的身躯将被持续腐蚀,难以复原,是他抓捕叶裴天最为倚仗的利器。

桓圣杰还来不及高兴，就看见圆月下的那个人魔突然睁开了那双冷冰冰的眼睛，一只手握住了贯穿腹部的长刀，红色的血液从他的手掌顺着锋利的刀面流下去。

那人咧开嘴，不怒反笑，笑声在苍白的月色下阴冷而桀骜。

桓圣杰心底发毛，他想拔刀，却拔不动，周边无数同伴攻击的光芒已经亮了起来，密集地向着叶裴天飞来。

眼前这个浑身是血的男人应该不得不放开自己的刀。

桓圣杰心中转过了这个念头，在弃刀逃跑还是继续一拼之间犹豫了一瞬间。

那个男人不顾穿过腹部的长刀，向前走了一步，抓住了他的衣领，低下头，贴近他的额头看着他。

"想和我比一比谁死得快吗！"

春城城主桓圣杰瞪大了眼睛，他看见漫天烟火般璀璨的异能仿佛慢动作一样在叶裴天的身后亮起，他甚至看见了叶裴天飞溅的鲜血。

这个人总该放手了吧。

他的脑袋转过这个想法的时候，发现自己的视线在逐渐升高。

他看见了叶裴天的那双眼睛，那眼眸在月色下反着光，像是万年不曾融化的寒冰。

他的视线又在逐渐降低，一路落下。

他看到了那插进叶裴天身躯的长刀，看到那双染着血液的腿，那踩在黄沙中的短靴，最终是淌满红色血液的地面。

得到叶裴天，意味着什么，您知道吗？

他就是药师，有了不死的药剂，永生近在眼前，您将成为这个大陆的最强者，成为神一般的存在。

地面的沙砾已经变得血红，桓圣杰的脸贴到地面的最后一瞬，看见了自己那没了头颅的身躯在眼前缓缓倒下。

……

黄沙中电闪雷鸣，透出各种异能交错的光。

堆积如山的尸体上站着一个消瘦高挑的男人，他的腹部破了一个大洞，满头满脸都是血，但他似乎毫不在乎。

黑暗中的残兵败将在惊恐中不停后退。

叶裴天一脚踩在成堆的尸体上，把一个跪倒在他面前的男子拖起来。

鼎鼎大名的麒麟佣兵团的团长辛自明，眼镜破碎，满面鲜血，被他提着衣领，半跪在地上。

"这是什么？"叶裴天伸手扯下他脖子上的挂坠，冷淡地在手指上转了一圈。

一直一言不发的辛自明突然抬起头，伸出染血的手指握住了叶裴天的手腕："不，请不要弄坏它。"他的声音极为沙哑。

叶裴天的手微微一动，那片坚硬的鳞片弯了起来，只要他稍微用力，就可以将这鳞片掰断。

"请还给我，这是我朋友唯一的遗物。你可以杀了我，但请不要弄坏这个。"

"遗物？承载着美好记忆的事物？还给你，凭什么？"叶裴天把敌人提了起来，"你们这些人给我的全是痛苦，还想让我把美好的东西留给你！"

他想起了这个男人带给自己的痛苦，给自己看的种种痛苦的画面。

那些画面的最后，出现的是那个人。

叶裴天突然愣了一下，他的手松开，把半死不活的辛自明摔在地上。

他突然觉得兴致全无，将那片黑色的鳞片丢在了那个鲜血淋漓的敌人身上。

叶裴天转过身,慢慢从满地的鲜血中离开,身后充斥着各种痛苦的哀号和呻吟声。

他本来可以杀死这些人,将这些挥舞着武器、释放着异能、叫嚣着要将他驱逐的人全部用黄沙杀死。

但不知为什么,他突然就没了这样的心思。

驱逐,对,他本不该来到这样热闹的地方。

坍塌的石块动了一下,灰头土脸的小追从废墟中钻了出来。

他的目光对上了叶裴天,双唇抖动了一下,露出了一脸畏惧的神色。

叶裴天不再看小追,从满地黏稠的血液中抬起脚,一步步向着巷子外走去。

平日里卖包子、菜粥的店铺在战斗中被毁坏了大半,那个看见他就笑眯眯的老板,此刻缩在倒塌了的灶台后,用一种看着魔鬼的眼神,惊恐地看着他。

满头白发的吴婆婆被压在了倒塌的石壁下,正不断地呻吟。

叶裴天面无表情地经过,身后的黄沙卷了卷,把那巨大的石壁掀起。吴婆婆拖着受伤的腿,以最快的速度窸窸窣窣地爬着逃进她的窝棚。

两个瘦骨嶙峋的小男孩从建筑的缝隙中伸出脑袋,悄悄向外看了一眼。

他们的母亲枯瘦的手从后伸出,一把将他们拉回了阴影的深处。

"别过去,那是个杀人不眨眼的魔鬼。"女人极其细小的声音从缝隙中传出。

叶裴天拖着疲惫的身躯,慢慢离开这个到处都是鲜血的修罗地狱。

"围剿谁?"楚千寻坐在窗台上和刚刚回来的高燕一起吃着肉

包子。

她盯着窗外的那棵梧桐树想着心事,没听清高燕口中说的话。

高燕竖起一只手指在嘴边:"嘘,小声点,这可是内幕消息。"

"你再说一遍,围剿谁?"

"就是那个,那个人魔。"高燕压低了声音,靠近楚千寻小声地说道,"不知道他为什么会出现在我们春城,城主召集了全城顶尖的高手,还邀请了麒麟佣兵团的团长,在黑街打起来了。"

她的话没说完,就看见楚千寻诧异地转过头来,看了她半晌,把吃剩的半个包子往桌上一丢,单手撑着窗台,从窗口一跃而下,几个起落便向着远处奔去。

"欸,你这是去哪?还没吃完呢!你不吃,我可吃掉啦?"高燕来不及喊住她,那个不甚高大的身影已经在街角消失不见。

第八章

叶裴天走得很快,他觉得自己像是一个可笑的小丑,逃一般地离开了热闹、繁华的春城。

他的耳边仿佛还能听见那些惊恐的咒骂声。

"恶魔,杀人的恶魔。"

"滚,滚出我们的城镇。"

"魔鬼,人魔,为什么要来到这里。"

叶裴天把苍白的指关节搓得生疼。

他的体内仿佛有流不完的血液,不断地滴落在地上,在他迅速移动的身后留下一串长长的血脚印。

在远处,隐隐约约跟着几个贪婪的窥视者,那些人自以为隐蔽了行踪,就能悄悄地跟在他身后,甚至抢夺起了那些遗留在地面的血液。

叶裴天懒得搭理这些蝼蚁,他只想快一点回到沙漠中的城堡里去,那里好安静,安静得让人心安,不像这里这样充斥着各种令他厌恶、烦躁的杂音。

他的脚踏上了沙漠的边缘，身后那些烦人的声音终于渐渐消失。谁也不敢在这片沙漠上招惹或是跟踪他这位黄沙帝王。

叶裴天走了很久，来到了荒无人烟的沙漠中心。

今夜的月光很亮，冷冰冰地洒落在连绵的沙丘上。银白的沙粒被微风吹动，在起伏的沙地上荡起一层层细细的波纹。

他伸出了摇摇欲坠的手臂。

大地开始晃动，沙漠中拱起了巨大的沙丘，流沙纷纷自顶端淌落，一座被掩埋在地底的城堡慢慢从沙子中升起。

巨大的建筑在月光中显现，覆盖其上的沙粒如水流一般迅速地流走，露出了一整座干干净净的沙堡。

在过去的漫长岁月中，叶裴天日复一日地独自待在这个黄沙建成的囚笼中。这是人魔的囚笼，也是最让他安心的躯壳。

他伸出手，扶住城堡的门槛，身躯晃了晃，身后又传来了一阵轻微细碎的脚步声。

总有那种不知死活的贪婪者，要把性命送到他的手中来。

叶裴天冷笑着侧过脸。

浓稠的血液从头顶流下，滑过了眼帘，透过那血流间的缝隙，他突然看见了荒漠的边缘出现了一张熟悉的面孔。

一张在他记忆中出现过无数次的脸。

那人似乎也有些被发现了的紧张。

二人隔着一片荒芜的沙漠，遥遥相望。

不知道为什么，叶裴天心里突然就涌起一股委屈。

被同类驱逐、被无数人掠夺了鲜血的时候，他麻木的心甚至都没有升起过的委屈之情，就在此刻突然汹涌地涌上心头。

叶裴天一言不发地转过身去，推开了城堡的大门，沾满血迹的手扶着黄沙砌成的墙壁，一步步地走进昏暗的城堡之中。

他像一只伤痕累累的野兽，充满委屈地独自走回自己的巢穴。但他的精神紧绷着，竖着耳朵听身后那道细细的脚步声。

那个声音没有远离，在小心地向着这里一点点地靠近。

他心里乱成一团，不知道自己该欢喜还是该拒绝，但心底的那根弦就松了，身躯晃了晃，终于倒了下去。

身后响起一阵疾风的声音，一只柔软的手掌及时接住了他。

那人接住了他失血过多的身躯，把他抱住。

他在混沌中感到了是那个曾经令他安心的怀抱，因此放任自己的意识流失，不再挣扎。

这座城堡像是巨大而坚硬的外壳，用来收藏他柔软又残破的肉体，是他的巢穴，在无数次受伤之后，可以在这里独自舔着伤口。

他从没有让除了自己之外的任何一个生物进入过这里。

此刻有人打开了这个坚硬的外壳，肆意地抱住了其中伤痕累累的他，使得他柔弱又可怜的模样就这样地暴露在那个人温和的目光中。

叶裴天感到羞耻又难堪，但似乎又在心底渴望和向往。他闭上了眼，任由那人把他一路带上楼，放在沙石堆成的床上。

她离开，很快又回来，不知道去哪里找来的柔软的被褥，用这些温暖的东西裹住了他冰凉的身躯。

叶裴天不记得自己的城堡里有这样的东西。

他眼角的余光隐约看见一个人的身影，在床前的椅子上坐下。

那个人找到了存储的水和一些麻布，开始手脚麻利地处理他身上的伤口。

"有药品吗？"那个声音在问。

魔鬼需要什么药剂，这里从来都没有药品。

轻轻的一声叹息过后，那柔软温热的手掌接触到他额头冰凉的肌肤。

因为贪恋这一点温度，他滞留在了人类的世界。

叶裴天闭上眼，眼前混乱地交错着一张张面孔。

朋友，店铺的老板，得到他恩惠的孩子，白发苍苍的老人……

那些笑着招呼、满面感激的面孔，在知道了他的身份之后，无一不立刻变成厌恶又畏惧的模样。

"杀人的魔鬼。"

"别靠近他。"

"人魔，来我们春城有什么企图！"

那些圣徒的面目狰狞，眼中闪着贪婪的光，却又带着对他的深深畏惧。

他厌恶那种目光，为了让那种眼神消失，他已经把自己化身为魔。

永远独自待在这个死一般寂静的牢笼中，才是自己这个魔鬼应得的惩罚，他就不应该愚蠢地靠近人类所在的世界。

叶裴天把脸转向了墙壁："离开吧。这不是你该来的地方。"

那个人只是轻轻地嗯了一声。

"你走吧，我什么也不需要，让我一个人待着……"叶裴天说完这几句话，从口中咳出黏稠的鲜血，身体很疼，心脏似乎也在疼，没有一个地方不疼。

他合上了眼，陷入真正的昏迷。

……

等他从昏睡中清醒过来的时候，天光已经大亮。

明亮的阳光透过巨大的窗户照进卧室——这座城堡内每一间房间都有着巨大的窗户。

他的床前摆着一张椅子，椅子上空无一人。

那个人走了，是自己叫她走的。

叶裴天从床上滚落下来，扶着墙壁，勉强撑起虚弱的身体，慢慢向着楼下走去。

客厅里隐隐传来一些动静，他心中莫名就忐忑焦虑起来，他想要走快一点，失血过多导致双腿绵软无力，使他几乎要从楼梯上滚落下去。

这是一间敞开式的厨房，楚千寻站在整齐的橱柜前，背后是宽敞的餐厅。

厨房里什么设备都有，锅碗瓢盆摆放得整整齐齐，灶台下甚至有一个罕见的液化气罐子。

那些一尘不染的崭新设备，彰显着它们从来没被使用过的命运。这里就像是黄金年代售卖的那些样品房，井井有条的一切不过是为了让空间显现出生活气息的摆设而已。

楚千寻的厨艺很糟糕，她一般只能把一锅东西放在滚水中煮熟，在便捷的情况下，最大限度地保持食物的营养。

在这个朝不保夕、物资匮乏、生活窘迫的时代，大部分人和她差不多，很少有人能够奢侈地讲究烹饪技巧。

难得的全套烹饪设备也不能给她带来什么帮助，她找到一口精致的不锈钢小锅，拆掉标签，洗刷干净，放在灶台上煮沸了一锅水，把翻找出来的显然放置了很久的面条丢进锅里。虽然没有找到其他配料，但不管怎么说，能有精细的面条吃，就算是十分不错的一餐了。

楚千寻轻轻哼着歌，等着锅里的白面煮熟，随意打量着这座城堡的大厅。

黄沙被凝结成夯土，砌出了平整的墙壁、地面以及桌面和椅子。

城堡的主人的生活显然枯燥而单调，视线所及之处一尘不染。所有台面上几乎看不见任何多余的装饰品，一片肃穆的浅黄。

事实上，昨天晚上，楚千寻把叶裴天带进来的时候，甚至找不到他平时睡觉的屋子，每一间开着门的房间里都只有光溜溜、硬邦邦的由沙土砌成的床榻，没见到任何寝具，以至于她不得不拆了一个房间的窗帘临时应急。

除了厨房和二楼堆放着大量图书的书房外，这座城堡几乎看不见任何的生活痕迹。

叶裴天这过的是什么日子，楚千寻搅动着锅中面条。

他明明随手就可以送出数量惊人的高阶魔种,却好像要刻意折磨自己一般,住在荒无人烟的沙漠里,毫无生活气息的城堡内,过着苦行僧一样的生活。

她正想着,靠近餐厅的楼梯口响起一阵凌乱的脚步声。

那里跌跌撞撞地出现了一个人,先看到的是苍白的手指抓住门框,随后是凌乱的额发覆盖下的失去血色的面孔。

他喘息着,死死地盯着楚千寻看了一会,仿佛终于松了一口气,撑不住身体,靠着门框滑坐到台阶上。

"怎么了?跑下来做什么?"楚千寻走过去,伸手把叶裴天扶起来。

那身躯又冰又重,因无力支撑而止不住地微微颤抖。

"伤得这么重,跑下来做什么?"楚千寻放柔声音,再说了一遍。

叶裴天低垂着眉眼,不说话。

楚千寻想起他昨天昏迷之前曾让她离开,也许他不习惯让陌生人住在自己家里。

但因为他伤势过重,为他处理完伤势,她不知不觉就磨蹭到了天明。虽然在这样生活艰难的废土时代,大家的脸皮都磨得很厚,一般不会介意他人的只言片语,但她心中还是略微有些不好意思。

她把叶裴天扶到餐厅的椅子上坐下,关了灶台的火,盛出一碗面,端到他的面前:"吃得下吗?"她把一双筷子放到他的手上,他的手可真凉啊,不知道流了多少血才会这样,"趁热吃一点,你别担心,我马上就走。"

叶裴天沉默了片刻,伸出手,把那碗面向前推了推。

楚千寻露出疑问的表情。

"你……"叶裴天回避了她的视线,清透的眼眸在纤长的睫毛下转动了两圈,"你先。"

楚千寻终于听懂了他是在谦让的意思,而不是赶自己离开。

她的心情在一瞬间明媚了起来,她把碗推回去,把筷子放在碗上,去锅里另外盛了一碗面,和叶裴天面对面地坐着。

"还有呢,一起吃啊。"

叶裴天修长的手指蜷在桌面上,斟酌了片刻,终于展开来,拿起那双筷子,慢慢从碗中挑出面条。

面汤很淡,没有什么味道,但楚千寻不介意这个,还吃得津津有味,这年头能够吃到这种白面做成的面条已经不容易了。

她突然想起记忆中的叶裴天是一个烹饪技术特别好,也爱好做各种美食的男人。这样的清汤白面他肯定吃得很不习惯吧。

楚千寻悄悄抬起头看了叶裴天一眼。

叶裴天低着头,吃得很安静,乌黑的筷子夹着长长的白面,大口吞咽着,仿佛那是什么难得的人间美味。

城堡内的光线很好,到处都透着光,秋日早晨的阳光从窗口透进来,打在叶裴天柔软的头发上。

一点水光,在阳光中晃动了一下,掉落进了热气腾腾的碗中。

楚千寻眨了眨眼,怀疑自己看错了。

但那滴在阳光中一晃而过的泪水,已经仿佛落进了楚千寻的心里,轻飘飘地在她关闭已久的心门上敲了一下,就把那道厚重的大门敲开了一条缝。

叶裴天迅速地别过头,一只手撑着桌子,站起身来,他似乎想说点什么掩饰一下,却终究还是没有说出口,只是带着点慌乱地扶着墙壁向着楼梯走去。

他踉跄地走向楼梯,在楼梯口绊了一下,那一直捂住腹部的手狠狠地抓住了楼梯的扶手,才勉强没有让自己摔倒在地上。

那沾染了血液的手掌在扶梯上留下一抹鲜红。他腹部的伤口一直在流血,但他不在乎这些,此刻他只想尽快逃回自己的屋子里去,用最快的速度把自己这副狼狈软弱的模样藏起来。

楚千寻看着那个慌乱行走的背影，不管经历过什么，这个男人的内心深处依旧腼腆、羞涩而柔软，自己却眼睁睁地看着他独自在痛苦的沼泽中挣扎，甚至没有伸手拉他一把。

她走上前去，伸出手扶住了叶裴天的胳膊，那只手温暖、有力，坚定地撑住了这个男人此刻虚弱的身体和慌乱的心。

叶裴天的身躯瞬间僵硬了一下，但他低下头，抿着嘴，没有开口说话，也没有再表现出拒绝的意思。

两人安静地登上楼梯。

来到二楼，叶裴天没有回到昨夜的卧房，他慢慢走回自己的卧室。

站在了卧室门口，他伸手扶住了门框，背对着楚千寻，犹豫了片刻，抬起一只手掌。

苍白修长的手指在空中收紧，城堡里响起了窸窸窣窣的响动声，那是大量的沙粒在迅速流动的声响。

这栋城堡内有无数个房间，大部分房间的门被黄沙封闭，在这一刻，所有用黄沙砌成的门都在一瞬间溃散，化为流沙消失不见。

楚千寻看着长长的走廊两侧，那一道道因敞开而透出光的房门，读懂了这个寡言少语的男人所表达的意思。

这些房屋都对她敞开，她可以肆意出入，随意使用里面的物件。

楚千寻把这理解为一种邀请和挽留。

叶裴天做完了这个动作，似乎更加虚弱，他以手撑着门框，微微喘息了几下，没有再回头看一眼，独自走进了屋内。

那是一间特别长而狭小的屋子，墙面上却有一扇大大的窗户，几乎占据了整面墙壁。

狭小得过分的空间内只摆着一张床和一个床头柜，床沿顶住三面墙壁，占据了整间屋子大部分的空间，柜子上摆放着几本磨损得有些破旧的书籍以及一排油灯。

那张由沙砾砌成的硬床上什么都没有，不要说床垫、被褥，就连个枕头都看不见,叶裴天却习惯地坐上那张冰冷又空无一物的床榻,在靠近墙角的位置躺下,略微蜷缩起身体,不再动弹。

倒在角落里入睡的这个男人,他独自住在巨大的城堡内,却只睡在如此狭小的一个空间里,无论严寒酷暑都躺在这样一张床上,时常身受重伤,却从不为自己准备药品。

楚千寻摇了摇头,不明白他为什么要自我惩罚似的虐待自己。

但她觉得自己也不太好干涉他人的生活习惯。

既然叶裴天表示她在这里可以随意行走,她就在城堡内翻找起睡觉用的床上用品和药剂。

她沿着长长的走廊去了很多房间,发现这里大部分的房间内除了黄沙垒砌的床和桌面,无一不是空荡荡的,没有任何多余的摆设。

整座城堡内,只有厨房的设备算是比较齐全。另外,在叶裴天睡觉的卧房边上,有一间宽敞的摆满各种书籍的书房。除此之外,整座城堡干净整齐得几乎就像没有人居住一般,除了墙壁上和各个角落里数量过多的油灯以外,找不到任何生活用品,也没有一件杂物或一点点的装饰。

重复的房间,空阔又单调,枯燥又无味,是这栋建筑的主要基调。

这里的主人就像是一个囚徒,把自己囚禁在这座巨大的监狱中。

楚千寻在一个屋子内,发现了一屋子被随意丢弃在地面上的魔种。那些令人艳羡眼馋、能让无数人豁出性命去得到的各等阶魔种乱七八糟地混杂在了一起,随意地撒了满地。

楚千寻差点被这样的财富惊吓到,她相信大部分各自盘踞一方的大佬手中的财富都无法和这间屋子中的魔种相比。

而这些都只属于叶裴天一个人,他甚至丝毫不在乎地把它们丢弃在这个没有任何安全措施的空屋子内。

楚千寻在巨大的宝石堆中翻找了半天,好不容易找出几颗方便拿出购物的低等阶魔种，带着它们离开了城堡。

　　叶裴天的恢复能力远远超出常人。
　　太阳开始落山的时候，他从沉睡中醒来，身上那些早晨看起来还狰狞恐怖的伤口，已经基本愈合，只有腹部一道巨大的贯穿伤，因为武器特殊的腐蚀效果，不断地在愈合和被腐蚀之间反复。
　　他从床上坐起身，此刻天色已经接近黄昏，窗外是广袤无垠的沙漠，一轮红日正慢慢地沉入地平线。橘红色的余晖，斜斜地照进屋子，在屋中拉出了长长的影子。
　　叶裴天伸手理了理自己的头发，感到了心脏在胸膛中缓缓跳动，他不知道怎么形容自己此刻的心情，但他知道自己此时此刻的内心已经和平日里的古井无波完全不同。
　　城堡中还有另一个人，另外一个活生生的人，那个人既不害怕他，也不会对他露出憎恶的神色。
　　她会轻声细语地对着他说话，还会冲着他笑，为他包扎伤口，还给他准备热气腾腾的食物。
　　叶裴天感到自己的心脏在胸膛中有力地跳动起来，那里有一种呼之欲出的雀跃。
　　他打开房门，带着一丝欣喜和期待地向楼下走去。
　　客厅内一片昏暗，没有一点灯光，也没有人。
　　残阳的余晖斜斜地从各处的窗口洒进来，拉出墙壁昏暗的影子。
　　长长的黑影和已经开始冷却的阳光，在整个空阔的大厅内投下斑驳的黑红光影。
　　叶裴天伫立在寂静无声的大厅内，认真仔细地聆听了很久，连一丝细微的声响都不愿意错过。然而，除了沙漠中呼呼的风声和细沙流动的声音，周围始终一片寂静。
　　他终于迈开腿在宽阔的客厅内慢慢地走了起来，平日里到了这个时候，他会开始点起油灯，把遍布在整座城堡内每一个角落的油灯点亮,让这里灯火通明。

但此刻,他突然对这一件日日必做的事失去了兴趣。

不论是被黑暗吞噬,还是会被寂静掩埋,他都懒得动手,只是慢慢在寂静的城堡中走着,穿过一道黑、一道白的光影,走过厨房,走上旋转的楼梯,走过长长的走廊。

走廊的两侧,一间间的屋子开着门,屋内空无一人。

那个人已经走了。

这本来就是理所当然的事,没有人会留在这样寂静的城堡中,和一个魔鬼待在一起。

他的心仿佛瞬间空了一个洞,刚刚有了一点点温度的心脏就这样落入了寒冷的深渊。

最终他走回了餐厅,坐在早上的那个位置。

夜幕笼罩下来,城堡内陷入了黑暗的世界。

叶裴天从怀中掏出了那盏小夜灯,他的手指微微拨动了两次,才打开了开关。白色的微光亮起,照亮了有限的空间,把他笼进了那一圈淡淡的光芒中,才让他那快要窒息的感觉略微舒缓了一些。

他伸手捂住还在流血的腹部,那种本来习以为常的疼痛在此刻却仿佛变本加厉,痛苦得令人难以忍受,却怎么也无法摆脱。

明明他早就习惯了独自一人的生活,只因为那人出现了短短一夜,这种孤独和寂寞突然就变得如此深刻,如此无法忍耐。

但他也只能忍耐。

叶裴天沉默地坐在夜色中,暗淡的眼睛凝望着桌面上的那盏小夜灯。苍白的灯光闪了一闪,变得忽明忽暗起来,这黑暗中唯一的光似乎也要离他而去了一般。

一道疾风伴随着轻快的脚步在大门外响起。

叶裴天的眼睛一下就亮了,瞬间抬起头。

楚千寻手提着大包小包的东西,一把推开了城堡的大门。

她气喘吁吁:"哎呀,离这里最近的镇子都那么远,我来回一趟，天都黑了。"

"怎么这么暗，为什么不点灯？

"哈哈，我买了好多吃的，晚上好好煮一顿给你吃。

"我还买了被子和药剂。你这里怎么连被子都没有，睡觉不冷吗？"

大厅内依旧一片昏暗，但叶裴天的心似乎瞬间被光亮给填充了，在那些叽叽喳喳的话语中明亮了起来。

第九章

"我买了好多吃的。"楚千寻点亮了大厅内的几盏油灯,星星点点的灯火映照在她因为一路奔跑而泛红的脸颊上,映在她笑意盈盈的眼眸中。

窗外的天空上漫天星斗,她仿佛带着一身星光,闯入了死气沉沉的黑暗中。

"晚上煮什么东西吃呢?"她一边唠叨,一边钻进了厨房。厨房里很快也亮了起来,暖黄色的灯光摇曳着,填充了空荡荡的餐厅。

叶裴天就坐在那一点灯火延伸出的光亮中。

平时的晚上,他喜欢把每个角落所有的灯都点亮了,让整座城堡都灯火通明。他坐在一片辉煌耀眼的灯火中,时常觉得心中空落落的,发慌。

这一次,随着那个人的进入,一路点亮小小几盏油灯,他就觉得心中莫名被什么东西填得满满的,满得几乎就要溢出来。

那个女人背对着他,在灯火摇曳的厨房中,叮叮当当地忙碌着,不时转过脸来冲着他笑一笑。

"很快就好啦,你再等一等。"

一种特殊的香气在空中弥漫,那是人活在世间才会产生的烟火味。

叶裴天觉得他很愿意就这样坐在这里等着,不论等多久都行。

但楚千寻没有让他等太久,她很快端上来两盆热腾腾的面疙瘩。这个东西做起来很简单,用面粉调成糊,加入肉丁、香菇丁、青菜末,放点食盐、鸡精等调味料,等锅中烧滚了水之后,把一勺勺的面糊倒入沸水中,就会形成很有嚼劲的、不规则的可口小面团。

这个东西,楚千寻在记忆中见叶裴天做过无数次,想来是他喜欢吃的东西。因为操作起来不难,所以她也就尝试着做一下。

要不是看见叶裴天实在富裕得过分,她是绝不可能舍得买白面、青菜、鲜肉等奢侈品的。

"来尝一下。"楚千寻带着期待地看着叶裴天,她自己先尝了一口,觉得汤有点咸,面团好像也不够熟,但不妨碍她享受这一顿难得的美食,只是不知道叶裴天觉得怎么样。

叶裴天举着楚千寻塞给他的汤勺,将崭新的勺子搁在瓷碗上犹豫了一下。

他低下头,一点一点地吃了起来。他吃得很慢,很安静,没有发出一点声音。

楚千寻忍不住看向叶裴天的双手,那双手的手指骨节分明,形状修长漂亮,可惜在昨天的战斗中被异能的火焰严重烧伤。虽然在他强大的愈合能力下,已经基本恢复,但新旧肌肤更替,表皮脱落了大半,挂着一层层残缺的死皮,显得有些可怕。

他似乎注意到了楚千寻的目光,捧起汤碗,迅速把碗里最后一点汤喝完了,然后把碗轻轻放回桌面,把手指收回到桌子下面,抿了一下嘴,凝视着空了的碗,一句话也没有说。

"还要吗?"楚千寻试探地问了一句。

坐在对面的男人迟疑了片刻，默默地点了一下头。

楚千寻嘴角就忍不住弯起来，不论什么样的人，都喜欢别人对自己做的食物捧场。

同时，她发现了叶裴天的这个小动作，每当他心中想要又不好意思说出口的时候，那双漂亮的眼眸总会不自觉地转动一下，最后把视线停留在左下角。

于是，她就站起身，给二人分别添了满满一大碗。

"太好了，我不太会煮，还怕你觉得不好吃。"她说。

摆在叶裴天面前的碗里漂浮着一个个白白胖胖的面疙瘩，汤面上浮动着青翠可人的葱花和几点亮晶晶的香油，热气蒸腾，湿润了他的眉眼。

上一次她煮了带着甜味的麦片，是他最爱吃的食物，可以说是一种巧合。

这一次，不论是煮法、配料，都是他从小熟悉的，他从还没灶台高的时候起，就站在椅子上无数次地煮过这种食物。

他不太敢相信这是一种巧合，但他不想开口询问，他的手指在桌下一点点地摩挲着。

已经太久没有人这样和他说着话，陪他一起吃饭，陪他度过黑夜，冲着他笑。

无论她想得到什么，都不要紧。

叶裴天在心里说。

只要她是真的，活生生存在于现实中的人就好。

一个温柔的女孩，毫无目的地待在恶魔的城堡中，陪着他这样一个不人不鬼的怪物，让他会有一种生在幻境中的不安，让他害怕自己只是陷入了敌人的幻境中还未曾醒来。

他的心中微微有些不安的刺痛，他沉默着吃完食物，起身慢慢向楼上走去。

回到了自己那张床上，他细细聆听，从来寂静无声的城堡内，响起锅碗碰撞的杂音和脚步声。

不多时,那个人慢慢顺着楼梯走上来,在他的门上轻轻敲了两下。

"我买了魔药,抗腐蚀效果很好。"

楚千寻手上提着一大袋的药品,有治疗外伤的、烧伤的,有抗出血、抗腐蚀的,林林总总,被轻轻地放在叶裴天的床头柜上。

叶裴天抬起眼睛看她。他的眼眸黑黝黝的,带着一点楚千寻看不懂的期待。

"需要……我帮忙吗?"

楚千寻以为这个已经行动自如的男人会拒绝,但想不到等候了片刻,他轻轻嗯了一声。

楚千寻就笑了,她不知道叶裴天在纠结什么,但她有点高兴他能够接受她的帮助。

她很利落地拔出随身携带的小刀,着手消毒。处理伤口是每一位生存在这个时代的战士必备的技能,像她这样时常征战沙场的战士,已经不再会因为伤口的狰狞而下不去手。

坐在她面前微微弯着脊背的身躯,异常消瘦,却像钢铁一样坚硬。

锋利的小刀割去腐肉的痛苦,不仅没让他发出半点声音,甚至那张平静的脸上都没有起一丝波澜。楚千寻没有丝毫犹豫,她手下这副年轻的身躯和磐石一般稳,没有出现半分颤抖。

"疼吗?"

那男人薄薄的双唇动了一下:"我是永生者。"

"我知道你不会死,我问的是你会不会疼。"楚千寻说。

叶裴天就抿紧了嘴。

"疼的话就说,我尽量轻一点。"楚千寻麻利地清理伤口,涂上药剂,再在他的腹部一圈圈缠上白色的绷带。

"这些都是用你自己的钱买的,所以也不用谢我。"

楚千寻站起身，抬起手，看了一下自己的手背，那里有些灼烧的痛感。她在处理伤口的时候，不小心沾到了一点点伤口上的腐液。那些腐液果然十分霸道，她手背上迅速腐烂了一小块，正向着肌肉的深处不停腐蚀下去。

只是沾到了一小点就疼成这样，她想不出叶裴天那道贯穿了腹部的伤口该有多疼。如果不是有着强大的恢复能力，被那柄刀贯穿了腹部，不要说可以好好地走路、吃东西，只怕整个人现在都被腐蚀殆尽了。

楚千寻甩了甩手，随手抹了一点药剂在上面，准备转身离开。

她的手被人拉住了，叶裴天伸出另一只手从她手中拿过那柄小刀，毫不在乎地在自己的手掌心划了一道口子，然后牵过她的手，用染血的手指把自己的血涂在她被腐蚀的手背上。

那道伤口立刻就不再深化，叶裴天的手指在伤口上来回滑动，红色的血液不停地顺着苍白的手指流淌到了她的手背上，直到那伤口以肉眼可见的速度消失了，他才收回了手。

他赤着上半身坐在床沿，身上缠绕着一圈圈雪白的绷带，柔软卷曲的黑发柔顺地披散在那张苍白的面孔上，盖住了大半眉眼，让人看不清他的表情。

"啊，谢谢。"楚千寻才反应过来，她的手上染着这个人的血，瞬间就治愈了自己的伤口，刚刚深可见骨的伤口已经一点都不疼了，手背上还残留着他的手指触摸过后留下的触感。

叶裴天放下手，没有回答，沉默了半晌，背对着楚千寻慢慢躺回了床上。

楚千寻回到自己睡觉的那间房间，这个房间很大，窗户也开得特别大，可以清晰地看见漫天的星斗。

她在坚硬冰冷的床榻上铺上柔软的垫被，松软的枕头，舒舒服服地钻进被窝，给自己盖上温暖的被子。

楚千寻闭上了眼，想起叶裴天睡觉的那个狭窄的房间，那个没有任何铺盖的冰冷床榻,那个缠绕着绷带蜷缩在角落里的消瘦身躯。

第二天早晨,楚千寻是被一阵香味唤醒的。

诱人的奇香从楼下传来,唤醒了她的胃。

楚千寻光着脚从楼梯上跑下来,厨房的灶台前站着一个男人,那个人显得有些过度消瘦的上半身披着一件宽松的外套。

他正面对着锅灶有条不紊地忙碌着。

听见楚千寻下楼了,他不过是侧过脸看了一眼,并没有说话。

楚千寻胡乱洗漱了一通,一屁股坐到了餐桌边,有些期待地等着。

她知道叶裴天厨艺很好,但没想到自己也能有幸尝到。

没多久,她的面前摆上了一锅清清爽爽的白粥,煎得嫩嫩的鸡蛋饼内卷着火腿,被切成整齐的小卷摆在漂亮的盘子中,另有一小碗拍碎了的新鲜黄瓜,用盐腌了,调上老陈醋和红红的辣椒末,嫩嫩的木耳和淮山炒成一碟,还有一盘水灵灵的蒜蓉生菜。

材料很简单,都是楚千寻昨天买回来的,但经过不同的人处理,就显现出了在厨艺天分上的天差地别。

楚千寻喝一口粥,吃一口小菜,觉得全身毛孔都舒适地在大叫。

这个男人的手艺瞬间征服了她的胃。

即便是在魔种降临之前的黄金年代,她好像都没有吃过味道如此之好的早餐。

"太好吃了啊,人间至美。你的手艺真是绝了。"楚千寻不遗余力地吹捧。

叶裴天抬起眼眸,看了她一眼,低下头去默默喝粥。

他的话可真少啊。

但这并不影响楚千寻愉悦的心情。

"你吃得这么斯文可不行,要是在我们队里,就你这吃法,基本才拿起筷子,菜就没了。

"不过,没事,还好是和我一起吃。我吃得也不快。"楚千寻睁着眼睛说瞎话。

如果不是认识不久，需要顾及一点形象，她几乎可以一瞬间干掉这一整桌的饭菜，谁也别想和她抢。

楚千寻一口气喝下了三碗粥，才忍耐着放下筷子。

"你也好得差不多了，我……今天就回去了。"本来是一句很正常的告别，说出口的时候，楚千寻竟然发现心中隐约有些不舍。

她看见对面那握着筷子的手瞬间就顿住了，过了半晌，那手指才微微动了动，缓缓把手中的筷子放了下来。

叶裴天明明一句话都没有说，楚千寻突然就有些不忍，好像自己做了什么特别残忍的事情。

不知道为什么，她感到只要自己离开这里，这个人又会过上那种极其孤寂的日子，从不开伙做饭，从不与人交谈，每日蜷缩在那间小小的屋子内，彻夜不眠。

"要不我再待一天，你看你这里什么也没有，你是不是不方便出去买东西，要不要我帮你去买点什么？被子或者其他你需要的东西？"楚千寻硬憋了个理由，自己都有些不太好意思。

"有，有很多。"低沉的嗓音非常快地回复了这一句，却并没有具体说需要什么。

等到中午楚千寻大采购回来的时候，桌面上已经整整齐齐地摆了一桌子的菜。

各种菜色，极尽复杂，几乎让楚千寻怀疑这个看起来不动声色的男人是花了一整个上午的时间，来准备这一顿午餐。

他沉默地坐在桌边，面对着十几碟菜肴，等着她回来。

常年冰冷的脸上看不出什么表情，但楚千寻硬是从那副毫无表情的面孔上，读出了他的挽留之意。

因为白天实在吃得太饱，半夜时，楚千寻破天荒地被撑醒了，她揉了揉胃部，起身去洗手间。

走廊上亮着灯,楼梯上亮着灯,一路都亮着暖黄色的灯火。叶裴天的卧室里更是灯火通明。

楚千寻揉着眼睛走了过去,探头一看,叶裴天身上缠绕着绷带,肩上披着一件外套,正靠在床头专注地翻看一本书。

他的床上铺着楚千寻买回来的被褥和枕头,勉强有了一点人住的样子。

楚千寻看了一下腕表,凌晨四点,那个男人似乎一点要睡觉的意思都没有。

"怎么还不睡?"楚千寻轻轻敲了一下门框。

叶裴天抬起头来看她,他的脸上已经看不见任何伤疤,眉目干净而清爽,日常挂在眼下的黑眼圈也因为这两日充足的睡眠而消失不见。

因为有着强大的恢复能力,他带着伤熬到深夜,还能是一副神采奕奕的模样。楚千寻不知道他平日里是多么缺少睡眠,才能留下那样浓重的黑眼圈。

楚千寻知道叶裴天惧怕黑暗,他曾经被锁在一间黑暗的仓库中,被迫和凶残的魔物一起待了三个月之久,因而患上了严重的黑暗恐惧症。他害怕一个人待在黑暗中,害怕在黑夜里睡着。

但她没想到这个人是靠这样彻夜不眠来度过每一个黑夜。

叶裴天合上了书,没有说话。

"你还是伤员,应该多休息。"楚千寻在他的床边坐了下来,拿起了他刚刚放下的书,"你睡吧,我在这里陪你一会。"

One Hundred Years of Solitude,一本寂寞而又孤独的书。

楚千寻抬了抬手,一阵轻微的旋风卷过,熄灭了屋内和走廊的几盏灯。

屋内的光线柔和下来,楚千寻翻开书页,坐在叶裴天的床沿上读起了书中的段落。

"他渴望孤独,对整个世界的怨恨咬噬着他的内心。"

巨大的窗户外，天空很高，漫天璀璨的星辰，永恒地注视着人间的一切。

沙漠里的深夜寂静得很，楚千寻轻柔的朗读声伴随着沙漠深处的风声，慢慢远去。

"我确实一度死去，但难以忍受孤独又重返人世……"

叶裴天慢慢躺进温暖的被窝中，被子既柔软又舒适，包裹着他的身躯，让他有一种被照顾着的幸福感。

他不知道自己什么时候就一点一点地放松了精神，沉入了睡梦中。

在梦中，他站在一片无边的荒漠中，无穷无尽的黑暗从荒漠的边缘涌来，迅速地向着他侵袭过来。

他一路后退，直退到陡峭的悬崖边上，悬崖的对岸开满了柔美的白花，莹亮的花瓣在微风中轻轻摇曳，那个人就坐在花丛中，低垂着头，翻着一本书，大声地读着，她的声音如冬泉、似春涧，动人心弦。

叶裴天心中升起强烈的渴望，渴望能够走到她的身边，但他们之间横亘着巨大且深不见底的鸿沟。

他只能站在悬崖的边缘，遥遥看着那人动人心魄的眉眼。

抬起头来看我一眼吧，如果她愿意看我一眼，我就从这里跳下去。

他在梦里这样想着。

"你那么憎恨那些人，跟他们斗了那么久，最终却变得和他们一样。"那个人却低头浅笑，缓缓读出了书中的语句。

黑暗蔓延到叶裴天的脚下，顺着他避无可避的双腿爬上了他的身躯，覆盖上他的面庞。

叶裴天从梦境中醒来。

天已经亮了，楚千寻坐在他的床边睡着了，她歪着头靠着床头的柜子，睡得正香，那本书还翻开着摊在她的膝头。

叶裴天凝望着她沉睡的面孔，视线又落到她的手掌。

她的手搭在书页上，正好露出书页上的一句话："生命中真正重要的不是你遭遇了什么，而是你记住了哪些事，又是如何铭记的。"

叶裴天久久凝视着那只手和手指前的那句话，那手指很纤细，却布满了不该有的各种新旧伤痕。

叶裴天伸出自己的手，小心地放在那小巧的手掌旁，他靠得很近，几乎已经能感觉到对方肌肤散发出的温度，但他始终没有去握住。

我真的有资格牵住这样的手吗？

他闭上了眼，收回了自己的手。

在离这座城堡不算太远的地方，有一处小小的绿洲，稀疏的灌木丛围绕着一座清澈的湖泊。

楚千寻一大早提着两个水桶到湖边来打水。

她不知不觉中就在这里居住了好几天，叶裴天的伤势早已经好得不能再好。

但这个男人的厨艺实在过于精湛，每天都能变着花样做出让楚千寻垂涎三尺的饭菜。在废土时代吃糠咽菜了五年的她实在受不了这个诱惑，厚着脸皮待了一天又一天。

每一日她都对自己说，这是最后一日，明日必须告别，回到自己家中。但第二天清晨，当厨房里飘上来的香味把她从睡梦中唤醒，都会让她忍不住再给自己找一个理由多留一天。

到了夜里，那个男人都会带着一种克制的期待，坐在屋中等她，于是她养成了习惯，临睡之前去他的床边为他朗读一段文字，直到看着他进入沉睡。

"这样好吃懒做下去可不行。"楚千寻看着湖水中的自己，用冰凉的湖水给自己洗了一把脸。

稀疏的低矮灌木围绕在湖水四周，湖水的边缘突兀地横着一段损毁了的高架桥，大半的桥柱深埋在黄沙里，只露出了一小截被黄沙遮蔽了的桥面和那些立在道路两边锈迹斑斑的路灯。它们显示着这片无人的沙漠地区在黄金年代的辉煌。

这里是方圆数十里内唯一的水源，清晨的湖边来了不少沙漠中的野生动物。

有探头探脑的狐狸，也有体型巨大的骆驼，甚至还有几匹野狼。

它们并不畏惧楚千寻，当然她也不畏惧它们，她甚至兴致勃勃地准备捉一两只狐狸回去，给今天的午餐加点肉。

她住在叶裴天的城堡中，名义上是照顾一下那位身受重伤的朋友，无奈他十分勤快，不但包办了三餐，连整座城堡也能轻易动用异能打扫干净，导致不太好意思的她也就只能做些打打水、买买菜之类的小事。

魔种降临之后，星球上人类的数量锐减，工业化文明一夕毁灭，整个星球却得到了很好的恢复，从前不太见到的野生动物，如今在野外却很轻易就能见到。如果不是有那些随处可见的恐怖魔物，以如今的人口数量，依靠采集捕猎生存，人类的日子也不会太过艰难。

湖的对面传来一阵轻微的脚步声，一位身着铠甲、背负长弓的年轻男人分开灌木钻了出来。

楚千寻和他面面相觑，彼此都露出了戒备的神色。

不远处的高地上，站立着悄悄跟随前来的叶裴天，看见陌生人突然出现，他的脸色沉了下来，手掌凌空收紧，地面的黄沙无声无息地流动起来。

"这种地方怎么会有女人，喂，你是不是那个人魔的女人？"年轻稚嫩的战士开口说话。

那差一点就要攻向年轻战士背面的黄沙因为这一句话及时在地上打了个转，溃散到了沙土中。

"你这个人怎么说话的，我是巴郎基地的人，当然到这里来捕猎、取水。"楚千寻在废土时代摸爬滚打了五年，练就了张嘴说瞎话的拿手本领，"倒是你，我从没见过，到底是从哪里来的？"

"巴郎的人都敢到沙漠中来吗？"年轻的男人果然一下就被楚千寻忽悠住了，开始跟着她的思路走，"这里是人魔叶裴天的住处，你们难道不怕触怒那位黄沙帝王吗？"

"我们不怕他的，你不住这里不知道，叶裴天虽然号称人魔，其实倒也并不胡乱杀普通人。"楚千寻仿佛放下了戒心，开始和他轻松地攀谈了起来，那放在身后的手却已经小心地握住了刀柄，"他还时常来我们镇上买东西，每次给的魔种都比别人给得多。我们住在镇子上的人都对他习惯了。"

"哦？真的如此吗？我怎么听说那是一位杀人不眨眼的魔头。"年轻的战士挠了挠头，"既然如此，你知道叶裴天的城堡在哪里吗？"

"人魔的住处危险得很，我可不敢去。听说那座城堡的位置时常改变，一般人很难找到。"楚千寻笑意盈盈地说话，"你一个人到沙漠中来找人魔的城堡做什么？"

第十章

楚千寻弯腰打水,她带来了两个一米来高的桶,准备打完水后放在一块滑行板上拖着走。

年轻的战士沿着湖边走过来,伸手帮她打满了水。

"看你这个样子,等阶很低吧,估计连水都打不了。"

"我是风系,才二阶。你呢?"楚千寻笑着问,一般在外人面前,她习惯把等阶往低了说,越让别人不防备自己越好。

"我是火系圣徒,刚刚升上八阶了。"年轻的战士挺起胸膛,为自己已经迈入人类公认的强者行列而自豪,忍不住炫耀了一下。

果然,面前的这位女孩很给面子地露出了崇拜的神色:"哎呀,那您可真是了不起。我们整个基地都没有八阶的圣徒,听说春城的城主也不过八阶而已。"

楚千寻打量着眼前的这个男人,他年轻而热情,不是什么高深的人,几乎一眼就可以看透他的喜怒情绪。

他身上穿的铠甲、靴子、手套,都是由同一种类的魔物身躯制作而成,铠甲上镶嵌了魔种,铭刻着精致的花纹,还带有楚千寻没见过的标志。

这很可能是一位由大型的公会或者教会组织全力培养出来的战士。他们利用组织内部的丰厚资源，专心提升能力，很少出门走动，因而有些缺乏社会经验。

甚至不用楚千寻过多的套话，他自己就已经开始述说起自己的来历、目的。

"我叫孔浩波，是从北方的创世公会来的。"

对孔浩波来说，这位年纪和自己相近的女孩，衣着朴实，性格温和，自力更生地外出猎食，给他留下的印象很好。

二人一道离开湖边。

"神爱在和人魔的战争中落败，迁移到了更北的区域。他们先前在这附近的区域秘密进行了大量的人体实验。设立在各地的研究所来不及迁，里面的许多怪物都逃了出来，伤了许多居民的性命。我们创世公会接到不少委托，会长特命我等前来调查此事。

"最近你还是不要单独走出基地比较好。"

楚千寻从善如流地点头，当然，她对创世公会是想来为民除害还是想来接收神爱的研究成果并不关心。

"谢谢你告诉我这些，我一定注意。但这和人魔叶裴天有什么关系吗？"

孔浩波没有回答这个问题，神爱最大的研究成果——圣血，就是来自叶裴天的血，但大部分的普通百姓并不知道这个秘密，他也不想吓到这位单纯的女孩。

叶裴天曾被神爱秘密关押，研究长达一年之久。

这一次他们追查神爱遗留下来的研究所，发现了不少诡异的事件，所以，尽管他的队员们不太赞同，他还是决定亲自到这片沙漠，看一看那位使得神爱兴起又衰落的人魔，到底是怎样的存在。

来到一座高耸的沙丘下，楚千寻和孔浩波分道扬镳。

临走之前，楚千寻开口劝了一句："你别再向里走了，不久之前，春城的城主和麒麟佣兵团的团长联手，依旧双双败在了叶裴天的手中。你这一去，未必有机会出来。"

她对这个年轻的男人并没有什么恶意，但如果他一意前行，对于一个执意要杀叶裴天的人，她也没有过多的好心阻止他去送死。

楚千寻的身影刚刚离开。

孔浩波突然就感到后背汗毛竖起，他转过身来，看到一个高瘦的年轻男人不知什么时候站在了那里。

孔浩波反应十分迅速，瞬间就向后方退了十来米，一只手按上了腰间的刀柄："你就是人魔？我……"

他的话还没说完，地面裂开，把他的整个身躯吞噬，巨大的压力从四面八方涌来，用力一压，几乎压碎了他的五脏六腑。

叶裴天是从尸山血海中淬炼出来的人魔，出手就是杀招。

然而，实战经验不多的孔浩波却还没有养成一言不发就杀人的习惯。

孔浩波虽然等阶上低于叶裴天，但本来不至于一招落败。

但高手之争，往往争的就是毫厘之间的差异，一招输了，可能送的就是命，再没有翻盘的机会。

沙漠中央，一根又一根的火柱从地底腾空而起，那绽放在天地间的红色火焰，仿佛开在沙漠中的一朵朵巨大的莲花。

然而，这熊熊燃烧的火焰没能持续多久，很快就暗淡了。

沙丘之上狼烟四起，护着人魔的黄沙散开，露出了毫发无损的叶裴天。

叶裴天一抬手，把骨骼碎裂的孔浩波从沙丘中提了出来，丢弃在地上。

平日里，来杀他的人很多，至于他要不要对这些人赶尽杀绝，全凭他那一天的心情。

叶裴天看着脚下昏迷不醒的敌人，这小子运气好，他今天一点也不想弄脏自己的手。

他轻轻哼了一声,转身向城堡走去,心中开始琢磨起今天午饭的菜色。

"狱火红莲?"远处的楚千寻回首望着那些几乎连接天地的火焰,轻声说出了火焰的名字。

在梦中的那个世界里,她有一位十分仗义的至交好友,那人的成名大招就是"狱火红莲"。

可惜的是,如今在这里已经没有那位朋友的身影,只有他创造的招式还遗留在人间。

当时的自己和这些强者并驾齐驱,毫不落后。但此刻,自己只能远离这些人的战场,根本没有参与的资格。

吃午饭的时候,楚千寻终于正式和叶裴天提出告别。

"下午,我就回去了。"楚千寻勉强笑了笑。

午饭,叶裴天做了板栗鸡,用砂锅煲得香糯可口的板栗,圆溜溜地滚在鲜嫩多汁的鸡块上,汤汁入味,咸香可口,是楚千寻最爱吃的一道菜。

叶裴天话很少,却是一个十分心细的男人,不过短短几日,他已经能摸准她的胃口。

这样一道本来令楚千寻垂涎三尺的菜肴,因为分别在即,都不能让她提起兴致。

等回到春城,哪里还找得到这样好吃的食物?楚千寻想起自己日常吃的黑饼和豆粥,瞬间就觉得更加沮丧了。

一双乌黑的筷子夹着一块香气浓郁的鸡块,停滞在空中,犹豫了一下,最终放进了楚千寻的碗中。

楚千寻一顿饭吃得风卷残云,坐在对面的人沉默着不停地为她布菜。

"春城离这里不远,我一定经常回来看你。"楚千寻说。

一直没有说话的叶裴天一下抬起头来,双眸微动,波光潋滟,轻轻问了一句:"真的?"

他明明说得很轻，但不知道为什么，楚千寻的心里有些难受了起来。

她不可能一直待在这座城堡，叶裘天大概也不会愿意再去到春城，他们即便能像朋友一样相处，却不方便时常见面。

楚千寻用这五年的时间，学会了自私和冷漠，但现在她愿意重新开始学着替他人着想，愿意替这位饱受磨难的男人多考虑一些。

"真的，我保证。"她说，"只要没出去猎魔，我就过来找你。"

楚千寻伸出手，和叶裘天放在餐桌上的手轻轻交握了一下。

他的手永远冰凉，握在她温暖的掌心，那冰凉的手指微微动了一下，再没有做出别的反应。

楚千寻离开了这座黄沙砌成的城堡，靴子踩在沙漠上，发出细细的响声，在身后留下长长的一串脚印。她走了很远，终究还是忍不住回头看了一眼。

广袤无垠的沙漠中，那座巨大的城堡显得孤独又渺小，城堡的大门依旧开着。这里已经离得太远，不知道城堡中的那个人是否还站在门口凝望着她的背影。

回到春城，热闹和喧哗几乎扑面而来，楚千寻在极安静的地方待了几天，几乎要被这份过于浓郁的烟火气息给熏倒。

卖豆饼的老头骑着他的小破三轮车，敲着手上的一块废铁，从筒子楼的大门外路过，用他那独特的嗓音大声吆喝："豆饼嘞，卖豆饼，新出炉的豆饼，一颗魔种一袋哟。"

住在她楼下的"疯婆子"正站在一楼的一户人家口前收债，把那户人家的大门拍得震天响。

楚千寻从楼道上密密麻麻挂着的湿衣服底下钻过去，衣服上冰冰凉凉的水滴到了她的脖子上，顺着衣领流了下去。

一个留着半长发的男人穿着裤衩、背心，双手插着兜，摇摇晃晃地从楚千寻身边经过。他吐掉口中叼着的牙签，油腔滑调地说了一声："哎哟，哪里来的靓女，三颗魔种你跟着我呀？"

正巧路过的高燕从后面一脚把他踹了个趔趄,开口就骂:"死瘪三,千寻可是四阶圣徒,你先撒泡尿看看自己吧。"

"不愿意就算了呗,我这不是一下没认出来吗。"男人面对两位四阶圣徒,被踹了一脚也不敢怎么样,口中念念叨叨着走了。

高燕拉住了楚千寻的手,向楼上走去:"千寻,你这是跑哪去了。那天突然就跑了,之后几天都不见人影。"

二人回到楚千寻的屋子,高燕一屁股在床边坐下:"老实交代,你这是干啥去了?皮肤一下变得这么好,你看,连手上的伤痕都不见了。"

楚千寻疑惑地抬起自己的手看了看,因为常年上战场,她的手上留下了各种大大小小的新旧伤疤。神奇的是,不知道什么时候,这些伤痕全不见了,双手的肌肤光洁无瑕,莹白细腻。

她这才后知后觉地发现,叶裳天在她的饮食中做了什么手脚。

楚千寻掏出了自己在战场上得到的一颗五阶魔种,托在手心,看了半晌,抬起头看高燕:

"燕姐,我准备越阶了,你守着我。"

所有圣徒,一旦决定升阶,等待着自己的只有两种命运:升入更高一个等阶,成为更强者;或是越阶失败,变为食人的魔物,成为同伴们猎杀的对象。

因为越阶被魔化的概率很大,大部分人在越阶的过程中,会邀请自己最信赖的朋友守护。如果越阶失败,将由朋友亲手砍下自己的头颅,使得自己还有机会以人类的身份死去。

高燕看着躺在床上的楚千寻,她半长的头发被汗水粘在了脸上,身体因为痛苦而蜷缩成了一团。

在高燕的记忆中,楚千寻性子有些冷淡,行事果决,给人一种坚韧、刚强的印象。

此刻,高燕才发现,躺在床上的这个朋友,个子并不太高,四肢甚至还带着一种少女特有的纤细。她和自己一样，本质是一个柔软脆弱的女人，只是因为生活在这样的乱世，才不得不给自己套上一层又一层的硬壳，使自己得以伫立在风沙中，同那些魔物的利爪相抗争。

高燕不由得回想起魔种降临之前，那时候，她的朋友很多，性格也比如今温和。随着天降魔种，吃人的怪物在世间横行，那些朋友死亡、魔化、离散、背叛。

有多少是死在魔物口中，又有几人的头颅是被她亲手砍下，她已经记不清了。彼此的感情越深，生死离别之时感受到的痛苦也越多。所以，她就渐渐地学会了拒人于千里之外。

在楚千寻白皙的脖子上，浮起一道道恐怖狰狞的绿色纹路，那血管一样的绿色线条在皮肤下鼓起、搏动，相互交织着向脸颊蔓延。

她后背的肩胛骨甚至生出了蝶翼般的薄膜，湿漉漉的透明薄膜从衣领中钻出来，在空气中颤抖着准备展开，那将会是一对巨大的翅膀。

这是开始魔化的象征，如果撑不过来，床上这位片刻之前还和自己笑着交谈的朋友，就会彻底化为一只吃人的怪物。

高燕伸手握向了自己的剑柄，发现自己手心里全是汗，湿滑得甚至握不住剑柄。

她慌乱地在衣服上拼命擦着自己的手心，觉得自己几乎就要哭了。

她已经孤单了太久，这是她唯一的朋友，她好不容易才交上的朋友。

高燕一把抽出手中的长剑，她的剑既细又长，莹莹泛着蓝光，锋利的蓝色刀刃架上了楚千寻的脖子。

"楚千寻，你给我醒过来，不然老娘可把你的脑袋给切下来了！"视线不知道是被泪水还是汗水模糊了，高燕抹了把脸，"你听见没有，死女人！我叫你醒过来！"

在她刀锋下的白皙脖子一动不动。

白皙？

高燕擦了擦眼睛，惊喜地发现楚千寻脖子上的绿色脉络已经开始消退，后背鼓出来的薄膜皱巴巴地开始萎缩了起来。

楚千寻睁开了眼睛看了她一眼："吵……吵死了。"

高燕一把抱住了勉强爬起身的楚千寻："死女人，我就知道你能过这一关的。"

楚千寻的下巴搁在高燕的肩膀上，刚刚进阶的她，五感分外清晰敏锐，但身体还略微有一些使不上力气："燕姐，你是不是哭了？"

"胡说，你想得美。谁会为了这么点事就哭，少了你，我朋友还多得很。"

"有朋友的感觉真是好，一个人孤孤单单的，真的很无趣。"楚千寻闭上了眼睛，"我好像听见你在哭，听见你和……另一个人在哭。我真的不想看到你们哭，所以我就醒了。"

楚千寻升上五阶的消息很快就在筒子楼内传开了。

毕竟，在这样一栋小楼内，五阶就已经算得上是略有些排面的存在了。

在春城里，普通人或者那些等阶低下又派不上用场的辅助系圣徒，大多混居在黑街那样杂乱无序、生活条件恶劣的区域。

而像楚千寻和高燕这样数量庞大的中低阶战士，比那些人又要好得多，可以依仗各自的能力，有机会在这样的楼房里分到一小间独立的房间。

住在这栋筒子楼内的，大多是三到五阶的中低阶圣徒。虽然大家等阶差别不大，但是众所周知，四阶是一个难越过的坎，能升到五阶，也就意味着这个人将来或许有了无限的可能，在这个时候多结交一下，总是没错的。

因而，这两日，不管是熟悉的，还是不熟的，也算是来了几个恭贺或是套近乎的人。就连住在楼下那位一向抠门的疯婆子都手捏着一小袋饼干上来象征性地坐了一下。

"千寻,你将来要是发达了,可不能忘了咱们这些一起熬过来的姐妹啊。"满脸雀斑的疯婆子单方面把楚千寻升级到了姐妹的位置,把那一小袋只有半个巴掌大的、过期了不知道多久的饼干留在桌面上。

相比之下,林胜带来的礼物就昂贵得多了,如果说这位力量系圣徒曾经对楚千寻的态度还有些含蓄暧昧,如今得知了她也同样升级为五阶,他已经按捺不住地表现出明显的追求之意了。

林胜出生在农村一个经济不太好的家庭中,黄金年代的他因为缺少文化知识,只能在城市中的建筑工地上依靠出卖体力劳动生活。

他力气大,个头高,干活十分勤快,拿着建筑队中头等的工资,收入也并不比那些坐在办公室中的小白领差多少。但他心中总藏着一股自卑,觉得自己和这座灯红酒绿的城市格格不入。每天从工地出来,一身土灰的他挤在公交车上,周围那些衣着光鲜的城里人看向他的目光似乎总带着鄙夷和厌恶,让他觉得难堪而局促。

谁知魔种突然降临,那些高高在上的城里人,突然一起从云端跌落,和他一样滚在尘埃里,每个人都搞得灰头土脸。他们会的那些东西,在这个世界再也没有用武之地,只能像他当初那样,在陌生的环境中茫然无措地学着去适应,反而是他这样有着一身力气,还会不少手艺的男人在这个时代大受欢迎。

他还得到了力量系的异能,黄金年代对他不屑一顾的漂亮女孩子,也围着他"林哥""林哥"地叫着,放下了她们的身段,对他百般讨好。

林胜觉得很满足,他甚至不像其他人那样想再回到过去的时代。

当然,虽然在过去这些女孩是他想都不敢想的对象,但如今他已经大不一样,自然要好好地挑选一番。

人有时候就是这样，送上门的不喜欢，得不到的却加倍心痒难耐。楼下的小娟，人长得水灵，身材也好，无数次半夜悄悄摸进自己的房间过，但林胜偏偏放不下同一支战队里对他不理不睬的楚千寻。

也许是因为楚千寻是一位女大学生，身上带着股他曾经求而不得的知识分子的味道，在他心底总觉得能让这样的女人做自己的婆娘才是最畅快的事。

何况千寻如今是五阶圣徒，挣的魔种一点不比自己少，娶了她，不仅能够伺候自己，还能给家里带来多一倍的收入，林胜决定要把这个女人拿下。

为此，他咬牙花重金买了一袋白面和一把韭菜，亲手包了一盘子的水饺。虽然卖相不怎么样，但是，这年头里白面和蔬菜可是稀罕物，普通人过年都未必吃得起。何况他这样一个大男人亲自下厨煮东西，哪一个女人看了不得感动得要命？

林胜端来了这样的食物，自以为对楚千寻十拿九稳，看着她的眼神炙热得几乎都掩饰不住了。

楚千寻看着林胜那热情如火的模样，感到有些吃不消。

林胜的身材高大强壮，浓眉大眼，表面上看起来带着股农村人特有的朴实厚厚，又是五阶力量系圣徒，在这栋楼内深受不少女性的欢迎。但楚千寻对他没有什么特殊的好感，已经不止一次明确地表达过自己拒绝的意思了。

可是，这个男人似乎看不懂别人那样做事为了留给他一分颜面，反而在这几日死缠烂打起来。

楚千寻也就不打算再给他留有余地，她伸手把住了门框，甚至没有让兴致勃勃的林胜进屋。

"林哥，"楚千寻说，"无缘无故，我怎么好接受你这么金贵的食物。心意我领了，东西还是带回去和小娟妹子或者其他什么人一起吃吧。"

"千寻,你别这么客气,这怎么是无缘无故呢,我这是真的为你高兴。"林胜还要兴致勃勃地往里面闯。

楚千寻把住门框的手没有动,脸色已经沉下来了。

林胜这才明白楚千寻是真的在拒绝他,而不是他以为的女孩子的娇羞或者欲擒故纵的手段。

"千寻,你这是什么意思?"林胜急了,"你是不是听了什么闲话,我和小娟没什么,我只对……"

"林胜,我想我已经说得很清楚了。"楚千寻把话挑明了,"我对你没有意思,至于你对什么人感兴趣,那也和我没有关系。"

林胜整张脸一瞬间涨红了,他端着那一盘水饺,进也不是,退也不是。

周围的说话声很杂乱,似乎还有人在笑。听在他的耳朵里,他就觉得整个楼道的人都在对着他指指点点,看着他的笑话。这几年受人尊敬的日子在这一刻都消失了,他仿佛回到了魔种降临之前那个被别人鄙视的年代。

林胜的肌肤晒得很黑,小平头,一口大白牙,笑起来的时候带着点憨厚的模样,但沉下脸的时候,那油亮的肉抖动起来,就透着股深藏在心底的戾气。

他突然一把握住楚千寻的手腕,把她推进屋中,反手砰的一声关上了门。

林胜是力量系圣徒,他知道这个女人在力气上远远不如他。

"你要是对我没意思,平日里干吗总笑嘻嘻地对我说话,把爷的胃口吊上来了,又想假装清高把爷甩开。"

筒子楼里里外外悄悄看着这场热闹的人可不少。有些人摇了摇头,关上门,有的人却兴致勃勃地竖着耳朵听屋子里的动静。

"还是给林胜这小子进去了啊,看来这小子今天艳福不浅。"

"女人嘛,都是要装一装的。"

"对女人就是要用打,两耳光下去,就服服帖帖地只知道哭了。"

几个猥琐的男人盯着那扇薄薄的木门议论起来。他们甚至遐想起门内的光景。

砰的一声巨响，门被巨大的气流冲开，碎裂的木屑连同几个黏糊糊的水饺一起砸到了这几个男人身上。

林胜一脸铁青，一步步倒退着从屋内出来。他的额头和手臂被割开了数个血口，血糊了半边面孔。

楚千寻一只手握着刀，另一只手卷着细细的风刃，站在敞开的屋门口。

四阶的时候，她对风的理解，一直是操纵尽可能多、尽可能大的风压向敌人进攻。突破了四阶之后，她对气流的掌握突然就有了更深一层的认识，她开始能够更精准地掌握空气的流动，将小范围内的空气压缩到极致，以同时形成细小而灵动的无数风刃，令敌人防不胜防。

初次领教到这招的林胜一时不防，立刻就吃了亏。

"难得我升上五阶，既然林哥想和我练练，那我们就在这里练练。"

楚千寻的声音很平淡，但林胜知道她的杀意不淡，只要他有所举动，这个一招就让他身上见红的女人，没准真的会切下他的脑袋。

当男女体力悬殊的时候，男人往往会在女性面前表现出强势、霸道，或是英勇无畏的模样。

但在能力相当的情况时，这些人未必就能如他们想象中那样比女性更勇敢而不计较生死。

那几个刚刚讨论着女人不打不服的男人，捂着被砸肿了的脑袋，一声不敢吭地缩进了自己的屋子中。

林胜的脸色一阵青一阵白，最终还是没有勇气和楚千寻动手，只得强忍着怒火灰溜溜地离开了。

高燕听说了这件事赶回来的时候，楚千寻已经找了一块新的门板在安装。

"既然和林胜闹僵了,明日的外勤,你可得小心点,毕竟是一个战队的,我担心这个小人在背后给你使绊子。"高燕帮楚千寻扶着门板。

"知道了。"楚千寻头也不抬地安装螺丝。

第十一章

从天而降的魔种,毁灭了人类千年来的文明,同时也正在改变着这个星球上的一切。

人们逐渐发现,伴随着每一只魔物的死去,以魔物的巨大身躯倒下之处为圆心,方圆数公里内的所有植物和微生物都仿佛得到了滋养一般,开始展现出蓬勃旺盛的生命力,以异常的姿态迅速地生长起来。

时至今日,经过多年人与魔之间的反复战争,黄金年代人类大规模修筑在星球上的城市,道路、房屋等建设大部分已经被生命力旺盛的植物所掩埋。如今不过偶尔能看见茂盛的林木中露出一星半点的痕迹,证明了人类曾经的辉煌。

但想要在这片肥沃的土地上捕猎和种植,却并不是容易的事情。

离开防御坚固的基地,荒野上四处游动的魔物会追寻着人类的气味而来。种植和捕猎变得十分危险。

在紧邻基地的金色稻田中,无数农夫紧锣密鼓地抢收着粮食。

尽管缺乏精心照顾,但只要春耕播种之后,丰收基本上是必然的,最大的困难反而是收割并且运回基地的这个过程。

因为汽油紧缺,机械化的农业设备已经没办法使用。但收割的速度依旧很快,一些身具植物系异能的圣徒,站在稻田中间,抬起手臂,大片大片金色的稻穗在异能的驱动下齐齐倒伏。

除了普通人,不少低阶的速度系和力量系的圣徒,也在这个时候加入了抢收的工作。

田野四面有巡视的战斗系圣徒们,他们身着铠甲、手持武器,以防备着随时有可能被人类吸引过来的魔物。

几乎春城内的每一支佣兵团队在这个季节都会接到防御魔物和护送秋收的任务,楚千寻所在的红狼兵团也不例外。

楚千寻和高燕坐在田埂边一处矮矮的屋顶上,秋风拂过二人的脸颊,吹起她们的鬓发,吹入无边的稻田中,掀起层层稻浪。

被她们当作椅子坐在身下的,是一个锈红色的屋顶。这栋建筑已经基本被泥土掩埋,地面上只露出了这矮矮的一点锈迹斑斑的屋顶,屋顶上留有半个脏兮兮的黄色字母M,仿佛在完全消失殆尽之前,挣扎着告诉世人,他们脚下的这片土地,曾经是高速公路上的一个服务区。

放眼望去,一片金灿灿的稻田中,突兀地立着数栋这样只剩下屋顶的建筑,那些曾经高悬在道路上方的指示牌,如今被半埋进了土地中,依稀还看得见上面写着黄金年代的城市名称和距离这里的公里数。

楚千寻看着就在不远处的一块蓝色指示牌发愣,那块沾满泥土的指示牌右边写着北镇,左边写着巴郎。

巴郎。

楚千寻的心思被这两个字挑起,思绪顺着无边的稻田,越过边陲小镇巴郎,进入那广袤无垠的沙漠。

在那荒漠的中心，孤零零的城堡内，有着一个孤独又寂寞，被世人深深畏惧的人。

那个人终日枯坐在狭小的房间内，低垂着眉眼，与书卷为伴。

楚千寻发觉在自己荒芜已久的心田上，不合时宜地钻出了一棵小小的嫩芽，在这萧瑟的秋风中挣扎着破土而出，想要开出一朵粉色的花来。

"千寻，你看那边。"高燕的声音打断了楚千寻的思绪。

楚千寻顺着她的目光看去，林胜坐在不远处的角落，他那张脸扭曲着，看向楚千寻的目光充满了怨恨。像他这样曾经过于自卑，又骤然受人追捧的男人，更加不能忍受挫折，他已经把被楚千寻当众拒绝的那件事当作了人生一大耻辱，卡在心中不肯忘怀。

"你看他的眼神，像是要把你吃了一样。这种男人的气量特别小，你一定要小心。"高燕靠到楚千寻的耳边，"如果他在战斗的时候使小动作，你也不要手软，我帮你。"

楚千寻冷冷地哼了一声。

在法治时代，年轻的女孩们遇到这种骚扰有可能一筹莫展。到了如今这个时候，不论性别，大家都已经习惯了运用武力解决问题。如果这个人心怀不轨，楚千寻也不打算对一个向自己释放出恨意的人手软。

她们所在小队的队长王大志走了过来，他看了一眼楚千寻和林胜，把林胜拉了起来，单独叫到一边。

"胜子，红狼的规则，你不知道吗？在外面你想要什么女人，没人管你，团队里的姑娘不能碰。"王大志的脸色不太好。

林胜把脸转到一边，鼻子里轻轻哼了一声，显然没有把王大志的话听进去。

红狼在春城算是一支规模不太大的中型佣兵团队，红狼的团长韩傲是一位七阶圣徒，兵团内的小队伍有七八支，小队长多由五六阶的圣徒担任。王大志的等阶只在五阶后期，有点压不住小队里的成员，特别是林胜等几个已经到了五阶初期的成员。

"你如果一定要这样，我只能和团长申请把你调到别的队伍。"王大志彻底生气了。

猎魔本就是刀口上舐血的行为，团队之间的配合十分重要，一个不慎，丢的可不止一两个人的性命。林胜和楚千寻之间闹出来的事让他这个队长十分恼怒。

林胜这才低下头，勉强回答了一句："知道了，我以后不招惹她就是。"

忙碌的农夫们在田埂弯着腰，手脚麻利地把收割下来的稻穗捆扎起来，堆上等候在田边的一辆辆马车。

这些人大部分是普通人，平日里三餐不饱，饿得面黄肌瘦，但劳作了一天的他们，没有一个敢放慢动作。他们在和时间赛跑，在野外随时都有可能出现恐怖的魔物，即便有这些圣徒做护卫，作为防御能力低下的普通人，依旧会在战斗中轻易死亡。

"应该可以回去了。今天还算顺利。"

看着已经进入尾声的收割工作，高燕略微松了一口气，她甚至已经看见远处其他小队的队长向这里做出收队的手势。

山的那一边突然传来轰的一声，数枚示警的烟雾弹伴随着警戒人员刺耳的惨叫声，升上天空。

一张巨大的脸从山后冒了出来。

那是一张完美的人类女性模样的面孔，巨大又毫无表情，居高临下地从山后方望过来。

它那漂亮到有些诡异的面孔歪了一下，鲜红的嘴巴里正不住地咀嚼着什么东西。

那个脑袋之下没有身躯，无数细长的管道一般的头发垂落在地上，那些管道末端攀附着土地、山崖蠕动着，速度却是意想不到的快。

红狼的团长韩傲拉下头盔的面罩，率先冲上前去。

"一队二队，跟我上！其他人守好！"

魔物密密麻麻的头发扎入了土地中，钻过一段地面，突然从攻击它的队员脚下的土地中激射而出。

当即就有战士躲避不及，被穿在了那些钢铁一般的黑色管道上，鲜血从山坡上一路蜿蜒流下，渗入金黄色的田地。

残阳如血，丰收的田野中，战士们和巨大的魔物生死相搏，激起了漫天草叶。

躲避不及的普通农夫被魔物的利器穿刺，甚至被圣徒们的异能波及而惨死在道路两侧，人群骚动起来，但很快就恢复了秩序，开始迅速从战场撤离。

楚千寻和高燕等人紧张地护着车队和非战斗系的人员向着后方撤退。人群拉着马匹，推着车辆，跟着车拼命地跑。这是过冬的粮食，除非万不得已，不然是绝对不舍得随意丢弃的。

路边的丛林中，草木一阵摇动。

昏暗的林木间隙中，缓缓露出了一张血红色的面孔。

一只血红色的魔物从森林中出现，这只魔物用四肢爬行，浑身没有肌肤，额头上伸出一只又尖又长的角。

这是众多魔物中被人们熟知的游荡者，它身躯不大，攻击和防御能力都不算特别高，唯独有着令人胆战心惊的速度。

"头上有角，五阶了，速度非常快，大家小心！普通人全部后退。"队长的话还没喊完，那只五阶游荡者的身影晃动了一下，在原地留下残影，而真身已经出现在了林胜面前。

林胜大喝一声，举起手中的盾牌，巨大的冲力砰的一声撞上了他的盾牌。

他是力量系异能者，这个冲击虽然因为游荡者的速度而显得巨大，但他依旧勉强撑得住。就在这时，这个男人的余光瞥到了楚千寻，他的心思一动，从心底深处涌上了一个恶毒的想法。他的手向一侧偏了偏，游荡者的尖角在巨大冲力下顺着盾牌滑过去，向着林胜后方不远的楚千寻冲去。

即便同是五阶，但楚千寻的速度远远比不上以速度著称的游荡者，这么短的距离，她只能勉强偏转身体，避开迎面而来的攻击。

但她的身后是高燕，如果她躲开了，四阶的高燕无论如何也躲不开。

楚千寻犹豫了一瞬间，这一瞬间就已经让她躲闪不及，她几乎是眼睁睁地看着那只血红色的利角刺穿了她的肌肤，穿透了她的腹部，在高燕的惊呼声中，她被甩到了空中。

楚千寻掉落在地上，她一只手捂住腹部，勉强稳住身形。她已经竭尽全力在最后时刻避开致命的要害，但身体内剧痛袭来，她清晰地感到灼热的液体从指缝间大量流出。

她强忍着疼痛，紧皱着眉头，抬起手臂，一股飓风凭空卷起，将那只在队员们密集攻击下依旧如魅影般游动的游荡者掀翻在地。

高燕的重力异能配合着及时压下，把来不及起身的魔物压倒在地面。飓风和重力同时死死控制住倒地的魔物，任凭它的四肢拼命挣扎，也一时无法站起身来。

一道细小的风刃发出锐利的声响，在空中一闪，准确无误地切开了魔物的后脖子，露出了一点绿莹莹的颜色，那是魔种所在的位置。

"好！压制住它，我来取魔种。"在魔物附近的林胜喜出望外。

按照猎魔的规则，所得的魔种和小部分魔驱，会分配给战斗中出力的队员。而最终取得魔种的那位，不仅能够分得较多的部分，甚至还有优先挑选的资格。对五阶的林胜来说，他最需要的正是五阶魔种，这只濒死的魔物竟然恰巧落在他的脚边，真是天赐良机。

林胜迫不及待地伸出手，向着魔物的脖子抓去。

就在他的手即将触到魔物，嘴角已经开始露出笑意的时候，一直压制着魔物的重力场突然消失。

血红色的魔物一跃而起。

众人的眼睛一花，再次看清楚的时候，魔物的长角已经穿透了林胜的心脏，把他钉在了一根粗大的树干上。

林胜的眼睛眨了眨，不可置信地看着近在眼前的恐怖魔物，他又抬起头，看着远处被高燕扶着起身的楚千寻。

他心中充满害怕和慌乱。

在临死前的一刻，人生中的种种过往从眼前闪过。在工地上干活，虽然脏一点、累一点，但是日子过得很充实而安稳。工友的女儿小翠对他很好，那女孩脸蛋红扑扑的，看着他的眼神总带着一股仰慕和欣喜，不像眼前的这个女人，看着自己的眼神冷冰冰的，没有一丝温度。

……

伴随着两只魔物的轰然倒下，十几位战士和普通人的性命也永远地留在这里。

没有时间悲伤，甚至来不及为他们收好尸体，所有的人迅速收拾好染着血的稻穗，把用性命换来的粮食运回了春城。而那些在战场上死去的生命，他们被遗留在荒野肥沃的土地上，同魔物的身躯一起回归到大自然的物质循环中去。

林胜死了，楚千寻也伤得不轻，即使经过治疗，也依旧在床上躺了大半个月。

过于忙碌的时候，人们一般没心思伤春悲秋，但一旦闲暇下来，特别是在床上一躺大半个月，心思就免不了有些浮动。

有时候在夜里，看着挂在天空的明月，楚千寻会想起沙漠中所见的月亮。

也许是因为叶裹天怕黑，那个城堡内每一间房间的窗子都开得特别大，躺在屋子中睡觉，可以清晰地看见夜空中的漫天星斗。

不知道那个人此刻在做些什么，楚千寻会时常忍不住这样想，他是不是还是彻夜不眠，坐在那间狭小的房间内，借着灯火读书。

自己没能守约前去看望他，他有没有因此生气。

经过了这些时日，楚千寻几乎可以确定，她所梦见的那个世界，绝对在某一个地方真实存在着。高燕刻薄冷漠的外貌下深藏的温柔，江小杰出手成冰的招式，叶裴天恶名之后的柔软，特别是他那几乎一模一样的厨艺，绝不可能只是梦境中的一种巧合。

但不管在那个梦中的楚千寻和叶裴天有多么亲密的关系，在这里，他们依旧只是两个陌生人。他是一位声威赫赫的九阶大佬，独居在荒漠的城堡中。如果向他靠近，自己注定只能成为一朵被守护在城堡中的菟丝花。

楚千寻认清了现实，在心中叹了口气，伸手把心田上刚刚萌生出来的嫩芽掐了下来，珍惜地摸了摸，让它随风散去了。

晨曦从窗口透进来的时候，高燕提着一个食盒，推开门走进来。

"快看，我今天给你带了什么？"

她献宝一样打开盖子，端出了两碟小菜，倒出两碗稀得可以照见人影的白粥。

一小碟拍黄瓜和一碟煎得发黑的鸡蛋饼。

"怎么样，稀罕吧，白粥、黄瓜和鸡蛋，快趁热吃。"高燕给楚千寻分了一双筷子，在她的对面坐了下来。

这几样东西确实稀罕，楚千寻一下来了兴致，坐起身来，夹了一筷子拍黄瓜送进口中。

"啊，好咸。"楚千寻抱怨，"这也太咸了。"

本着不能浪费的原则，她囫囵吞咽下去，连喝了几大口清粥。

"你怎么回事？这么好的东西，你还抱怨？"高燕不干了。

她自己举筷子吃了一口，差点没吐出来："确实咸了点。我这不是想着难得有蔬菜，做咸一点能多吃几顿嘛。"

楚千寻慢悠悠地喝着粥，有一口没一口地配着咸得要死的拍黄瓜和煳了的煎蛋，脑海中想起了那个黄沙砌成的餐桌。

那人端上来的菜色总是既鲜香又可口，咸辣适中，完全像是按着自己的口味做的。

那端菜的手指白皙又漂亮，端菜的人也好看。

做菜的时候，他背对着自己站在灶台前面，一双腿修长笔直，微微低着头，细软而卷曲的头发晃动着，露出光洁而漂亮的后脖子。

楚千寻刚刚掐死了一棵嫩芽，噌噌地又钻出了四五棵嫩嫩的小芽，不知死活地在风中招摇起来。

中午高燕再上来的时候，楚千寻就不见了，桌子上压了张字条："离开几日，勿念。"

楚千寻的伤势没有痊愈，不敢大意，跟着从春城出发的商队来到巴郎，又从巴郎进入沙漠。

到达那座黄沙城堡的时候，正好是傍晚时分。

荒漠的地平线上，橙红的夕阳缓缓下沉，斜阳晚照，就连空气中都浮动着橙色的光辉。

楚千寻伸手敲了敲城堡的大门，心脏忍不住雀跃地跳动。她屏住呼吸，听了半天，城堡内却毫无动静。

她又敲了敲，伸手在门上推了一把，门没有上锁，吱呀一声慢悠悠地开了。

大厅内有些昏暗，细细的尘埃在斜斜照进来的光束中上下飞舞。

叶裴天坐在那淡淡的阳光中看着她，把她吓了一跳。

楚千寻离开的时候，他就是坐在这个位置。

如今前后接近一个月过去了，如果不是他更换了衣物，楚千寻几乎就要怀疑他都没有离开过那个位置。

叶裴天容色憔悴，眼下沉淀着浓浓的阴影，盯着楚千寻的目光充满了说不清、道不明的情绪。

楚千寻走了进去，正要开口说话。

叶裴天突然就把视线移开了，死死地盯着左下角的地面，随后干涩嘶哑的声音响起:"你走,离开这里。"

"怎么了?"楚千寻有些愣住了。

叶裘天不看她,蹙起眉头,闭上了眼。

楚千寻心里有些难受,但她已经不是那种青春期盲目冲动而情绪化的女孩,她不想因为赌气或者没解释清楚等原因,造成本来相处融洽的两个人之间有了误会。

"你先冷静一下,你是不是误会了什么?我没能按照约定来看你,是因为我在战斗中受了伤,不得不休养了半个月。"她尽量语气温和地解释。

叶裘天听到这里,猛地抬起头,他眼里有波动,微抬了一下手,似乎想说点什么。

但随后他又缓缓垂下睫毛,放下了手。

"走吧,立刻离开,再也别来我这里。"他说。

楚千寻向前走了两步,她不明白为什么。

叶裘天抬起眼帘,眼眶中透着一缕赤红,一瞬间那个温柔的男孩子就像是名副其实的嗜血魔王。

"离开这里,再前进半步,我……"他几乎是咬着牙说话的,暴戾的杀意几乎充斥了整个逐渐昏暗的大厅。

楚千寻不明白为什么,但她明确了叶裘天要她离开的意思。她沉默了半晌,最终转过身体,离开了这里。

一步步踩在冰凉的沙粒上,楚千寻摸了摸自己的胸口,觉得那里既酸涩又难过,被游荡者洞穿了腹部的时候,身体似乎都没有这么不舒服。

不应该的,只是一个男人而已。什么难事都经历过了,还能在乎这么点小事吗?她对自己说。

地平线上,夕阳的余晖在慢慢消失,那里渐渐起了一股异样的烟尘,有大批人马从四面接近之时,才会有这样的阵仗。

楚千寻的身后响起急促的脚步声,她转过头,叶裘天从城堡内一路飞奔出来，一把握住了她的手臂。

"来不及了，你跟我来。"那个男人似乎又沮丧又难过。

楚千寻就这样不明所以地被叶裘天一路拉着跑回城堡。

二人回到城堡的大厅，来不及喘口气，叶裘天抬手一扬，城堡的大门砰的一声关上了。

城堡的内部沙粒簌簌滚动，一面面黄沙砌成的墙，在所有的门窗处同时升起。随着所有的通风口被封住，大厅内迅速变黑。

地面开始缓缓摇动，整座城堡都在下陷。

山摇地动，天翻地覆，叶裘天的眼睛只是死死地看着眼前的楚千寻。

这一刻，楚千寻突然就读懂了，读懂了他眼中的不舍和悲哀。

"是不是有敌人来了，你要做什么？"她拉住了叶裘天的胳膊。

高高的窗户处透进来的最后一丝光线即将消失。

叶裘天从怀中掏出了一盏小夜灯，拨亮了。他把楚千寻的手拉下来，小心地把那盏灯放在了她的手中。

他低垂的目光流连在那盏廉价的小灯上片刻，抬手一扬，墙面上沙砾分开，他从中穿了出去。

楚千寻向前追了两步，墙上的缝隙在她眼前迅速合拢。

脚下的大地摇晃得越发剧烈，甚至产生了一种失重感。楚千寻知道自己在随着整座城堡深埋进地底。

不知下沉了多久，一切重归寂静，她只能听见头顶的大地传来隐隐约约的响动声。

在那里，正发生着一场激烈的殊死搏斗。

但她所在的整座城堡寂静而安稳，漆黑无光，所有的门窗被黄沙封闭，这里是地下深处，没有足够的空气让她支撑很久。

楚千寻手中托着那盏微微亮着的小灯，摸着墙壁向前走去。

眼前的墙壁上出现了一个圆形的小孔。那小孔越变越大，逐渐成为一个可供一人勉强穿行的隧道，隧道向着前方无尽的黑暗延伸。

楚千寻知道这是叶裴天的意思，他是叫自己沿着这条隧道走。

那个人在地面上同众多的敌人交战，却还分着心，让自己逃跑。

冷月之下，叶裴天独自站在空阔的沙漠上。

冷风拂过，带起薄薄一层银沙，如同波浪一般，在连绵起伏的沙丘上荡漾远去，发出一种大漠中独有的鸣响。

无数身着铠甲、手持武器的圣徒，把他包围在一个巨大的圆圈中心。

那些由高阶魔躯精心打造出来的武器，在月光下隐隐反射着各种颜色的亮光，强大而冰冷。

但它们的主人此刻不像它们一般冷静、镇定。

这些围攻者不得不承认自己面对眼前这唯一的敌人的时候，心里依旧充满了紧张和畏惧。

叶裴天一直独自居住在这片沙漠中心，但他那座黄沙砌成的城堡在无边的沙漠中时隐时现，位置时时变换，让人捉摸不透，他们很难组织起有效的围剿。

只有这一次，不知为什么，不仅那座城堡在同一个位置伫立不动了整整一个月时间，就连叶裴天本人都没有在他们围攻的时候遁走，而被他们堵了个正着，省却了他们撒网搜寻的麻烦。

一位身材魁梧的虬髯大汉越众而出。

"叶裴天，你这个杀人如麻的魔鬼，今日我王伟就要为春城桓城主和众多死在你手上的兄弟讨一个公道。"

王伟是春城猎豹佣兵团的团长，桓圣杰死了之后，他的心思躁动，想要争一争这城主的位置。因而，此刻，他顶着压力第一个站出来挑衅人魔叶裴天，一席话说得大义凛然，威风凛凛，同行的队友们都配合着喝了一声彩。

王伟挺着胸膛，看上去即便在面对恐怖的人魔之时也依旧英勇无畏，事实上，他一说完话，就绷紧了身体，全力以赴地戒备着，握着巨大盾牌的手心甚至在微微出汗。

他咽了一下口水，准备随时迎接叶裘天的攻击。

谁知独自一人站在包围圈中心的叶裘天却毫无反应，他的神色既不像畏惧，也没有愤怒，而是微微侧着头，视线落在空无一物的沙地上，仿佛在专注地思考着什么，一点都没有把自己当前的状况放在心上。

……

楚千寻爬行在一条细长而黑暗的隧道中。

这里是地下深处，小夜灯照亮了她身边一小块范围，她的身后是漆黑的隧道，身前的道路是堵死的。她用手掌触及眼前的沙壁，沙壁上有些湿润，微微有些冰凉。

随着她向前爬行，眼前的沙壁一路后退，为她开拓出前方的道路。

楚千寻行动得很快，她只希望尽快到达地面，能够看一看上面的情形。然而，那条隧道只是不断地向着前方延伸，不知延伸了多久，才终于改变方向，开始向上倾斜。

直到隧道内由于空气不流通造成的气闷感已经越来越明显的时候，周围的沙壁终于变得松软了起来。

前方出现了一片亮光，隧道通了。

楚千寻从沙洞中钻了出来，眼前是无尽的沙漠和漫天的星斗，没有任何人，也没有城堡。她知道自己距离叶裘天所在的位置已经很远了。

身后的天空亮起一道又一道的光，传来巨大而沉闷的轰鸣声。

楚千寻迅速爬上了附近最高的一座沙丘，举目眺望，这才知道叶裘天把她送出了多远。

在那座城堡的上空，黑压压的云在空中翻滚，银蛇般的闪电不时从云中劈下。地面上燃烧起一道道接连天地的火柱，火光几乎映红了那片沙漠。

其中交织闪烁着无数各种形态的异能光芒，更有一只巨大的银色眼睛图腾，高悬在战场边缘。

楚千寻趴在沙丘顶上，默默地看着那轰轰烈烈的战场，一动也没有动。她做不了任何事，只能趴在这里，忍耐着，等着战斗的结束，等着一个自己不能左右的最终结果。

楚千寻第一次在心底开始怨恨起自己的弱小和无能。

……

叶裴天终于倒在了沙丘上，轮番围攻他的敌人们在那一刻几乎都有些不敢相信自己的眼睛。他们已经战斗到几近麻木，天知道他们为了这一刻付出了什么样的代价，死了多少人，又有多少人在暴虐的黄沙中身负重伤。

事实上，在叶裴天倒下之前，几乎所有的人心中都十分恐惧——对于眼前的这个敌人似乎永远也不会倒下的惊恐。

那残缺了的肉体仿佛钢铁浇铸的一般，就那样一直站立在漫天黄沙中，即使已鲜血淋漓，也不能给他带来一丝痛苦和软弱。

王伟把提在手上的半块盾牌狠狠地砸进沙地里，这是他倾尽所有打造的高阶防御武器，却在这一战中损坏。

他团中的兄弟死伤大半，甚至连自己都负了不轻的伤。

王伟心中恨极，大步上前，一脚将叶裴天的头踩进沙地里。

他弯下腰，看着被他踩在脚下的人，脸上的横肉抑制不住地抖动起来："为了抓你一个，赔上了我如此多兄弟的性命。如今你落到了我的手中，爷爷总有办法让你后悔投胎做了人。"

"抬起你的脚。"一道清冷的声音传来。

说话的男人不像王伟这样身材魁梧粗壮，反而有些斯文柔弱的模样。

他戴着一副眼镜，身后亦步亦趋地跟随着两位防御型战士。

他们从人群后面走了过来，所有的人都迅速而恭敬地让出一条道。

此人正是麒麟佣兵团的团长辛自明，九阶的精神系圣徒。

九阶，是如今已知的人类圣徒等阶中最高的存在，达到这个阶段的人凤毛麟角，少之又少。即便是王伟，也不敢违抗辛自明的意思。他收敛起张狂的态度，微微弯下脊背说话："辛团长，我这不是太气愤了吗？您看，为了这鬼东西，我们死了这么多兄弟，要不是有您来主持大局，今日还不知道能不能拿下他。"

"他这样强大的男人，你可以伤他，但不能折辱他。"辛自明冷淡地说。

这话听在王伟的耳中，他在心底不屑地嘲笑一声。辛自明本身就是一个毫无原则的人，折磨起对手来是出了名的心狠手辣，想不到也好意思装模作样地说出这样冠冕堂皇的话来。

王伟在心中敲响了警钟，觉得辛自明这是为了抢夺叶裴天而在惺惺作态。

辛自明看着躺在沙地上受伤的男人。

这个身受重伤的男人被半埋在黄沙中，眼睛微微眯着看着眼前的沙粒，一动不动，毫无表情，似乎对自己接下来的命运毫不在乎。

他的身躯下，大量的血液将成片的沙地染红。

从辛自明身后走出一位麒麟的成员，那人手中提着一个不知用什么材料制作成的黑色项圈，恭敬地请示："团副？"

虽然大家公认麒麟的团长是辛自明，但是麒麟的成员一向都称呼他为团副。因而外界也有一些传言，认为麒麟的内部还有一位从不出现在世人面前的正团长，只是从未有人见过这位团长的庐山真面目。

辛自明点点头："锁起来。"

那人蹲到了叶裴天的身边，将哑黑色的项圈套在了叶裴天的脖子上，随着一连串细微的机关响动声，那个毫无光泽的黑色项圈主动调整大小，严丝合缝地锁住了他的脖子。

"这是我亲自设计的，用偶然得到的一小截十阶魔物的魔躯淬炼而成。你戴着它，一旦你使用异能，或是你企图用外力破坏，它的内圈都会弹出数根锋利的长刺，瞬间就能取你性命。"辛自明说。

躺在地上的那个男人毫不抵抗，几乎是任凭他人摆布，让人在自己的要害之处戴上枷锁。

辛自明沉默了片刻，蹲下身："你曾经对我手下留情，但我不可能放你走。只要你不再抵抗，我可以保证，不会让你痛苦，也绝不让别人折辱你。"

叶裴天毫无反应，也不知道听见他的话没有。

辛自明不再搭理他，站起身来，做了个手势："给他包扎一下，带走。"

两位治愈系的圣徒走上前来，简单处理了一下叶裴天的伤口，抬过一副担架，就要把人架上去。

"辛团长，这和说好的可不一样啊？"王伟拦住了那些人的动作。

准备离开的辛自明停下了脚步。

"辛团长，你这就有点不地道了吧？"王伟眯着眼睛，露出似笑非笑的笑容，"咱们出发前可是说好的，好处大家均分，您这意思，难道是想要独吞吗？"

在他身边围了一圈其他佣兵团的团长，开始点头附和他的话。在巨大的诱惑面前，即便得罪了麒麟的团长，他们也顾不得了。

辛自明推了推眼镜，冷笑了一下："怎么，我就是要独吞了，你还想在这里和我们麒麟再干一场？"

王伟脸色很难看，在刚刚的大战中，因为辛自明是精神系圣徒，一直带着团队站在战场的远方。麒麟的队员几乎没有受到什么严重的损伤。反观他们这些一起到来的春城的佣兵团队，伤亡惨重，异能消耗巨大。

辛自明那无孔不入的精神控制能力，实在令人胆战心惊，即便是集合众人之力，他也没有什么把握能打败对方。何况这些人中，又有哪一个不是心中打着自己的小小算盘呢。

王伟死死地盯着地上的叶裴天，脸色一阵青一阵白，放弃叶裴天是不可能的，但是叫他和麒麟佣兵团队拼一场，确实也毫无胜算。

就在这时，他看见叶裴天的双唇微微动了一下，依稀听见他说了一句："用不着抢，人人都有份。"

随后，套在那个恐怖的男人脖子上的黑色项圈突然就被激发了，尖锐的长刺刺穿了他的脖子，鲜血从那苍白的脖子涌出来。

大地开始剧烈地晃动，整个沙漠仿佛被颠倒倾覆，一时昏天暗地，飞沙走石，脚下的沙漠裂开了一道无底深渊，一下子将停留其上的所有人吞了下去。

王伟施展异能，拼命想从不断下陷的沙子中挣脱出去，但他惊恐地发现自己的双腿被一股凝固的流沙死死缠住，那本应柔软的黄沙就像铁钳，紧紧地钳住他的双腿，将他一路拉进深渊。

他的周围一片鬼哭狼嚎，无数的同伴哀号着，向着天空挣扎着伸出双臂，绝望地同他一道没入黄沙地狱。

被黄沙彻底湮没之前，他看见了叶裴天就在他身边不远之处，那个制造了这一切的恐怖魔王，凝望着天空上的明月，带着无数被他抓获的生灵，陪着他一道沉入深渊。

飞沙走石中，辛自明身边的一位队员，后背张开一双鹰翼，及时抓住了他和自己的另一位同伴，拼尽全力向高空飞去。

而他的另外一位同伴抬手开启了透明的球形结界，挡住铺天盖地地砸下来的黄沙。

不知过了多久，这地狱般的景象才缓缓终结。

沙漠再度恢复了平静，银白的沙粒依旧在月色下缓缓流动，似乎它刚刚并不曾吞噬了众多的生命。

辛自明在同伴的携带下从空中缓缓降下。

他的身边，一些劫后余生的幸存者小心翼翼地汇聚了过来。

"团……团副。"辛自明的同伴双腿发软，惊魂未定地清点了一下身边的人数，"幸好我们的人都离得远，基本上逃出来了。"

"我们要不要挖下去,叶裘天也被埋在下面。"

辛自明摘下了被沙尘糊住的眼镜:"不是幸好,而是人家留了一手。"

他戴上擦干净的眼镜,看了眼那片死寂的沙漠,率先转身离开:"走吧,以后叶裘天的事,我们麒麟不再掺和。"

……

楚千寻躲在远处等了很久,沙漠中的天突然灰暗了,即便在如此远的地方,漫天飞舞的黄沙依旧吹得她睁不开眼。

她忍着心中的焦虑,一直等到一切天翻地覆般的动静停下来,才悄悄靠近那个战场的边缘。

那里汇聚了一些人,那些人正在拼命挖寻着什么。他们从沙堆中挖出了一具又一具的尸体,辨认之后,都弃之不顾。

楚千寻知道,能让这些人如此疯狂地趋之若鹜的东西只有一个,但很显然,他们目前没有找到。

叶裘天到底情况如何?楚千寻隐蔽在暗处,她很想知道叶裘天的情况,但又担心那个人被这些贪婪无耻之徒发现。

从沙漠之外赶来的人越来越多,人人都想要得到那个人的身躯,想要找到他埋藏在地底的城堡。他们撒网一般铺散开,掘地三尺,几乎把整个沙漠都翻了过来,但始终没有人得偿所愿。

楚千寻心中突然一动,她慢慢从潜伏处退了出去,转身就向着一个方向跑。

脚下的沙粒随着她的奔跑发出整齐的声响,她觉得自己的心加速跳动起来,她越跑越快,一路狂奔到了自己从地底钻出的那个位置。

隧道的洞口早已被黄沙掩埋,楚千寻在小范围内控制着风系异能,掘开沙地,一路向下挖去。

旋转的小型旋风不停地卷起黄沙,越挖越深的沙坑中露出了一只手掌。那手掌的肌肤上布满黄沙,但依旧可以看出肌理匀称,指节修长,是叶裘天的手。

第十二章

楚千寻挖开黄沙，把叶裘天整个人挖出来。

他浑身布满了黄沙和血迹，冰凉一片，已经彻底失去了生命体征。

楚千寻伸出手，轻轻碰了碰他，他的脑袋无力地倒向一边，嘴角全是干了的血迹。

楚千寻握起他的手摇了摇，那本来十分白皙漂亮的手掌此刻脏兮兮的，指甲缝里满是血污和黄沙，毫无反应地耷拉在她的手上。

楚千寻不知道该怎么形容此刻自己的感受，这些年一路走来，她所见到的死人不计其数，她从最初的惊惧万分，号啕大哭，逐渐变成了麻木和漠然。

但这一刻，看着眼前这具冷冰冰的尸体，她那颗自以为麻木的心脏好像被什么东西攥住了，升起一股快要令她窒息的痛苦。

……

叶裘天感到一阵痛苦，大量新鲜的空气在瞬间涌进肺里，感官逐渐清晰起来，四肢百骸传来的疼痛感越来越清晰。

他知道自己又一次死而复生了。

他似乎躺在一辆平板车上，车身在不停摇晃着，可以听见车轮滚在地上发出的声响。

叶裴天勉强睁开沉重的眼皮，进入视线的是不断后退的绿荫，蓝天白云，阳光特别好，树叶的缝隙间漏下点点金光洒到了自己身上。

他的身旁坐着一个人。

意识到这一点的时候，叶裴天刚刚恢复过来的心脏骤然又收紧了。

他小心翼翼地侧过头，如愿以偿地看见了想象中的那个人。那人正挨着他坐在车头，一只手拉着缰绳，一只手挂在车栏边，口中叼着一根细细的青草，专注地赶着拉车的骡子。

两侧的树木飞快地后退着，不时有一两片黄叶从空中飘落。叶裴天凝望着身边的人，有些回不过神，他的脖子很疼，身躯很疼，手脚、脏腑无处不传来清晰的疼痛，只有一颗心仿佛被泡在了温水中，变得既酸涩又柔软，那滋味让他简直不知如何描述。

楚千寻转过头，看见叶裴天醒了，露出了发自内心的笑容。

"终于醒过来了。"她欣喜地说。

她伸出一只手，探查了一下叶裴天额头的温度，扯了扯盖在他身上的毛毯，给他盖紧了。

"没事了，我们已经离沙漠很远。南面不停过来的人太多了，我们先往北走，绕一圈躲过那些人再说。"

楚千寻是真的高兴，尽管她也曾听说叶裴天是不死之身，但看着那冷冰冰的身躯慢慢恢复温度，最终睁开了眼睛，她才真正地松了口气。

"你需要点什么，想不想喝点水？饿吗？要不要吃点东西？"

"对不起。"沙哑又干涩的声音在她身边响起。

楚千寻驾着刚买来的骡车，侧头看了身边的人一眼，以为他在说之前城堡中的事情。

"你不必向我道歉，我知道你是察觉到了即将到来的敌人，怕牵连我，才急着赶我走的。"她轻轻叹了口气，"只是，以后如果再遇到这样的事，你能不能尽量告诉我事情的真相。"

以后，我应该离你远远的才对，叶裴天在心中酸涩地想，像我这样的魔鬼只会给自己身边的人带来危险。

事实上，这一次在险险地将楚千寻送走之时，他一度下决心再也不随便接近这位唯一对自己温柔的人。

但此刻，他的喉咙中好像堵住了一团棉花，把那句"你走吧"死死地堵在了喉咙口，无论他张了几次嘴，都没能说出口来。

新生的他满身疲惫又虚弱，他真的很贪恋有人陪伴的这种温暖，很渴望能在这个人的身边多留一会。

他一面因为自己的自私而深深愧疚，一面又沉浸在一种莫名涌起的快乐中。一颗心在自责和愉悦两种截然不同的情绪中浮浮沉沉。

楚千寻眼看着身侧那双清透的眸子反复抬起，看了自己好几次，最终那沾满黄沙的脑袋微微向着自己的方向挪了挪，那一头柔软而微微卷曲的头发小心地向着自己靠过来了一些。

她第一次看见这双眼眸的时候，觉得它们冰冷又暴戾，充满着对这个世界的恨。但此刻，在这林间小道，点点阳光下，这双不住看向自己的眼睛，不再只有无生趣的灰，反而湿漉漉的，仿佛装满了想要向自己倾诉的委屈。

楚千寻的心就软了一块，不由得想要举起手轻轻揉一揉那毛茸茸的脑袋。

先前，叶裴天对她来说不过是一个令她有些愧疚的陌生人，她出于对病患的照顾，反而在肢体接触上没有过多的介意。

但此刻她心态起了点微妙的变化，就觉得这样的小动作有些不太妥当。

她伸手指了指叶裴天脖子上的项圈:"这是怎么回事?拿得下来吗?"

叶裴天轻轻嗯了一声。

"不要紧。"他说,仿佛这只是一件微不足道的小事。

因为他越来越强大的再生复原能力,那些前来抓捕他的人为了能够囚禁他,不是砍断他的手脚,就是用具有持续性伤害效果的武器重伤他的身体,甚至还制作了这样特殊的项圈。但对他来说,这算不上什么大事,只要他死上几次,这个东西总能从脖子上取下来。

"不能用蛮力,我可不想再看到你死一次。"楚千寻就像知道他在想什么一样,打断了他的思绪,"这种项圈,我见过类似的低阶的,很是麻烦,我们慢慢想办法,总能解开的。"

她伸出手指,在那个细细的黑色项圈上摩挲了一下,指腹不经意间触碰到了叶裴天颈动脉外的肌肤,在那里留下了若有若无的触感。

"对了,我是不是还没告诉你我的名字。"她弯腰看下来,在叶裴天的期待中说出他一直想知道的答案,"楚千寻,我的名字叫楚千寻。"

叶裴天闭上眼,抿住了嘴。

千寻。

他把这个名字印在心里,反复念了几遍,珍而重之地铭记。

楚千寻驾驶着骡车,警惕地戒备着周围的动静,她要在天色暗下来之前赶到下一个人类聚集地。为此,他们甚至来不及停下脚步进食。

她从背包取出随身带着的干粮,边走边果腹。

她携带着的是一种手指粗细的烘制的干粮,名为稷饼,长条状,便于食用,不易腐坏,容易饱腹,虽然过于粗糙,味道不太好,却是最受猎魔者喜欢的外出必备干粮。

此刻，楚千寻就拿着这么一块稷饼投喂躺在车上的叶裴天。刚刚从死亡状态恢复过来的他需要大量的能量来修复身体。他十分好说话，她喂什么，他吃什么，薄薄的双唇含住喂到嘴边的食物，一口口地咀嚼着。

自从他醒过来，楚千寻听见他说的话不超过十个字，但不知道为什么，她好像就是能察觉出他对自己的亲近之意。她甚至总是感觉这个男人鬓发遮盖下的耳郭在微微泛着红。

不管是不是误解，她的心情都随之雀跃了起来。

秋季的野外，碧云天，绿树成荫，黄鹂在枝头歌唱，轻松而惬意，却少有人类活动的痕迹。

如今野外是魔物的天下。

一只苍白的魔物从树干后转了出来。

楚千寻按住想要起身的叶裴天，抽出刀就迎上去了。

这只魔物的块头很大，肌肤因为缺失了血色而显出病态的青黄色，它的肩膀上顶着两个张着血盆大口的头颅，肚子上是一层层赘肉，衬得和它战斗在一起的楚千寻分外纤细、小巧。

楚千寻被魔物肥大的手掌一下拍落在地，撞断了路边的一根树干。大树轰然倒地，但她毫不停留地一跃而起，握着银刀的手背擦了一下嘴角的血液，眼中丝毫没有退缩的意图，脚下一蹬，翻身再战。

叶裴天撑起身躯，看着半空中翻飞战斗的那个身影。

自从她离开城堡之后，自己的生活似乎再也恢复不到从前。

时间流淌得格外缓慢，他形单影只地居住在空旷的城堡中，早已习惯了的枯燥和单调突然就变得有些难以忍耐。每一天他都在大厅的那把椅子上坐很长的时间，静静地听着门外的动静。他压抑着心中焦躁的情绪，期待那扇大门突然被推开，那个人会提着大包小包闯进来，笑着同他说话。

他在那里坐了不知道多久，太阳的光一日日从东边的窗户照进来，又从西边的窗子消失，时间仿佛过去了一整个世纪，门外才终于响起了轻轻的敲门声。

就在此时,他控沙的异能传来示警,有大批人马踏上了这片沙漠。

有那么一刻,叶裴天是绝望的,他看着那张探进门来笑盈盈的面孔,真的很想不管不顾地拉着她和自己一起逃亡。但他知道这不可能,具有探索生命属性的圣徒,很快就有可能追寻到他们的行踪。

像他这样的魔鬼,只会给自己身边的人带来危险。

强迫自己用冰冷的话驱逐她的时候,叶裴天觉得自己的一颗心差一点被生生撕裂了。

自己这样赶她走,她肯定不会再原谅自己了。

那时候叶裴天在心里绝望地这样想。

但是,这个人还是跑回来了,把他从地狱中挖了出来,还像这样挡在自己身前战斗。

楚千寻滚落在地上,双刀架住魔物凌空砸下的拳头。

在公认的常识中,人类的战斗力普遍不如同阶的魔物,这只魔物的等阶甚至略高于楚千寻,魔物强大的力量处处压制了她,使她战斗起来十分吃力。

楚千寻咬着牙,半跪在地上,同魔物角力。

一记腿风扫过,穿着黑色短靴的长腿踢在魔物的胸膛上,把魔物远远踢飞了出去。

有一只手掌伸过来,接过了楚千寻的一把银刀。

"让我来。"那个身影擦着楚千寻身边过去,低沉的嗓音留下了这句话。

在楚千寻的梦境中,叶裴天的异能属于控制系,战斗的时候,他操纵黄沙、控制魔物、保护队友,是团队中不可或缺的战斗力量,但他并不擅长近战。

此刻在她眼前和魔物缠斗的叶裴天,虽然没有使用异能,但刀如月,腿如风,每一招每一式既准又狠,出手必是凌厉的杀招。

145

想必在这个世界里，他不知道经历了多少场战斗，才把自己磨炼成了这样一位格斗高手。

楚千寻举刀迸发风刃，凌空乱卷的强劲风刃，架住了魔物猛烈进攻的双臂。叶裹天借此良机，一刀深入，切开魔物的胸膛，掏出那颗绿莹莹的魔种。

他喘息着，以刀点地，撑着自己的身躯。

在楚千寻走过来的时候，他伸出手臂，张开手掌，递上掌心那颗漂亮的魔种。

层峦叠翠的山中，伴随着大量烟尘轰然升起，一只巨大的魔物倒下地去。

一个身材魁梧的战士切开魔物的尾椎，从那里取出一颗五阶魔种，才长长地松了口气。

他的几名同伴从密林中跑出来，兴高采烈地围上前查看他们的战利品。

虽然战斗得很艰险，但收获也十分丰盛，他们不仅得到了一颗珍贵的五阶魔种，还得到制作盾牌的好材料——这只魔物后背那两块坚硬的甲片。他们将其切割下来，带回基地，可以卖一个好价钱。

队长乐常摸着下巴在考虑自己要不要留下一块甲片，好替换掉手中的这块使用已久的四阶盾牌。

但他又很想留下那颗五阶魔种，再次提升一下自己的等阶。这样的话，自己的积蓄恐怕就不太够，家里的老婆孩子没准要跟着自己饿几天肚子。

队里的治愈系圣徒蓟小雨已经殷勤地跑过来："常哥，你受伤了，我给你治疗一下。"

蓟小雨容貌秀美，身材傲人，说起话来娇滴滴的，因为不需要直接参与作战，一身的肌肤依旧光洁细嫩，跑动的时候引得队伍中几位男性队员都忍不住多看几眼。

队里的另外两位女性队员相互交换了个神色，露出不屑的表情。

"东西拿好，收队，收队，这一票搞下来，大家分一分，冬天至少就不愁吃喝了。"乐常一边接受着蓟小雨的治疗，一边指挥着众人收拾魔躯。

众人齐声应和，他们心里清楚，队长所谓的"冬天至少就不愁吃喝了"，指的是分配下来的战利品可以换取勉强够温饱的食物。但除了吃饱肚子，他们如果想要继续战斗，就还得修理装备，更换武器，更需要魔种提升等阶。

这样的生死搏斗，还必须坚持一次又一次。

不过，无论如何，这一次的行动没有死人，他们成功猎杀了一只五阶魔物，已经算是大有所获。所有人兴致高昂地收拾东西往回走。

沿着山路转过山坡，山的另一头传出一声轰鸣。飞蛾形态的巨大翅膀从树林中缓缓升起，那薄膜状半透明的蛾翅，遮天蔽日，两翅上各有一张眉目低垂的人面，隐隐透着七彩的光华，翅膀微微扇动，扇得林海涛声阵阵。

"六阶魔物。"乐常判断出了魔物的等阶，"这是有人在和它战斗，走，我们靠过去看看。"

一行人摸上山顶，潜伏在树木间向下观看。

同魔物近身搏斗的是一位年轻的男性，他既没穿铠甲，也不持盾牌，对抗着六阶魔物那些锐利的尖足却毫不落下风。

他动如疾风，势若雷霆，手中一柄银刀，幻化出数十道银色的刀光，在空中翻飞闪现，如飞雪，似流星，令人叹为观止。

"妈呀，我们白马镇有这样的高手？"同样是近战系的队长乐常咋舌。

"不能吧，咱们这是小基地，高阶圣徒就那几位，这么厉害的，不可能不认得。"他的一个队员接话。

"最近神爱在附近小周村的研究所暴露了，各路人马都往这里靠,我们镇上也多出不少外人,这两位估计是外面来的。"

"啧啧,两个人,就挑战六阶魔物。要是能推倒,那他们可就发了。"

"女的是风系,五阶左右,技巧不错。只是,这男的到底是什么系的圣徒,我怎么看不出他的异能?"

"傻啊,肯定是速度系的呗,速度那么惊人,我眼睛都跟不上,不是速度系,还能是什么。"

"速度系能做近战主力?他们的防御能力不是都特别差吗?"

"人家刀法好,敢拼命,有啥不行的。"

队伍中的男性队员被叶裴天凌厉的招式所震慑,佩服地低声讨论起来。

魔物翅膀上的人面张开口,喷吐出无数银色的丝线,纤细的丝线看似柔软、无害,在空中轻舞,却仿佛有眼睛一般齐齐向战斗中的叶裴天缠绕过去。

数道月牙形的风刃交错疾冲,破开空中丝丝缕缕的银线,发出尖锐的声响。

楚千寻站在附近,施展异能配合攻击。叶裴天借着那些风刃破出的空隙,抽身跃起,逃出银丝的围困圈,落在一根粗大的树枝上。

他的鬓发随风扬起,眼神锋利如刀,出腿扫开魔物攻上来的细长的腿,在空中转身,刀光再起。

楚千寻快速而强劲的风刃不断出现在他左右,精准地为他破开围绕上前的银丝。

"啊,他好帅啊。这身手也太好了。"旁观的女性队员开口。

"是很帅,个子又高,不说别的,光看那腿就够了。可惜蒙着脸,真想知道口罩后面长得什么样?"

"别想了,他和那女的是一对吧,配合得真默契。"

"肯定是,不然,他能这样放心地完全把防御交托给那位风系圣徒?那不就等于是把自己的性命交在别人手上,说不是夫妻,我都不信。"

在魔物和叶裴天激战到白热化的当口,楚千寻的身影闪现到魔物的身后,一刀切开了它的后脖子,挑出绿莹莹的魔种。

濒死的魔物细长的腿在空中颤抖,两张面孔同时喷吐出大股的丝线,叶裴天避无可避地被层层银丝缠绕住身体而滚倒在地。

魔物巨大的身躯缓缓倒下,那遮天蔽日的翅膀被一柄长刀破开,楚千寻从裂口中穿出,拖上叶裴天一连跑了数步,险险避开了被魔物庞大的身躯压到的厄运。

"没事吧。"楚千寻替叶裴天割断捆在身上的丝线,"你的伤没好,都说了让我主战,偏偏不肯听。"

那银丝捆得很紧,韧性又强,不易割断,楚千寻怕伤到叶裴天,只用一柄匕首,低下头,小心地运用异能一缕缕地挑断。

叶裴天轻轻嗯了一声,事实上,他没听清楚千寻说什么。

在他的视野中,楚千寻的双颊因刚刚的激战而红霞未消,那眸中有着盈盈波光,整个人神采奕奕,在阳光下几乎有些熠熠生辉了。偏偏她还靠得这么近,低着头专注地将目光滞留在他的身上。

叶裴天忍不住挪动了一下。

"别乱动,小心伤到你。"

那种温温柔柔的声音就在他的耳边响起,一下就溜进了他的耳中,一路钻进他的心田,在那里若有若无地撩拨了一下——拨得那么轻,那般仔细,在他的心湖掀起层层波澜。

楚千寻割断银丝,把魔物临死前最后吐出的这股丝线收起来,这是制作防具的好材料。

山坡上远远地走下一队人马,那些人携带着刚刚割取的大块魔躯,显然也同为猎魔者。等阶不高的猎魔者,多会在基地附近行动,也就说明了这附近有人类的聚集点。

为首的队长很热情,远远地就鼓掌祝贺:"厉害、厉害,两个人就拿下六阶魔物,实在令人佩服。"

这支小队是驻扎在附近白马镇的猎魔小队，队员等阶都在四五阶，处在目前圣徒数量最多的主流阶层。

队长乐常十分健谈，楚千寻也正好打算找寻就近的基地休整装备，双方通过攀谈熟识起来。乐常领路，带着她和叶裴天向附近的白马基地走去。

治愈系圣徒蓟小雨伸手卷了卷发梢，有意无意地把领口的拉链向下拉了一点，走到叶裴天的身边："你好像受伤了，我是治愈系的，我为你治疗一下呀？"

她的容貌看起来清纯秀气，身材却十分傲人，对异性有一种独特的吸引力，很少有男人拒绝过她的亲近。

但那个面戴着黑色口罩，沉默地走在队伍中的男人只是看了她一眼，淡淡地说了一句："多谢，不必了。"

声音清冽、低沉，带着点拒人于千里之外的冷漠，反而更勾起了蓟小雨的兴趣。

"嘿，你看。"走在队伍中的一个女性圣徒抬了一下下巴，对她的同伴说道，"那个女人又来这套。"

"别理她，她就喜欢勾引有妇之夫，狐狸精。"她的同伴翻了个白眼。

熟悉蓟小雨的人都知道，她有个癖好，就是喜欢勾搭那些已经有主的男人，似乎从别人手中抢夺到的东西，才能让她有胜利的快感。

蓟小雨走在叶裴天的身边，手上泛起了一团白色的光，照在叶裴天胳膊的一处伤口上："刚刚看到那么多血，还以为很严重，没想到只是这么小的伤口，一下就治好了。"她的语气中带着关切，透着女性特有的温柔、体贴。

"那位是你太太吗？她性格真是大方，一下就和我们队长混熟了，我就喜欢这样外向的性格，我自己却做不来。"

"她也是有些粗线条，你受伤了，都不来看一下，只顾着和我们队长聊天呢。"

一言不发地走在她身边的男人突然停下脚步。

这个男人个子很高，额发被帽檐压着，在眼眶处投下了明显的阴影，那双冷清的眼眸从阴影中转了过来，居高临下地看了蓟小雨一眼。

仿佛被什么恐怖的存在盯住了，蓟小雨在那一瞬间浑身汗毛倒竖。

她缩着肩膀，慢慢退到了队伍后面。

"哟，咋啦？我们团花也有失手的时候？"队伍中和她一向不太对付的女队员奚落道。

"哼，还以为什么人都吃你那套呢，狐狸精。"

蓟小雨顾不上搭理同伴的嘲讽。

她见识过无数男人，很清楚刚刚那个男人的眼中除了厌恶，还带上了犹如实质般的杀意。

不知道为什么，这个男人一眼看下来的时候，她总觉得自己再说下去，这个人下一刻就有可能真的杀了她。

走在队伍前列的楚千寻浑然没有注意此事，正和同行的乐常打听基地内的消息。

"你想找锻造者啊，我们基地很小，也没有什么高阶的锻造者。我平日打造铠甲武器，都找西巷的老郭，你可以去看看。"乐常这样说道。

一行人抵达白马基地的时候，夕阳的余晖还在，基地里华灯初上。

在这个时代，电灯因为缺少电力已经失去它的作用，一盏盏玻璃油灯挂在街道两侧，明黄色的灯火摇曳在半空中。

晚霞中的灯火迎接着一队队平安归来的猎魔人，这是这条街一天中最为热闹的时候。人们在街道两侧摆开摊位，售卖或兑换辛苦狩猎取得的战果。吆喝兜售声、讨价还价声混杂在一起，人群接踵摩肩，川流不息。

叶裴天看着热闹的人群，在街口停住了脚步，悄悄握住了身侧的拳头。

走在前方的那个人心有灵犀一般在灯火阑珊处转过头来，冲着他笑了："怎么了？一起进来吧。"

楚千寻轻轻拉起他的手，攥住了，把他拉进了热闹的人群中。

第十三章

楚千寻跟着乐常他们走上热闹的街道，心有所感地回首看了一眼。

叶裘天没有跟上来，他停下脚步，独自站在城楼防御塔的阴影中。

前方是灯火辉煌、人声鼎沸的尘世，他偏偏站在了一个最昏暗的角落，消瘦而孤独的身影像是久居在黑暗中的幽灵，正畏惧着人世间的烟火。

楚千寻心底涌起一股冲动，转过身，伸出手将他一把拉了过去。

人群有些拥挤，楚千寻走在前面，叶裘天就慢慢在后面跟着。道路两侧是暖黄色的灯光，身边不停有人挨着他们的肩膀挤过去。

有些是从战场上归来的战士，回到了安全的基地，他们松懈下来，和战友们相互勾肩搭背，高谈阔论。

还有追逐嬉闹的孩子，带着没有完全泯灭的童真在成年人的身边游鱼一般穿过，嘻嘻哈哈地远去。

有一对情侣，走在他们前面。华灯初上的夜市中，两个年轻人头挨着头，手拉着手，亲亲热热地走在一起。

楚千寻反应过来自己拉着叶裴天的手走了太久，她带着点尴尬地准备松开手，手指却在那一瞬间被他握紧了。

楚千寻诧异地转过头，身后的叶裴天神色慌乱，如临大敌，但攥住她手的力度没有放松，以至于她甚至感到了一点疼痛。

想起了这个男人所经受过的那些虐待和伤害，想起他把自己禁闭在沙漠中过的那种日子，楚千寻心里就软了一块。

算了，他肯定很不适应这里，既然他想要牵着就牵着吧。她回握住了他的手。

他们来到乐常介绍的西巷。

这里的人少得多了，灯光也暗。在那些阴暗的小弄堂口偶尔可以看见几个人。他们的目光在走进巷子的楚千寻和叶裴天身上转了一圈，看见他们相互交握的手，失去兴趣地移开眼。

长长的巷子很安静，大部分人家舍不得点灯，只有一间亮着灯的杂乱铁匠铺里传出有规则的敲击金属声。

铺子里有一位五十余岁的矮壮男人，赤着上半身正在打造一柄长剑。此人就是乐常介绍的锻造师傅，拥有三阶锻造异能的老郭。

看见有客人来了，他头也不抬，专注地将一团溶解为液态的青色魔躯悬在空中，一丝丝凝练进他手中漆黑的剑身中，并反复用一柄铁锤锤炼，直到那哑黑无光的剑身上匀称地布满了青色的纹路，变得明亮夺目起来，他才左右看了看，勉强停下手。

老郭用一条污黑的毛巾擦了把汗，随手捡了捡被胡乱丢在柜台上的几块魔躯："说吧，要打什么？"

"想请您把这双刀淬炼一下，再打一把单手刀。"楚千寻把自己的双刀摆在了柜台上，这双银刀陪她征战多年，刀身布满了崩裂的细小缺口，已经不太能用。

老郭提起其中一把刀来仔细打量一番，用手指在刀身上轻轻一弹，侧耳听了听回荡在空中的刀鸣，摇摇头："它只是三阶的魔器，你如果天天带着它去砍五六阶的魔物，炼得再好，迟早也只有毁了的份。"

锻造师水平的高低，不仅仅表现在他们的等阶上，那些大公会用魔种堆砌出来的高阶锻造师，却未必能打造出真正的神器。老郭的一句话，让楚千寻知道这是一位锻造武器的行家。

她从背包中取出一大捆暗银色的丝线，老郭的眼睛一下就亮了，飞快地接了过去，爱不释手地来回抚摸着那些看似不太起眼的丝线。锻造者想要提高自己的等阶，需要不停接触、锻造高阶段的魔躯。但白马镇上高阶圣徒很少，五阶以上的魔躯，他向来难以接触到。

这对这位痴迷于冶炼锻造的男人来说，是一件十分郁闷的事情。

"这可是六阶噬魂者狂化之后吐出的银丝？哈哈，好，太好了，我一直想要熔炼一次这种等阶的银丝。快说，要我打成什么？"

"我想做一副遮目和一身轻甲。"楚千寻把叶裘天推上前，"就按他的身形来做。"

"小姑娘还是有点见识。这噬魂者的银丝，最适合的就是做遮目，做轻甲还浪费了些。"老郭拿到心仪的魔躯，一下变得十分好说话，"只是，这六阶魔物的东西熔炼不易，需要几天时间，你们如果不放心这材料，可以凑合在我这里暂住几日。"

所谓遮目，是一种用特殊魔躯打造的、佩戴在眼睛上的防具。佩戴上这种魔器，旁人将看不见佩戴者的上半张面孔，但佩戴者从内可以清晰地看见外面的景物。

它除了能够在战斗中保护面部和双眼之外，最大的作用是能够防御和减弱精神系圣徒的攻击。

当然，楚千寻的主要目的，是给叶裘天打造一个不显得突兀、可以遮挡面目，在战斗中又不容易损坏的防具。

郭师傅的住处就在铁匠铺后面的一座四合院中，这一带住的人很杂，三教九流都有。郭师傅把自己隔壁的杂物间收拾一番，靠墙摆上两条长凳，架上几块床板，再放一套被子，自我感觉已经很殷勤、周到了。

"厨房在院子里，是公用的。要用水的话，出门左拐走上五百米有口水井，可以排队打水。屋子里的器皿随便用。"

两个年轻人带来了他难得接触到的六阶魔躯，锻造费也给得很足，因此一向脾气不太好的他，也算勉强改了态度。

"你坐着别动，我先去打点水回来。"楚千寻考虑到叶裴天伤势未愈，把他按着坐在床边，自己提上两个桶就出去了。

"小老弟，你这媳妇找得不错，手脚麻利，知冷知热。"老郭伸出蒲扇般的大手，在叶裴天的肩头拍了拍，"要我说啊，婆娘就得像小楚这样有个婆娘的样子，不管到哪，先紧着把自己家的男人伺候好，不像现在的那些女人，自以为有了点异能，就不把爷们放在眼中，连饭都不会做，要不得。"

他说着，却看见这位自来了以后一直寡言少语的年轻男人，从随身的背包中翻出一块旧布，抖了抖系在腰上，又取出一袋白面，装在一个盆子中，端起来就向外走去。

走到门口的时候，年轻男人仿佛想起什么，转过身对着老郭问道："请问有调味料吗？"

晚饭时分，整个院子都飘散着一股独特的面香，引得归来的住户们都忍不住向老郭的房门张望，好奇那位向来生活得十分邋遢的郭师傅家里，竟然也能传出这样的饭菜香味。

老郭捧着一碗拌面，蹲在门槛上，吃得眼泪汪汪："哎呀，小老弟，你这也太有能耐了，这几天，你如果三顿都做这面给我吃，锻造的费用，我就不收你们的了。"

"今天这是没材料，林非会做的食物可多了。郭叔，你别和我们客气，明日我去买点好菜，让林非给你露一手。"楚千寻笑着接话。

叶裴天的名字不方便对外说，楚千寻建议他起个假名的时候，他把"楚"字和"裴"字各截取一半，凑成了"林非"两个字。幸好她没有多想，让他暗自带着点欣喜用上了这个名字。

到了晚上，楚千寻怎么也不让叶裴天再乱动了，自己烧了热水照顾他洗漱，还替他身上的伤口换了药。

自从沙漠混战之后，二人一路逃亡了数日，这是第一次安顿下来。虽然居住的环境简陋，但终归到了安全的基地内，他们有一个遮风挡雨的小屋，不必露宿荒野，彻夜戒备着那些随时可能出现的魔物。

楚千寻手中提着灯，查看叶裴天身上的伤："真是太惊人了，那么严重的伤，几日就好得差不多了，只是脖子上这个要怎么办？"

叶裴天背对着她侧躺在床沿，看着眼前的墙面上，有一个影子弯下腰来，在那斑驳的墙壁上和他的影子重叠到了一起。

一股温热的气息就吹到了他脖子的肌肤上，那个人的手指在那枷锁上来回摩挲，甚至挤进那个项圈，小心触摸它的内部。一种麻麻痒痒的触感，时不时留在他颈部最为敏感的位置。

叶裴天的手指，悄悄攥紧了床上的被子。

楚千寻研究着锁在叶裴天脖子上的项圈。这一圈细细的项圈，看起来并不起眼，却是出自辛自明那个武器设计鬼才之手，拥有着致命的杀伤力，而且极难解开。

她俯下身，凝视着这道难题专注地思索，在她的眼前，哑黑色的项圈锁在异常白皙的脖子上。

嗯，脖子的线条很漂亮，黑色的项圈上方，那喉结随着她的目光蠕动了一下，再下面是清晰而性感的锁骨。

一层粉色，从黑色项圈下苍白的肌肤渐渐透出，在她心猿意马的视线中一路延伸上去，连他那耳郭都一起红了起来。

楚千寻咳了一声，收起自己不小心凝视过久的目光。

她找了两张板凳拼在一起，跳上去准备凑合一晚。

叶裴天从床上半坐起身。

"你睡，你睡。"楚千寻飞快地挥挥手，打断他准备说的话，"我什么地方都睡得着。"

……

叶裴天知道自己陷入了梦境中。

他发觉自己又被禁锢在了那张时时出现在噩梦中的实验台上。四周是无尽的虚无，不知从哪来的苍白灯光打在他的身上。

一个穿着白大褂的人从黑暗中走出，手中端着恐怖的器械，靠近了实验台，黑暗笼罩着她的脸部，看不清面目。

叶裴天闭上眼，等着自己从噩梦的痛苦中挣脱。

有一种熟悉的触感，是楚千寻在轻轻抚摸他的头。

叶裴天骤然睁开眼，看清了站在床边的人，那个人手持着锋利的刀具，冷漠而无情地看着他，冰凉的刀锋割开衣服，触碰到了他的肌肤。

"千寻？"他的心突然害怕起来，"不，千寻，你别这样对我。你想要什么，我都愿意给你。"

那双手抚摸着他的脸颊，顺着脖子往下，楚千寻俯下身，贴近他的脸，在他耳边轻轻说："那就把你整个人都给我。"

楚千寻被叶裴天的动静吵醒，在半梦半醒中伸出手把他推醒。

"醒醒，裴天，你是不是又做噩梦了。"她迷迷糊糊说完这句话，手掌在叶裴天的肩头拍了拍，发现他又睡着了。

在野外露宿的几日，她和叶裴天轮流守夜，知道这个男人在夜里时时噩梦缠身，于是已经习惯在这种时候打断他的梦，把他唤醒。

叶裴天骤然睁开眼，他按住自己的胸口，心脏已经快跳到嗓子眼，他仓皇四顾，发现自己依旧睡在郭师傅那间昏暗的杂物间里。

没有什么苍白的实验台，也没有那个妖魅一般的人。

桌上专门为了他点了一盏小油灯，楚千寻就睡在他床边的凳子上。

这个女孩为了照顾他，把床让给了他，自己睡在了两张凳子拼成的床上,脑袋下枕着一只手臂,一只手垂落下来。朦胧的灯光打在她沉睡的面孔上,那张面孔干净而纯粹,给他带来过无限的温暖。

自己竟然敢做那样的梦。

叶裴天悄悄坐起身,脑海中挥之不去的全是梦境中的画面。

梦中的那个人红唇迷人,眉目生春,而自己⋯⋯

他把滚烫的脸埋在了手臂间,如果不是怕吵醒千寻,他恨不得能打自己一个耳刮子,再裂开大地,用黄沙把自己给埋了。

苍白的实验台、被禁锢的自己和那个对自己——为所欲为的人。初时的极度惊恐交织着后来的极度快乐,难以言说的体验几乎要将他凌迟至死。

楚千寻醒来的时候,叶裴天的床铺已经空了。

她收拾收拾自己走出屋外,看见那个男人背对着她,独自坐在院子内的栏杆上。他的头发湿漉漉的,显然一大早就洗了个澡。他蒙着面,低垂着眉眼,不知道在想些什么。

楚千寻刚刚打了个招呼,那个男人双耳骤然间红了,他甚至没有转过身来,手一撑,从院墙上翻出去,转眼就消失不见了。

老郭从屋内出来,喊住了楚千寻:"千寻,你来得正好,林非把早餐都准备好了,说他吃过了,叫我们俩一起吃。"

早餐有炸得香酥的油条和热乎乎的白面馒头。这两样东西看起来简单,却要提前很长时间做准备。楚千寻怀疑叶裴天半夜没睡觉就爬起来折腾了。

那个男人今天是怎么了?

她向叶裴天离开的墙头望了一眼,咬一口手中的油条:"哇,这个太好吃了。郭叔,你悠着点,多留点给我。"

"就是这个味,多少年头没吃到了。"老郭吃得满嘴是油,话都说不清楚了,"林非是个好小伙,厨艺了得,人还勤快,一大早起来把我这里里外外都收拾干净,连水缸都给装满了。"

他和楚千寻把最后两个馒头分了，确定空荡荡的盘子中已经没有需要抢夺的食物了，他这才开始放心地说："你这个女娃娃上辈子肯定是拯救了全世界，不然不能够这么好命，像林非这样肯给老婆做饭的男人，在我老家那边是找不出来的。"

　　混熟了以后，楚千寻发现这位看起来脾气暴躁的老郭，其实有着一颗属于中年男人的八卦之心，特别"爱满嘴跑火车"。

　　他压低声音凑近楚千寻："你可得看紧一点，早上林非回来，我看到对面站街的吴莉莉就想去撩他，你想不想知道他的反应？"

　　"哦？什么反应？"楚千寻很配合。

　　"嘿嘿，你放心，他一点都没有怜香惜玉，吴莉莉想黏上去，被他一把推得差点掉沟里。"他挥了挥手中的半个馒头，"这男人靠得住，你就好好跟他过。"

　　楚千寻本来想解释一下她和叶裳天不是夫妻，也不是情侣，但不知为什么，话到嘴边，最后还是没有说。

　　算了，这样也有利于隐藏叶裳天的身份，她愉快地给自己找了个理由。

　　老郭的笑容突然淡了点："曾经我也有婆娘的，还有个娃娃，可惜喽——"

　　楚千寻不知该怎么开口安慰，时至今日，悲惨的记忆几乎到处都是，完整而幸福的家庭已经极其少见。

　　"其实也没啥，不管在哪，日子都还是要过的，他们娘俩在另外一个世界，也许过得比我还好。"

　　老郭回到操作台，捡起昨夜加工了一半的武器，挥动巨大的铁锤，铁匠铺中发出规律而枯燥的叮叮当当的声响。

　　白马镇是一个不大的小型基地，但由于地理位置处于几个大型基地的交会点，往来的流动人口多，集市也就十分热闹。

　　楚千寻穿梭在人群中，采购接下来的旅途需要的一些补给用品和晚餐的食材。

街道上偶尔穿行着一些衣着打扮都十分独特的人。他们和镇上的居民显然不同，有些穿着统一的制式长袍，脸上戴着有一个尖尖鸟嘴的面具，身上佩戴着某种特殊的标志，也有一些穿着整齐的铠甲，凶神恶煞，手持巨大的盾牌或武器，袖子上有某个工会的袖标。

这些人三五成群，或凑在街边，或穿梭行走。

楚千寻隐隐听见一些关于"神爱""研究所""人体试验"等断断续续的话语。

"别理他们，那些都是创世、荣光教会，还有什么疾风、雄鹰兵团……哎呀，都是大人物，和我们小老百姓无关。"卖菜的大婶一边给楚千寻打包着蔬菜，一边开口唠嗑，她看着楚千寻出手大方，买得又多，于是十分热情。

"就是那小周村，之前被神爱封闭起来的那个。最近神爱走了，有人闯进去一看，妈呀，全村的人都变成了不人不鬼的怪物。"

"怎么回事？"楚千寻打听起来。

"听说神爱啊，在那村里设置了研究所，用整个村子的人做人体试验。"大婶的表情很丰富，一脸鄙夷，"啧啧，先前还装模作样做出一副救世主的样子，咱们这也有很多人信，谁知比魔鬼还要恐怖。听说那些村民还保留着人类的心和意识，却成了有着魔物身躯的怪物。"

"那些变态，竟然干这种事。"楚千寻皱起眉头，自然的魔化，还可以算得上是一种死亡，但保留着人心，却永远难以再进入人类社会的人，可想而知有多么悲惨。

"谁说不是呢，简直丧尽天良。自从神爱撤离了，这个村子暴露出来，咱们这里来往穿行的人就变得一日日多起来。要我说啊，这些人一个个打着为民除害的旗号，其实都一样，都没安什么好心。"

楚千寻提着菜回到西巷，刚进巷子口没两步，就被一个年轻的男人伸手拦住了。

男人的容貌很秀美，一双桃花眼带着点水光，斜眼看人的时候，天然就透着点勾引的调调。

"我只要一颗魔种。"他用只有楚千寻能听得到的声音低低地说,眯起眼睛向她递了个眼色。

楚千寻立刻就知道他干的是什么营生。

他想要向楚千寻靠近一点。

一个冰冷的刀鞘抵住了他的胸膛。

"我说了,不需要。"楚千寻回答得很干脆,没有任何拖泥带水。

看着楚千寻走远的背影,站在对面弄堂口的阴影中的一个女人发出了毫不掩饰的嘲笑声:"哈哈哈,怎么样,我们西巷第一帅哥小穆都失手了呀。"

名叫小穆的男人呸了一声:"吴莉莉,你笑什么,我好歹还说上了话,你早上可是连话都没来得及说,就被人家推到地上去了。"

吴莉莉沉下脸,不悦地哼了一声。但她也不能怎么样,比起口头上争个上风,还是抓紧时间接到活计,毕竟午餐在哪里还没着落。

那个一直和自己不对付的小穆,已经手插着兜开始在街上游荡着,吴莉莉知道他正在物色下一个猎物。

小穆经过一个小巷子口的时候,一个戴着口罩的高瘦身影突然出现,伸手将他一把拖了进去。

紧接着吴莉莉就听见巷子里响起了沉重的拳脚声和小穆杀猪一般的求饶声。

"呸,揍死活该,想撬人家的老婆。"吴莉莉解气地骂了句,完全忘记了自己早上也有过类似的举动。

第十四章

麒麟基地内，辛自明坐在一张宽大的工作台前，低头翻阅着桌面上的文献。

一位下属站在他桌前汇报着收集来的信息。

他头也不抬，只在听到下属说起周边各大势力团体把沙漠翻了个底朝天，也没能找到叶裴天的时候，轻轻嗯了一声，表示自己知道了。

"团副，我们真的不行动吗？叶裴天戴着束魔锁，施展不出异能。现在创世、神爱、荣光……全都派人来了，听说搜索范围已经扩大到了周边各大小基地。"

辛自明端起手边的咖啡喝了一口，目光从眼前的文献上离开，看了眼站在身前的下属。

"阿凯，之前是我短视了，你有没想过，我们也许可以得到叶裴天，但我们未必守得住。这个人带来的利益过于巨大，福兮祸兮，一个不慎反而会毁了麒麟。"

辛自明把温热的咖啡杯放下。

那时候,他们不过是刚刚抓捕到了叶裴天,为了这个巨大的诱惑,那些三四流的小公会都敢铤而走险,向他们麒麟提起非议。在那一刻,他突然就意识到自己不应该蹚这趟浑水。若是他真的公然囚禁叶裴天,麒麟必将成为众矢之的,永无宁日。

阿凯很不服气:"团副,我们麒麟怕过谁?"

辛自明摆手打断了他:"不说别的,就是叶裴天这个人,都难以掌握。他太狠了,不只是对敌人狠,还对自己狠。我想很难有人能永远束缚住他。况且,"辛自明伸出两根手指轻轻拨动佩戴在脖子上的鳞片,"总归也算欠他一个人情,姑且先观望一下。"

阿凯是从麒麟创立之初就跟在辛自明身边的成员,最是清楚他是一个怎样的人。在他们团副面前,是非观念几乎是不存在的,对待外人的时候,只要利益足够,他随时可以撕毁条约,翻脸无情。

自从团长封成钰离世之后,他还是第一次从辛自明口中听见"人情"这个词。

"团副,你……是不是有些同情叶裴天?"阿凯挠了挠头,想起那个在黄沙中不惜用自我毁灭来和他们同归于尽的恐怖男人,"说起来,那个人也确实是倒霉,落在了神爱手中可有他受的。听说神爱早期在小周村的研究所最近暴露了,里面简直就和地狱一样。"

"同情?"辛自明嘴角勾起一点冷笑,埋下头去,重新开始研究资料,"自从在葫芦镇,团长和兄弟们被不该同情的人害死之后,这个词就从我的字典中消失了。"

在一间光线昏暗、装饰繁杂的神殿内,背生双翼的神像低垂着眉眼,悲悯地看着跪拜在脚下的信徒。

"神父。"一位身穿铠甲的女性战士来到了他的身后。

被称呼为神父的男人站起身来,转过身:"怀玉,你是神最忠诚的孩子,这一次,一切就拜托给你了。"

……

老郭的两个房间都堆满杂物,腾不出摆饭菜的地方。

于是,他们在屋门口的院子里,支了一张小桌子,三个人围着吃晚饭。

叶裴天煮了白米饭和红烧肉。

切成小方块的五花肉,在焦糖中着了色,放在砂锅里文火煲了两小时,一块块晶莹剔透,泛着诱人的色泽,咬在口中肥而不腻,咸香得宜,汤汁中微微透着点特殊的辛辣味,就着香喷喷的白米饭,能让人把舌头都一起吞下去。

楚千寻的口味偏重,喜欢吃一点辣,虽然说她对吃什么不挑,但如果有一个人刻意迎合她的口味变着花样做三餐,也难免会把她的胃口养刁。有时候她都不太敢去想,离开叶裴天以后,她怎么再过回从前那种喝凉水、吃泡面饼的日子。

老郭吃得那叫一个气吞山河,楚千寻毫不示弱地风卷残云,她还同时不忘飞快地往叶裴天的碗里夹菜,以便戴着口罩的他一会端回屋再吃。

转眼,一盆红烧肉被瓜分得精光,剩下砂锅底一点油汪汪的肉汁,老郭和楚千寻一左一右同时伸手按住了锅沿。

"千寻,你这天天都能吃得到,我可就这几日能吃了,你就让让叔叔我吧,啊。"老郭愁眉苦脸地哀求。

楚千寻白了他一眼,终于松开了手。

老郭喜滋滋地盛了一大碗白米饭,倒进砂锅中拌一拌,让每一颗饱满的米粒都裹上晶莹的肉汁,心满意足地大口吃起来。

院子门口出现了一个女人,这个女人不过三十几岁的年纪,浑身却带着一股行将就木的腐朽感。她一言不发地穿过庭院,打开一间屋门,埋头钻了进去,砰的一声关上门。她进去了许久,那间屋子依旧黑灯瞎火,一片寂静。

"那女人四阶了,但死了老公和娃娃,大概觉得活着没什么意思,每天都是那副半死不活的样子。"老郭给他们介绍院子中的住户。

不多时，门口又进来一位身材矮小、形容猥琐的男人。那男人一左一右搂着两个美艳动人的女人走了进来。他动作不太文雅地把一个女人往老郭面前推了一把，语带炫耀："这妞怎么样，老郭？要是看得上眼就说，别和兄弟客气。"

老郭对他不怎么热情，没接他的话头。

男人把两个千依百顺的美女往边上赶了赶，凑过来说话："老郭，你听说了吗？又有新鲜事了。"

"咱们这附近除了小周村，又有什么事？"

"镇上来了好几批人，说要搜索那位——"男人卖了个关子，把手指竖在嘴边，低声开口，"人魔叶裴天。"

叶裴天听到这话，不动声色地看了楚千寻一眼。

楚千寻一眼都没有看他，坐在饭桌边笑眯眯地用手撑着下巴开口说话："这位大哥，叶裴天不是住在沙漠里吗，又怎么会到我们这来？"

"新来的？"男人看了一眼楚千寻，对这位笑意盈盈的年轻女性没什么戒备，"谁知道呢，听说这附近每一个基地都有人在搜。要是谁能提供那个大魔头的消息，那可就发财了。"他竖起五根手指，冲楚千寻抬了抬下巴，"足足五颗六阶魔种呢。"

他说完这话，直起身，搂上两个女人，进屋去了。

"别搭理他，不是什么好货色。"男人进屋后，老郭补充了一句。

楚千寻站起身来准备收拾碗筷。

从大门外跨进来一个鼻青脸肿的年轻男人，那男人一瘸一拐，扶着墙壁往内走，猛然一抬头看见了楚千寻，仿佛被踩着尾巴一般吓了一大跳。他举起胳膊挡住脸，弯腰顺着墙一路溜进了自己的房间。

此人正是早晨在巷子口拦过楚千寻的小穆，属于他的那间屋子很快亮起灯，从里面传出了说话声，依稀可以听见一个小女孩软糯的声音在喊着哥哥。

楚千寻看了看老郭和叶裴天，对这个人的态度表示疑惑不解。叶裴天一言不发地端起碗回屋去了。

"也别理他，那也不是什么好东西。"同样的一句话，老郭的语气却大不相同，对这位从事特殊职业的男人反而透着一点宽容。

"爹娘两年前就死了，留下两个半大不小的娃，小的那个女娃娃还总生病。老大成年后就干上了这行。"他摇摇头，"这年头，谁都不容易。"

晚上，楚千寻期待中的遮目就做好了，她高兴地从老郭手中接过来，拿着那副轻薄柔软的暗银色遮目往屋里走。

"武器和软甲还没有好，老郭先帮忙把这个赶出来了。"楚千寻一脚跨进了屋内。

叶裴天沉默地坐在床沿，低垂着视线，不知道在想些什么。

凌乱而狭小的杂物间被归整过了，多加了一张小小的床。那张床正对着叶裴天所在的床榻，中间只隔着一只手臂的距离。床上铺着一床洗得干干净净的半旧床单，放着一个松松软软的枕头，还有一条叠得像豆腐块一样方正的驼色毛毯。

楚千寻走过去的时候，忍不住伸手在那铺得一丝褶皱都没有的床单上摸了一下。

这个男人的话总是很少，有时候她一整天都听不见他说一句话，但事实上他的那份体贴和细心，无时无刻不从他的一举一动中溢出来。

楚千寻发现胸腔中的那颗心脏在偷偷地开始加速搏动。她突然想起老郭的那句话："这男人靠得住，你就好好跟他过。"

"戴……戴上试试。"楚千寻递上手中的遮目，掩饰了一下自己的心情。

叶裴天有些茫然地抬起头，略微浅淡的眉目，映在烛火中。他看见楚千寻的时候，微微显出一丝无措和慌乱。

楚千寻伸手摘下了他脸上的黑色口罩，替他换上了纹理精致的遮目。那一整块暗银色的布料，挡住了他略微柔软的眉眼，只看得见鼻梁高挺的形状，露出了颜色淡淡的双唇和线条坚毅的下颌。他整个人突然就变得有些坚毅而棱角分明了起来。

叶裴天的眉眼很漂亮迷人，让人看他的时候难免会首先被那清冽的双眸夺去了注意力。

此刻，他坐在床边昂着头，眼睛被蒙上了，楚千寻就不由得留意到了他的双唇。那双唇有些薄，微微抿着，勾勒的线条感性又撩人，再往下是白皙的脖子和蠕动的喉结，一个黑色的项圈卡在锁骨的上方。

楚千寻的眼波微动，一时挪不开视线。

糟糕。她在心底轻轻说了一声。

对叶裴天来说，独特的材料制成的遮目使得他的眼前不过是隔着一层淡淡的银丝，可以清晰地看见外面的一切。

他昂着头，因为确定了楚千寻看不见自己的神情，终于第一次鼓起勇气正视着眼前这个人的双眸。

令他心中暗暗欣喜的是，他清晰而肯定地看见，那个人低头凝望着他，那双眸中带着光，流转其间的不是厌恶，也没有畏惧，而依稀是一种喜爱和赞美。

叶裴天凝望着那双眼睛。

"千寻，"他轻轻开口，"你有没有想要什么？"

楚千寻没有明白他的意思，但叶裴天已经飞快地闭上了嘴。

楚千寻枕着胳膊在自己的床榻上侧躺着，看看睡在另外一张床上的叶裴天："裴天，你这两天有些不太对劲。你是不是不习惯，突然来到这样的地方？"

叶裴天垂下眼眸，嗓音低沉："我有点害怕，怕你不是真的，怕这一切都还是在那个辛自明控制的梦境中。"过了许久，他又加了一句，"如果这只是一个梦境，请不要叫醒我。"

楚千寻伸出手，越过两张床榻间小小的间隙，握住了他冰凉的手:"这绝不是梦,我和你保证。"

清晨,楚千寻从暖和的羊绒毯中钻出脑袋,抱着蓬松的枕头在床上滚了两圈。刚刚晒过的床单还留着点阳光的味道,舒服得让她几乎想就此赖在上面。

饭菜的香味已经从门外传进来。

楚千寻一骨碌从床上爬起。

她推开房门,坐在餐桌边的叶裴天就抬起头向她看过来,银白色的遮目下,薄薄的双唇微不可察地带了点向上的弧度。

院子中充满各家各户洗漱的动静,混杂着各种各样的饭菜气味。

晨曦越过院墙,一缕缕一道道地洒在院子中的石板地上。

叶裴天就这样坐在一片市井喧嚣中,昂头看她,冲着她露出了那一点点的笑。

在这一刻,他仿佛不再是月夜下赤红着双眼的人魔,也不再是那个被囚禁在荒漠中的孤寂幽魂。

他其实也会笑,会因为一点小事而莫名脸红,也会费尽心思地想要努力生活。

自从走进白马镇,进入人群中生活,楚千寻察觉到了叶裴天的不适和不安,但也感受到了他的努力和温柔。

也许他也是渴望能够像现在这样,回到人群生活。

"能习惯吗?住在这样的地方,会不会觉得很不适应?"楚千寻在桌边坐下。

在这一刻,她的心底升起一股自己也没意识到的期待,期待他也愿意留在这样的世界,留在她的身边。

叶裴天的眉眼被银色的遮目挡着,只露出淡色的双唇,看不出任何表情。他很顺手地拿起筷子,给楚千寻碗里夹菜。

这下麻烦了,这个人本来话就很少,现在就更不知道他在想些什么。楚千寻心中有些懊恼。

"嗯，"叶裴天终于轻轻说，"很喜欢。"

楚千寻不知道自己为什么那么开心，总之，有一股喜悦就这样从心底漫上来，让她胃口大开，比平时还多吃了一碗饭。

早晨的院子，也逐渐开始热闹起来。

住在西北角的那个女人，每天早上这个时候都要在自己的屋子里哀哀哭泣，自言自语地哭诉着自己的悲惨遭遇。

住在她隔壁的孟老三，会在她的哭泣声中打开屋门，从里面走出一到两个烟视媚行的年轻女人。女人们握着到手的食物，暗暗地挤眉弄眼，相互之间打了个只可意会的眼色。

大部分人在这个时候走出门，准备开始一天的忙碌，但也有些人刚刚结束了一夜的工作，回到住处休息。

小穆从院门外进来，平日里有些做作的他，今日只是扶着墙沉默地慢慢走着。看见了楚千寻和叶裴天，他也没有刻意表现出一惊一乍的模样。

尽管被同住在院子里的叶裴天揍过一顿，但摸爬滚打了多年的他其实很清楚什么人是真正的下狠手，而什么人不过只是吓唬吓唬他。

"哥哥？"一个八九岁的小女孩从屋子中摸索着出来迎他。

在她小小的脸蛋上，有一道横跨过双眼的伤痕，这道像被利爪所伤留下的疤痕，不仅毁了那张清秀的面孔，更是使她失去了光明。

"哥哥，你是不是不舒服？"女孩摸索着拉住兄长的衣服。

"没有，"小穆的声音平静得听不出任何端倪，他摸了一把妹妹的头发，递给她一个纸袋，"拿去吃吧。"

太阳在喧闹中渐渐升高，秋日暖阳照耀着白马镇上的人生百态。

人类，是一种适应性很强的生物，不过短短数年时间，黄金年代繁荣安逸的生活，已经仅仅会出现在小部分人的午夜梦回中。在这魔物横行的黑暗时代，所有的幸存者都在用尽全力、用属于自己的方式顽强地生活着。

楚千寻把扛在肩上的一根巨大的长角丢在了老郭的工作台上。那尖锐细长的角上流转着一种独特的蓝色光泽。

"这个怎么样，郭叔？"她揉了揉受伤的肩膀，斜倚着柜台，"给林非打一把称手的长刀吧。"

"不错是不错，五阶魔物的角，硬度和延展性能都很出众，适合做单手剑。"老郭停下手中的活，把那根长长的尖角翻来覆去地看了几遍，"只是，你一个女娃娃，整天东跑西跑地猎魔赚材料，却把林非留在家里煮饭、洗衣服。"他摇摇头，掏出一罐治疗外伤的药摆在柜台上，"啧啧，现在的年轻人，咱也不好说。"

"别这样说啊，郭叔，我是因为不如他，所以要多练练。"楚千寻把受伤流血的胳膊反过来搭在柜面上，给自己上药。

在楚千寻的心中，不论是朋友、情侣，还是什么关系，如果两个人的层次差别太大，就难以长久地保持平等的相处模式。

她从未像如今这样主动地想要提升自己的能力，想要变强的意识在她的心中越来越明晰。这不是为了叶裴天，而是为了她自己，为了能像另外一个自己那样，能够活得恣意、潇洒，主宰自己的人生，过自己想过的日子，守护自己想要守护的人。

"千寻？"叶裴天的声音从屋外传来。

楚千寻吓了一跳，迅速把受伤的胳膊背到身后。她收了一下手指，却来不及接住从胳膊上流下的一滴血液，那红色的血滴啪嗒一声落到了地面。

叶裴天跨进店来，伸手把她背在身后的胳膊拉出来，沉默着看了一眼。

明明看不见他的表情，只看见微微抿在一起的双唇，楚千寻却无端觉得他生气了。

"只是一点皮外伤，不要紧的，一会就好了。"楚千寻急忙掩饰，"我只是在基地附近溜达，这附近也没有什么厉害的魔物。

"我是想，闲着也是闲着，不如练练手。

"这种等级的魔物对你来说没什么意义，所以就没特意喊上你。"

叶裴天一言不发地牵着她往屋里走，她边走边不停地解释，不知道为什么，她莫名就有些心虚。

进了屋子，叶裴天让楚千寻坐在床边，自己在她对面坐下，反手抽出随身携带的短刀。

楚千寻一下握住了他的手腕："不行。"

叶裴天转过脸，银色的遮目朝着她。

"不行。"楚千寻说得很坚决，口气不容拒绝，"我伤得并不严重，为什么要你伤害自己来治疗我。"

她知道叶裴天的复原能力异常强大，想要流出足够的鲜血，至少要像上次一样深深划破掌心。

"你看，真的只是一点小伤，就蹭破点皮，连骨头都没伤到。我好歹也是五阶圣徒了，很快就会愈合。"可能是觉得自己太严肃了，她又放柔了口吻，"或者，你帮我上点药。"

僵持了片刻，叶裴天最终妥协了，他从背包里翻出药品，轻轻拉起楚千寻受伤的胳膊，清理伤口，涂上药剂，一圈一圈地往她的胳膊上缠绕着雪白的绷带。

"你如果想要魔种……"他说。

"不是魔种，我想要变强一些，"楚千寻比画了一下，"强一点，再强一点，直到有一天能够与你并肩战斗，不再只依赖你的保护。"

叶裴天就不说话了，他的手掌很稳，指尖微微有些凉，动作是那样细致而谨慎，像是生怕弄疼了楚千寻一样。

这样的伤口，对楚千寻来说不过是习以为常的小伤，平日里在战场上受了这样程度的伤，她可能连舔一下都懒得做。

但当有人把这事放在心上，这样小心翼翼地对待的时候，她突然就觉得人因为那道伤口变得矫情了起来。那种本来可以忽略不计的疼痛感，随着叶裴天手指的触碰，怎么就变得那么清晰了呢？

"裴天，有一件事，我一直想和你说。"楚千寻看着低垂在眼前的脑袋。

"第一次见面的时候，没经过你的同意，就私自取了你的血。虽然是为了救我一个最好的朋友，但也是不对的。我应该和你道歉。"

叶裴天拿着雪白绷带的手指突然就顿住不动了，过了片刻，他才轻轻说了一句："这有什么……好道歉的。"

"不，我应该和你说抱歉，所有做了这种事的人，都应该和你道歉。"

叶裴天的喉结动了一下，薄薄的双唇微微动了动，尽管他迅速别过脸去，但那双一直很稳的手，却抑制不住地微微颤抖，暴露了他难以控制的情绪。

虽然知道了叶裴天的过往，但楚千寻明白，自己永远无法真正理解那些地狱般的折磨在他的心底留下了怎样的伤痕。

楚千寻反握住叶裴天的手，把他拉过来，揽过他的肩，给了他一个拥抱。

直到感到他那紧绷的后背肌肉慢慢放松，楚千寻才听见一个低低的声音传来。

"像我这样的魔鬼，这些难道不是我应得的吗？"

那声音很轻，带着一股没有抑制住的难过和委屈。

楚千寻轻轻顺了顺他的后背："即使现在大家都还不明白，但我明白。

"你没有错，错的是那些失去了人性、贪婪险恶的人。"

第十五章

院子内传来嘈杂的争执声，二人反应过来，带着点不好意思地分开。

叶裴天有些局促地站起身："我出去看一下。"

他离开的时候过于慌乱，被床脚绊了一下，险些摔倒在地上。

院子外站着一个又高又瘦、浓妆艳抹的女人，手上举着一根这个时代又流行起来的细长金属烟杆，正指挥着几个五大三粗的男人从对面的屋子把小穆拖出来。

小穆挣脱开那些拉扯他的手："林姐，我欠你的钱已经连本带利还清了。你还想怎么样？"

"你说还清就还清？"林姐抬了抬烟杆，抽了口烟，慢悠悠地吐出一个烟圈，"你那是羊羔利，本金得按双倍还。"

"你！"小穆愤恨难平，恼怒地往前冲，被两个彪形大汉一左一右扭住胳膊，按在地上。

"哥哥。"一个双目失明的小女孩摸索着走出门来，满脸焦虑地喊他。

"谁叫你出来的？！回屋里去！"小穆一下转过脸，向着小女孩的方向怒斥了一声。

小女孩哆嗦了一下，死死咬住嘴唇，慢慢退了几步，扒住门框不舍得进去。

看着双目失明的妹妹，小穆妥协了，他低下了头颅："林姐，给条生路。"

"这还挺上道嘛。"林姐伸出枯瘦的手指抬起他的下颌，在他的脸上喷了一口烟，"去我那做一个月的工，这事就算了。"

"我不去，"小穆别过脸，死死压抑自己心中的恨意，为了还清高额的利息，他几乎舍弃了一切，但这些人还想要他的命，"林姐，宽限我一点时间，我一定把魔种补上。"

林姐抬了一下眉头，一双三白眼居高临下地睥睨着伏在自己身前的年轻男人："你还没搞清楚吧，这个世界，像你这样的弱者，是没有选择的权利的。"

她直起身，抽了口烟："给我揍，揍到服为止。"

院子内响起沉闷的拳脚声，倒在地上的年轻男人蜷缩着他单薄的身体，抱紧脑袋，为了不让自己的妹妹过于冲动，愣是没有让自己发出一丝求饶声。

院门内各家的房门都悄悄打开一条缝，院门外远远站着路过的人，人们麻木地窥视着这场暴行的发生，没有人觉得应该做些什么。

"做人留一线，有没有必要这么狠啊。"一个女子的声音越过人群从对面阴暗的巷子内传出。

林姐抬起头瞥了一眼，朝地上啐了一口口水："吴莉莉，你是不想在这行混了？"

小巷中的声音的主人仿佛被掐住了脖子，瞬间安静下来。

这位林姐本身是四阶圣徒，在这个没有多少高阶圣徒的基地内，她靠着各种下作的手段，勉强在隔壁巷子里开了个上不了台面的小场子，手底下养着好几个打手，生活在底层的普通人是不敢随便招惹她的。

半天也没有等到自己想听到的讨饶声,林姐开始感到不耐烦。

"行了,打断双腿,带回去。"

就在她说出这句肆意决定他人生死的话语之时,一个男人毫无征兆地出现在她的身边。

那人漆黑的额发下覆着一副遮目,让人看不见他的眉目和神情。

林姐只看见那纹理细腻的暗银色遮目向自己转过来,下一刻她的身躯传来一阵剧痛——被人一脚从院中踢飞,整个人撞上街对面的电线杆,掉落在地上,痛苦得爬不起身。

跟随她前来的一群打手还没反应过来,那个男人长腿一伸,已经跨出院门,空气中传出锵的一声。

利器出鞘的嗡嗡声回响在空中,没人看见他是怎么拔刀,又做了什么动作,甚至没有人捕捉到那一闪而过的刀光。

只见那根废弃了的电线杆子,已经彻底断成两截,缓缓错开、滑落,贴着林姐的头皮轰然倒地。

电线杆倒地激起的烟尘散去,人们才看清那个手持长刀的身影。

那人立在门槛前,个子很高,脸上戴着银色的遮目,只露出紧抿的双唇和线条坚毅的下颌,浑身透着一种生人勿近的冷漠。

他的身形并不壮硕,只是那股消瘦中却透着韧性,紧窄的腰身绷着,仿佛有着一股随时能爆发出巨大能量的张力。

他的手里握着一柄刀,那并非是什么利器,只不过是街边随处可见的地摊货,但在场几乎没有一人有自信能够从那柄快得捕捉不到痕迹的刀下逃生。

刚刚还在院子中耀武扬威的大汉们,个个缩起脖子,佝偻着脊背,小心翼翼地贴着院门一溜烟跑出来。直到那个男人转身回去,砰的一声关上院子的两扇大门,他们才灰溜溜地来到倒地不起的林姐身边,把自己的大姐头扶起来。

林姐忍着伤痛爬起身,在他们头上一人捶一下,却不敢发出较大的声响，忍着羞愤，挥挥手，带着几个装门面用的手下，静悄悄地撤退了。

有时候特别喜欢欺凌弱小的人，往往也分外地畏惧强权，在遇到比自己强大的力量的时候，他们时常比普通人还畏缩得更快。

叶裴天踹了人，甩手关了院门，没再管其他事，回屋去了。

大院中所有的门缝都在他回来的时候急忙关上，老郭溜了出来，搀扶起地上的小穆："看不出来，林非平时软绵绵的，居然还是这么个暴脾气，看走眼了，啧啧。年轻人就是脾气大。"他一边把小穆送回屋子，一边摇着脑袋感叹。

小穆低垂着脑袋，从口中吐出一口污血，勉强借助老郭的力道往回走，一句话也没有说。

叶裴天回到屋中，重新拉起楚千寻的手，把剩下的绷带缠好。经过这样一打岔，刚刚二人之间那种微妙的氛围已经荡然无存。

只是，他自己还清晰地感觉到肩头依旧流连着那种独特的温热的触感。

就因为千寻的一句话，那些他自以为已经深深掩埋在心底多年的情绪，突然翻江倒海般涌上心头，使得他在最重视的人面前，难堪地露出了多愁善感的一面。

但千寻给了他一个拥抱，一个带着温度的拥抱。

这么多年沉在深渊中，第一次有人把残破不堪的他圈进怀里，轻声告诉他——错的不是自己。

他有多眷恋这股温暖，就有多恼恨那些打扰到他们的人。

如果不是克制着自己，他几乎想一刀把那个飞扬跋扈的女人大卸八块。

"你这是还在生气吗？"楚千寻左看右看，从叶裴天紧绷的唇部线条判断出了他十分不高兴的情绪。

她有些好笑地拉起这个男人的手："行了，行了，我今天也不再出去猎魔。我们一起去逛逛街吧？"

叶裴天飞快地转过脸来。

他在期待呢，果然还是应该多抽点时间陪他适应一下环境。楚千寻在心里这样想着。

晚霞渐渐浸染了天边，集市上人多了起来。

楚千寻饶有兴致地走在前方，叶裴天陪伴在她的身后。

灯火辉煌的热闹从身边川流而过，却难以进入他的眼中，他所有的注意力只落在身前的那只手掌上。

他的目光透过银白的遮目，放心大胆地流连在那人自然垂落在身侧的手上，那白皙的手掌随着步伐轻轻摇摆。

他知道这只手有多温热、多柔软。他的心在怦怦跳着，一心想要把那只手拉过来，攥在自己的掌心里，不松开。

但叶裴天不确定自己有没有这样亲近她的资格，在他的心底深处，隐约害怕着自己的亲近会给自己珍重的人带来灭顶之灾。

楚千寻来到一个烧烤摊面前："老板，来十串。"

如今不比往昔，能买十串的都算得上是大客户，老板热情地招呼，把十串肉串架到炭火上烤着，肉串上的油脂刺啦刺啦地滴落到炭火上，飘起一阵诱人的肉香，引来路人羡慕的目光。

本来即使再有钱，楚千寻也舍不得这样花费，但和叶裴天一起出来，她总是希望能给他更好一点的东西，更多一些的东西。

"一半放辣，一半不要。"她和老板交代。

楚千寻的口味偏重，喜欢吃一点辣，自从叶裴天察觉到这点之后，他做的每一道菜肴都开始照顾到她的喜好。但事实上他自己的口味比较清淡，他想不到她也一样留意到了他的喜好。

"来，快吃。"楚千寻把一半的烤串递到叶裴天的面前。

不知道为何，虽然只看得到小半张面孔，但楚千寻就是能察觉叶裴天此刻的心情很愉悦。看到他高兴，自己的心也就一路飞扬了起来。

离他们不远处的街边，站立着几位穿着统一制式铠甲的战士。他们锃亮的铠甲和炫酷的武器上，印着创世公会独特的标志。

其中一位年轻的战士转过头，认出了楚千寻。

"千寻？真巧，在这里遇到你。"

楚千寻辨认了一下，才记起这是曾经在沙漠遇到的、大言不惭想要找叶裴天单挑的火系圣徒孔浩波。

此刻，这个年轻的男人带着点他乡遇故知的兴奋，热情地走过来同她攀谈。

"是你啊，"楚千寻笑着打招呼，"能看见你平安无事，真是好。"

"当时应该听你的劝告，我确实比那位黄沙帝王差得很远。"年轻的战士不好意思地挠挠头，坦率地承认了自己的自大，"幸好那位和你说的一样，并不是一个穷凶极恶的人，放了我一条生路。否则，我们今日都见不着了。"

他的两个同伴从后面跟上来，一左一右勾搭住了他的肩膀："浩波，这位美女就是你在沙漠认识的那位妹子？"

"妹子，多亏了你好心提醒这个傻瓜，这小子竟然撇开我们，自己跑去找人魔叶裴天单挑。也是傻人有傻福，命大才没死在沙漠里。"

孔浩波被说得不好意思起来："千寻，你怎么会到这里来？"

"我从巴郎过来办点事，你呢？"

"附近的小周村出现了大量被神爱改造过的半人半魔的试验品，那里的居民的情况十分糟糕。我们前来了解情况，拯救那些村民。"孔浩波说得很真挚，不管他们工会的最终目的是什么，但这个男人可能是真心地认为自己是为了拯救村民而开始了这趟旅程。

年轻又英俊的战士，微红着脸兴奋地述说着自己的征途。漂亮又温柔的女孩，站在他眼前，笑意盈盈地倾听。

在灯火辉煌的夜市中，这一幕看起来温馨又美好，却刺痛了叶

179

裴天的眼睛。他突然就向前走了两步，握住了他犹豫了一路却没敢握住的那只手。

那一刻他是紧张的，手心甚至微微出了汗，他害怕那只手会表现出抗拒，挣开他。

但千寻只是抬头看了他一眼，指尖微动，反握住了他的手掌。

"这……这位是？"这才发现了叶裴天的存在，孔浩波打起招呼都有些结结巴巴。

"这是我的朋友，林非。"楚千寻不愿多说，简单向孔浩波介绍后，告辞离开。

看着二人拉着手隐没在人群中的背影，孔浩波瞬间萎靡了下来。

"哈哈哈，难得我们老孔春心萌动，这么快就被扼杀了，真是可怜。"

"我就说，这么漂亮的姑娘，肯定有主了。没事，老孔咱不颓丧，抬起头，前方还有更好的等着你。"

他的兄弟们嘻嘻哈哈地调侃他那颗年轻而驿动的心。

此刻，白马镇外的一处高地上，一队身着长袍、蒙着面孔的神秘人正眺望着眼前这个灯火阑珊的人类驻地。

从他们脚下的土地里冒出了一个类犬形异兽的半个头颅，头颅上布满了奇特斑纹的高阶召唤兽，是一只以嗅觉极端灵敏著称、善于长距离追踪敌人的召唤兽，它平日里只潜伏在地底行动。

"一路的血腥味到这附近就消失了。"带着磁性的独特声音从地底传来。

"怀玉姐，你看怎么办？人有点多。"队伍中的一个人开口道。

"不用介意，为了神的降临，一点牺牲是必须的。"为首的女子伸出莹白柔美的手掌，轻轻一挥。

立刻有人提来一个巨大的铁笼，抽掉四面特殊材质的挡板，笼子内立刻响起了一道刺耳而尖锐的声音，笼中关押着一只被砍断了四肢和翅膀的高阶不眠者。随着笼子的打开，这只不眠者的残缺躯干正在迅速地恢复着。

被囚禁的不眠者张大口器,人耳听不见的特殊声波远远地传递出去,远处的密林开始剧烈摇动,大地也隐隐传来震动声。附近大范围内所有的魔物,都被这只愤怒的不眠者召唤,向着此地汇聚过来。

一位男性圣徒,后背生出一双类似蝙蝠的翼手,他提起囚禁不眠者的笼子,在空中绕行了一圈,向着白马镇的上空飞去。

"探索队准备。"

队伍中的数人,齐齐摘下了被控制在他们身边的囚徒头上戴着的兜帽。这些被限制了行动自由的囚徒,是神爱研究所的产物。他们的眼睛都被刺瞎,失去了视力,被刻意锻炼出了某种搜索的能力,可以在小范围内感知周边异能波动的情况。

"三人一组,把囚徒带进去。一旦发现土系异能者,立刻查验后汇报。"为首的女性圣徒佩戴上对讲机,开始下达指令。

身后传来整齐的应诺声,一队队身披长袍的身影向着白马镇疾奔而去。

"白马镇没有什么高阶圣徒,我们放进去的这只不眠者召唤来的魔物,应该能使整个镇子都被冲击到。叶裴天若是藏身在里面,必定避无可避。"一位随行的下属开口说道,"怀玉姐,这一次,我们一定能够成功抓到他,然后献给神父。"

傅怀玉冷冰冰地看着眼前灯火辉煌的基地,一夜过后,这里在大批魔物的袭击下,可能就会变为一座死城。但这对她来说,似乎只是一件并不足以引起她动容的小事。

"叶裴天,那个残忍杀死了我姐姐的男人,我一定会亲手抓到他,让他品尝百倍于我姐姐的痛苦。"

夜幕深沉,集市上的人群渐渐散去,热闹了一日的基地寂静下来。

这里的人有些同魔物血战了一日,有些刚刚结束繁重的劳动,换取了一份期待中的口粮。他们回到了安全的基地，进入自己的家。虽然居住条件有可能不太好，但至少能让自己安下心来喘口气，好好休息一夜。

叶裴天牵着楚千寻的手，慢慢走在西巷里，这里的灯光很暗，路面的积水在夜色中映出他们交握着的手。

叶裴天只觉得自己的心乱成一团，交织着惶恐不安和幸福、甜美，他不知道自己怎么突然就那么冲动，做出了这样的举动。但那只手一旦握上了，那柔软的触感被他真实地握在自己手中，他就怎么样也不愿意再松开。

他转过脸，发现楚千寻也恰巧在看他。

那双眸子在深秋的月下莹莹发亮，让他欣喜万分。有一种称之为幸福的陌生情感，从心底冒着泡泡膨胀起来，把他的整颗心脏塞得满满当当的。

就这样吧，也许我也能够这样生活在她身边。

就这样吧，也许可以和他就这样走在一起。

两个人在心中同时想着。

在基地的某处，突然响起一声巨大的轰鸣，一道刺耳的鸣叫声如潮水一般涌过来，覆盖了整个基地。

大地开始震动，夜空中传来魔物扇动翅膀的嗡嗡声。

寂静的基地，被突然来袭的成群魔物惊醒。

睡梦中，醒来的大多数居民，惊惶地看着铺天盖地来袭的魔物，想起了当年魔种降临那一日的绝望。

整个基地内，四处响起惊恐的尖叫声和激烈的战斗声。

经历了五年时间的锤炼，身经百战的战士们纷纷披上铠甲，有些提起武器跃上屋顶，有些冲向城门参与防守，他们要为了自己的家园而战斗。

巷子对面高高的屋顶上，墙砖掉落，一只巨大的魔爪抓住了墙壁。随后那里爬出一只狰狞恐怖的魔物。它盘踞在屋顶上的身躯，几乎遮挡住了巷子上大半的天空。

月色中,它转过头,明黄的巨大瞳孔盯住了巷子中紧扣双手的二人。

在他们身后巷子入口的地面,慢慢爬出一只身形不大、浑身血红色的魔物。魔物类人的面孔上吐出蜥蜴般的长舌,迅速在空气中转了一圈,兴奋地攀上垂直的楼房外墙,向着二人冲来。

"一人一只。"楚千寻说完这句,抽出双刀迎着面前的魔物就冲了上去。

叶裴天不知道自己杀了多少只魔物,手中的刀刃已经卷曲,黏液滑得让他几乎握不住刀柄。

他心中隐隐有些焦虑,往日里不论是面对魔物还是面对人类,他孤身一人浴血奋战,都不曾畏惧过,甚至有时候那些残酷的战斗才能让他找到一点自己还活着的证据。

周围的魔物越来越多,基地内此起彼伏地响起尖叫声和呼救声。无数房屋在魔物的利爪下崩塌,那些挂在屋檐下的油灯砸落到了地上,燃起了猩红的火焰。

这个片刻之前还安逸又温馨、灯火辉煌的小镇,转眼之间,宛如陷入地狱一般,惨叫连天,火光四起,魔物横行。

院子的西北角传来一声巨响,屋顶和墙面轰然坍塌,落沙滚石之间,衣裳不整的吴莉莉连滚带爬地跑了出来。

逃到院子之后,她忍不住回头看了一眼。一只魔物在烟尘中现出身影,身材矮小的孟老三被那魔物叼在口中,他的双臂肌肉鼓起,死死地撑住魔物布满利齿、流着唾液的大嘴。

他转头看了吴莉莉一眼,口中骂道:"看什么看,还不给老子滚远点。"

吴莉莉嘴唇颤抖,扭过头就往外跑,眼泪在奔逃中糊了她一脸。

在她所有的常客中，她最看不起孟老三。整条街做她们这行的女人没有一个不在背后嘲笑这个矮小的男人，说他形容猥琐，不像个男人。谁知道在这种生死关头，这个人却能舍命为她挡住突然闯入的魔物。

空中两道银光呈蝶翼状展开，一闪而过。

魔物的后脖子无声无息地断开一半。

孟老三从魔物口中掉下滚落在地上，被赶过来的老郭拖到一旁。

手持银刀的楚千寻落在残缺的屋顶上，握着一颗刚刚到手的魔种。

"救……救命。"一道求救的声音从废墟中响起。

楚千寻翻开满地的石块，看见住在西北角的那个女人被压在了坍塌的墙壁下，只露出了半截身躯。

她向楚千寻伸出手："救救我，我不想死。"

楚千寻一只手撑住墙壁，将她拉了出来。

那个女人躺在血泊中，惊慌失措地伸手抱住楚千寻的腿："我不想死，帮帮我，帮帮我啊！"

她那涕泗横流的脸颊两侧开始长出绿色的鱼鳍，死死地抱住楚千寻的双手，变得尖锐而布满鳞片，这是魔化的象征。

"我不想死的，不想死。"她仿佛没有发现这一切，依旧疯狂地重复着自己的台词。

楚千寻默默地看了她半晌，举起手中的银刀，用力砍去，痛苦的呼喊声戛然而止。

"我的老公死了，孩子也没了，明明过得这么痛苦，为什么还是这么想活着。"那个滚到一边、几乎已经完全变成魔物的脑袋合上了眼，在最后的时候轻轻说，"这样也好……终于能够见到他们了。"

警钟在白马镇上长鸣，召唤着抽出身来的圣徒前往城墙上守护，阻止更多的魔物入侵。

楚千寻提起染血的银刀，直起身看向院门外的叶裴天，他也正好向她看来。

俩人的视线跨过一地狼藉的庭院，在空中轻轻碰了一下。

"千寻，林非，来换一把刀。"老郭把陷入昏迷的孟老三拖回屋子，又匆忙带着几件武器从屋内出来。

老郭是锻造师，平日专注于锻造，几乎没有什么战斗经验，但他也在尽自己所能地协助战斗。看到楚千寻和叶裴天手中的兵器已经几乎不能用了，他急忙从屋中翻出自己库存里的武器，向着楚千寻跑来。

他的脸上带着楚千寻往日习惯的笑，口中还在说着话："幸好还有你们俩，不然这一院子的人都得死光了。"

面对他的楚千寻却露出了惊恐的神色。

在老郭的身后，毫无预兆地出现了一只小小的魔物，那魔物的背后有着一对不断扇动的昆虫类翅膀，身高不超过五十厘米，看起来不像是其他巨型魔物那般具有威慑力。

它漂亮的脸蛋上，却有一张可以咧到耳后的大嘴，那嘴张到最大，露出满口利齿，已经向着老郭的后脖子一口咬下去。

这看起来似乎弱小无害的魔物，却是一种令人毛骨悚然的生物，它具有短距离内瞬间移动的能力，善于偷袭，几乎没人能够在战场上捕捉到它忽隐忽现的身形。

一道细小的黄沙及时封住了它的血盆大口，把它甩到地上，一柄残破的刀从门外飞来，准确无误地穿过它身体内的魔种所在之处，把小小的魔物钉在地上。

长刀脱手的叶裴天一只手捂住脖子，单膝跪下地去。

楚千寻飞快地来到他的身边，扶住了他："你怎么样？"她很担心。

叶裴天摆了摆手，慢慢又站起身来，示意自己没事。

过了片刻，他才勉强开口说话："没事，我动用的异能很少，它收得很快,只伤到一点点。"他的声音干涩难听,红色的血液从他捂住脖子的指缝间滴落下来。

惊魂未定的老郭匆忙从院子中跑出,扶住了叶裴天的另一只手臂:"哎呀,刚刚好险,吓得我出了一身冷汗。怎么了,林非怎么受的伤?"

一男一女两道冷冰冰的声音在黑沉沉的巷子半空中响起。

"总算找到了。"

"找了那么多土系异能者,想不到真正的叶裴天竟然藏在这里。"

月夜之下,三个人影站立在巷子口的屋顶上。

其中两人身披斗篷,斗篷顶端绣着一对羽翅的图案,那是曾经威震一方的神爱集团的标志。两人的身前蹲着一个被封闭了视觉、训练出特殊异能、专门用于搜寻和跟踪敌人的囚徒。

"这么细微的异能波动,如果不是恰巧在附近,还没准就错过了。"那个囚徒蹲在屋顶上,因为自己立了功,一脸兴奋地说着。

"想不到凶名在外的人魔,为了逃生,竟然也会隐姓埋名,像乌龟一样地躲在这样的小地方。"身穿长袍的男人开口嘲讽。

"因为被锁上了束魔锁,连异能都不敢用了吧?真是可怜,可笑呀,嘻嘻。"女人刺耳的笑声在小小的巷子内回荡,"还是乖乖地回神爱来,哥哥姐姐们都会疼爱你的。"

老郭一脸惊惶地松开了叶裴天的手臂,慢慢后退了几步,不可置信地道:"你,你就是那个人魔?"

院门附近传来一个小女孩短促的惊呼声,她的哥哥小穆迅速从后面伸出手,捂住了她的嘴巴,把她拖进了自己的屋内。

楚千寻看着屋顶上那几个神爱集团的人,举起了手中的双刀。她心中涌起强烈的愤怒,但眼前这两人,不仅等阶高,而且还配备着对讲机,显然这里的情况已经被汇报上去。如果她不能迅速解决这三个人，几分钟之内，这里就有可能会被赶来的敌人团团包围。

叶裴天抬起了他的手臂，在楚千寻来不及阻止的时候，天空中的沙已经遮蔽了月光。

半空中，三只黄沙凝结成的大手，一瞬间就从后边握住了屋顶上那三个人。

叶裴天面带寒霜，五指凌空一抓。月夜之下，鲜血涌现。

叶裴天的脖子同时迸裂出大量的鲜血，他撑不住身体，跪下去，一只手捂住脖子，一只手撑着地，吐出了一大口血。

但他又拼命挣扎着爬起身来，一把推开想要扶住他的楚千寻，踉跄着向外走。

他几乎已经听见敌人从四面八方聚拢过来的脚步声，他要在那之前离开这里，离开这个给他带来数日安宁的小巷，离开身边这个让他眷恋的人。

一切并没有任何不同，他还是那个杀人如麻的人魔。不论曾经多么亲切，一旦得知了他的身份，人人对他都是避之不及，除了千寻。

千寻，他不能再连累到千寻。

"你，到……到这里来。"老郭躲在铁匠铺的柜台后，哆哆嗦嗦地说，他推开了自己打造兵器的那个操作台，地面上露出了一个小小的密室入口。

"里面我用魔躯改造过，可以屏蔽精神力和嗅觉的搜索。"老郭咽了一下口水，他的身体有一点颤抖，显然很是害怕，但他最终还是把话说完了，"出口就在大院的后面。"

楚千寻看了叶裴天一眼，他似乎有些呆住了，僵硬地转头向老郭看过去。

楚千寻脱下外套，缠绕住叶裴天流血的脖子止住血流，一把将他塞进了地下密室。

……

傅怀玉带着大批人马从四面八方赶到的时候，屋檐上还在噼里啪啦地往下掉落着血红的沙粒。

长长的巷子内一片狼藉，满地血污和石块，却空无一人。

傅怀玉拍了拍手，地面浮现出召唤兽的脑袋："是叶裴天的气味，主人。这里留有他的血。但我找不到他去了哪里。"

跟随在队伍中的囚徒也集体摇了摇头，叶裴天只要不使用异能，他们就找不到那种属于土系圣徒的特殊波动。

"跑不远，散开搜！"傅怀玉有些扭曲地转动她修长白皙的脖子，强迫自己压制下心中暴戾的情绪，"把附近活着的人都带出来。"

很快，整条西巷仅余的幸存者都被拖了出来，他们中大部分是普通人或者低阶圣徒，看着鲜血淋漓的街道，都露出惊惶的神色，根本不知道这里发生了什么。

傅怀玉当着所有人的面，伸出了手掌，白皙的手掌心躺着五颗绿莹莹的六阶魔种。人群中发出抽气一般的惊呼声。

六阶魔种，对他们这些人来说，完全可以买下他们任何人的一条命。

"人魔叶裴天刚刚出现在这里，你们也看见了，那个魔鬼残忍地杀害了我的朋友。"傅怀玉举起一张叶裴天的照片，她的声音在巷子中传开，"我知道你们肯定有人看见了刚刚的战斗，谁要是能够提供信息，告诉我那个魔鬼去了哪里，我保证，这些魔种就是他的了。"

她托着魔种走向众人，眼睛扫视了一圈，在小穆的面前停了下来。

"听说你就住在边上这个院子里。"她温柔地伸手摸了摸依偎在小穆身边的妹妹的脑袋，"一个人还要带着瞎了的妹妹生活，不容易吧？"她把那几颗代表着巨大财富的魔种展示在小穆的面前，"怎么样，你有没看见什么？不要怕，都告诉我，以后你和妹妹就可以过上好日子了。"

小穆盯着那几颗绿莹莹的魔种，咽了咽口水。

楚千寻躲在狭窄的地下密室内，用一根埋在这里的铜管听着地面上的动静。

叶裴天就躺在她的身边，他伤得很重，在濒临死亡的边缘徘徊。

这间密室非常窄小，仅供两人勉强容身，四壁都用特殊的魔躯覆盖，显然是老郭为自己准备的后路。出口并不远，就开在大院的后面。如果有人把他们的行踪供出来，他们就必须从出口迅速离开。

但那个出口的位置实在太近了，只要他们一出去，就等于迅速暴露在敌人的感知范围内。

"没……没有。我没有见到什么人魔。"小穆的声音从上面传来。

然后是老郭结结巴巴的声音："我们院子里死的死，伤的伤，混乱一片。我一把老骨头，只敢躲在桌子下。外头发生了啥，是一点都不知道。"

孟老三："我被魔物打晕了，真没看见。可惜了，这么多魔种，谁会不想要啊。"

吴莉莉怯弱的声音响起："对……对不起，没看见。"

……

楚千寻的嘴角不自觉地就弯了起来，不仅是为二人的暂时平安而感到高兴，还是在心底为叶裴天高兴。

叶裴天蜷缩着躺在地上的身体动了一下，把自己的脑袋靠到楚千寻的腿边蹭了蹭。

他的脖子很疼，身体大量失血，意识已经有些模糊，但他觉得这一次自己可以撑得过去。

铜管上传来嗡嗡的说话声——

"没有，没有看见叶裴天。"

"没有，我们都没有看见。"

一只柔软的手掌伸过来，轻轻地在他的脑袋上摸了摸，既温暖又舒适，带给他生的勇气。

第十六章

"老孔,找到了,就是这个东西。"

白马镇中心的一栋建筑中,孔浩波和创世的队友杀死了守在门外的守卫,闯入屋内。

空荡荡的屋子中只有一个特制的铁笼,里面关押着一只被砍断手足的不眠者。这只不眠者趴在笼中,张口不断发出召唤同类前来的声波。这人为的一切正是导致了这场突如其来的浩劫的缘由。

孔浩波抬手出剑,一道带着灼热火焰的剑气,冲向笼子,烧杀了其内鸣叫不断的魔物。

"到底是什么人干的好事?"孔浩波手上青筋暴突,他们一路找到这里,这座小镇上的无数居民已经在睡梦中死于魔物的爪牙。

一位头发微微发白的中年男子挑起笼中尸体的帽檐,看见了绣在上面的翅膀标志:"是神爱的人,在镇子内发现了不少带着囚徒的神爱教徒,他们好像在追踪叶裴天。"

"就为了一个叶裴天,不惜拿全镇普通人的性命作陪。"孔浩波怒不可遏,一剑劈裂了地砖,"比起那所谓的人魔,这些人才是真正的魔鬼。"

"谁说不是呢，这整个小镇都没什么高手，这样的高阶魔物，如果不是我们恰巧在，只怕他们就要灭城了。"身边年轻的同伴同他一样义愤填膺，"找到那些败类，给他们点颜色看看。"

白发的中年男子看了他们一眼，对这些年轻人的热血和冲动露出了宽容的笑。

西街的巷子内，傅怀玉看着哆哆嗦嗦挤在她眼前的这些人，微微蹙起好看的眉头。

这些人也许确实大部分并不知道叶裴天的踪迹，但她感觉其中必定有那么几个，窥见了数分钟之前发生在这里的战斗。只是不知道出于何种原因，这些愚蠢的蝼蚁竟然会包庇那个男人。

傅怀玉从生理上厌恶弱者。

神父说得很对，人类正在经历着一场进化。

"这样吧，我换一种说法。"美丽的女性战士，姿态优雅地抽出了一柄金色的短剑，"能提供信息者活着，说不出来的就去死。"

人群中一片哗然。

"这怎么行，你们也太蛮横了吧，人魔在哪里，我们怎么会知道。"一位身材壮硕的大汉大声嚷嚷。

剑柄上雕刻着玫瑰花纹的金色短剑轻轻抵在他的胸膛。

"再问一遍哦，叶裴天去了哪里？"傅怀玉秀美的面孔上带着一种甜甜的笑。

"美女，我是真不知道，"大汉看着那张如花似玉的面孔，也跟着笑了，"你这么漂亮，我要是知道……"

他的话戛然而止，那金色的剑尖向前轻轻一刺，就像捅破一张纸一般轻而易举地刺穿了他的心脏。

傅怀玉收起笑容，冷漠地抽回带血的利剑，一脚把壮汉的尸体踢开。

她在人群中看了一圈，用剑尖指向小穆："还是从你开始吧。"

小穆搂住了自己的妹妹，颤抖着把妹妹推到身后。

在此刻的地下密室中，叶裴天撑起自己的身体。

楚千寻一把按住了他："不可能，我不同意。"

叶裴天摘下戴在脸上的遮目，向楚千寻露出一个淡淡的笑。

他这样笑一笑，整间昏暗狭窄的密室仿佛在这瞬间变得明亮了起来。深秋寒夜，群狼四顾，生死关头，都仿佛能被这轻轻一笑抹去。

楚千寻走神了，她见过叶裴天很多模样，却从未见过他真正的笑。

"千寻，你能够明白的，对我来说，死亡并没什么，比死更痛苦的事还有很多。"

他掰开楚千寻的手，站起身向外走，那张温和的面孔一路冰冷下来，他本是最宽容的天使，如今却准备化身为嗜血的人魔。

"想要我叶裴天的命，也没那么容易。"

就在叶裴天的手指即将碰到密室的顶盖之时，密室外传来轰的一声巨响。

一支燃着烈焰的利箭，化身为火鸟，长鸣一声，破开浓黑，直奔傅怀玉的面门。

地底跃出一只人面猿身的召唤兽，从身后抱住了傅怀玉。召唤兽的眉心发出一个金色的光球，迅速扩大，把她整个罩在光球当中。带火的利箭疾冲而至，刺入光球的外壁，溅起刺眼的火星。

巨大的冲击力使得护着傅怀玉的召唤兽不断后退，滑行了十来米，方才止住脚步。

傅怀玉的同伴大吃一惊，纷纷拔出武器，将她围护在中心。

巷子远处建筑的屋顶上，出现了一队被甲执锐的年轻战士。孔浩波手持长弓，满面怒容。他二话不说，伸手拈起三支利箭，张弓搭箭，连珠箭响，三条火龙直奔傅怀玉而去。

被拘在巷子中的一众人等，借着二人交火的关头四散奔逃。

从傅怀玉身前的地面钻出一只三头鬼物，丑陋的鬼脸张开嘴，喷出三道水柱，险险地接住火龙。

"什么人，敢坏我们神爱的事？"傅怀玉心中恼怒，两招之间，她已知道对面那个男人和自己的实力旗鼓相当。她的目标是找到已经逃走的叶裴天，没有太多时间耗在这里。

立在屋顶上的年轻战士朗声开口："卑鄙的神爱，为了一己私欲，置无数生命于魔爪之下。此刻全镇战士都在奋起抗魔，你们这些鼠辈，却躲在这里迫害他人。今日我们创世就要替天行道，铲除了你们这些鼠辈。"

"鼠辈？你这邪恶的异教徒，竟敢说我神爱的坚贞信徒为鼠辈。"傅怀玉漂亮的脸几乎扭曲了，但她很快调整过来，嗤笑道，"说得那么大义凛然，你们创世的会长顾正青难道又是什么好东西？"

屋顶上的孔浩波收弓拔出佩剑，大怒道："敢污蔑我们会长，必让你不得好死！"

傅怀玉这下真的笑了，她带着神爱的成员在召唤兽的保护下迅速远离，巷子中回荡着她嘲笑的声音："毛都没长齐的小子，回去问问你们那位会长大人吧，难道他不想得到叶裴天，不想得到我们神爱的研究成果吗？"

悠长的警钟声，还在小镇的夜空不断长鸣。

导致这一切的罪魁祸首已经消失在黑暗中，但魔物的肆虐持续了整整一夜。

当晨曦破开夜的浓黑，历经浩劫的小镇才逐渐恢复了平静。

幸存的人们走在战后满目疮痍的街道上，收拾着被战火摧残的家园。损毁坍塌的房屋，开裂的道路，残缺的墙面上，染着魔物黏稠的黄色血液，凌乱的废墟下汩汩流出人类鲜红的血液。

魔物的残躯和人类的断肢混在一起，被负责清理的工人一车一车地拖走。

有人扑在死去的亲朋身上，悲痛欲绝，也有人因为劫后余生，和亲密的爱人紧紧相拥，喜极而泣。

无论悲欢几何，生活都还要继续。

地下密室的顶盖被人推开一条缝，老郭从地面上溜了下来。

他手中端着一份食物，远远地伸长手臂推到叶裴天面前，几乎不敢拿正眼看叶裴天，说话的声音都打着战："吃……吃吧。"

尽管事情已经暂时平息，但他还是没有办法把那个喜欢围着围裙做饭的林非和大名鼎鼎的人魔叶裴天画上等号。

叶裴天坐起身来，接过食物，轻轻说了句："多谢。"

"不……不用，"老郭偷偷瞧了几眼，搓着手，"说起来，还是应该我和你道谢，是你救了我的命，没有你出手，我昨晚就死了。"

"你……不怕我吗？"暗哑的声音在昏暗的密室内响起。

"怕那还是有点怕的。传说中，你和魔物一样，是靠吃人为生的。"老郭偷偷观察叶裴天的神情，见他没有生气的样子，才继续说道，"但我年纪大了，经历的事也多，知道很多事情不能光靠耳朵听，更要靠自己的眼睛看。咱们也相处了这么些天，我知道你是一个心软的孩子，那些传说是信不得的。"

叶裴天端着老郭递给他的碗，在手心转了转，盛着热粥的铁碗很烫，烫得他手心暖洋洋的。

"千寻呢？"叶裴天问。

"嘿，那个女娃娃，她一整夜都在和魔物战斗。"老郭在叶裴天身边席地坐了下来，"多亏了他们这些战士的拼命，咱们这条巷子里才能活下这么多人。千寻是个好姑娘。以前我说不会煮饭的女子要不得，是我错了。现在想想，做饭什么的，都不是要紧事。"

老郭伸出手，想要习惯性地拍拍叶裴天的肩膀，手伸到半空中，自己吓了一跳，急忙拐了个弯收回去："在……在这时候，想找一个像她这样的女子不容易，你要好好对她。"

叶裴天没有说话，只是伸出手指，轻轻摩挲脖子上的枷锁。

"这是什么？我看看，先前你藏在衣领下，我都没瞧见。"老郭靠了过来，细细端详了许久，

"咦，这就是传说中的束魔锁吧，设计真是精湛，工艺也了得。"老郭越看越感到佩服，几乎忘了这是能够随时置叶裴天于死地的枷锁。

"啧啧，这机关层层相扣，简直令人拍案叫绝。我老郭自诩在设计魔器上十分有天赋，今日才知道自己不过是井底之蛙，想不到世界上竟然已经有了如此厉害的魔器设计大师。"

"有解开的可能吗？"叶裴天问。

老郭咳了一声，面露羞愧："以我的水平，暂时还解不开。不过，你住在这里，我慢慢研究，总能琢磨出破解的办法。"

"不行，我已经不能再等。"叶裴天低声说了一句，千寻不让他自残，不让他不顾自己的性命，但他不想再像昨日那样让珍重的人陪着他置身在危险之中，自己却无能为力。

他取出他随身佩带的一柄短刀，递给了老郭："这柄短刀是高阶魔躯制成，我想请你帮忙切断这枷锁。"

"这哪行得通。一两刀也切不断，等弄断了，这机关早被触发不知道多少回了。"老郭挥了挥手，没把叶裴天的话放在心上，依旧盯着他的脖子痴迷地研究着那个看似不起眼的细小项圈。

他听见叶裴天的声音平静地说："不要紧，可以在我死后慢慢来。"

在老郭诧异的目光中，无数黄沙顺着叶裴天的脖子爬上来，钻到那个项圈内侧，沙砾不管不顾地爆发出最大的力量，将那禁锢住他力量的枷锁向着四面用力拉扯。

牢不可摧的枷锁出现了几道细细的裂纹，叶裴天一只手撑着地面，在老郭的惊呼声中，看着自己身下的地面出现大面积的鲜血。

这样做，肯定会让她生气的吧。失去意识之前，叶裴天这样想。

……

叶裴天活过来的时候，发现自己已经躺在那间熟悉的屋子内。

楚千寻背对着他坐在床沿，一柄锋利的短刀，在她的手指间灵巧地翻飞转动。

她听见叶裴天醒来的动静，只淡淡地看了他一眼，把那柄短刀拍在床上，站起身就走。

叶裴天在脑袋还没完全清醒的情况下，身体已经反应了过来，伸出手及时抓住了楚千寻的衣角。

许久之后，叶裴天想起今日这一幕，还在为自己当时的敏锐庆幸。

楚千寻不想停住脚步，她的胸口堵着一团怒火。

叶裴天的心意和苦衷，她都能明白。但那一日她拼杀了一整夜，回到地下密室，看见的却是一具伤口狰狞、浑身冰凉地躺在血泊中的尸体。

那一刻的愤怒和难过，死死地堵在她的胸口，到了今日依旧不能散去。

叶裴天勉强撑起虚弱的身体，一只手捂住脖子，一只手紧紧地攥住楚千寻的衣服，死活不肯松手。

"千寻，我好疼。"他说。

叶裴天不记得自己曾经历过多少次死亡。

在那些不见天日的黑暗岁月中，他无数次地被敌人折磨至死，被魔物虐杀，甚至被自己亲手埋进黄沙窒息而死。他对死亡的恐惧感，已经在这样的无限循环中变得很淡。

只是，他依然害怕死而复生的那一刻，每当他从死亡中苏醒，大量的记忆在一瞬间内蜂拥而至。身体的虚弱，记忆的混乱，使得他从内而外地处于脆弱而毫无防备的状态。

但往往每一次醒来，他连喘口气的时间都没有，在记忆还没完全清晰的时候，恐怖和伤害已经接踵而至。他会发现自己依然没有摆脱痛苦的境地,还是在那个黑暗的仓库,那张苍白的实验台或是被深埋在不能呼吸的地底。

但现在,他在睁开眼的时候,看见的是那个令他安心的人。

不论他多么虚弱,这个人总会守着他,陪伴着他,不会让他再跌落那无助和恐惧的深渊。

他渴望得到她的陪伴,不愿意让她离开。

于是,叶裴天几乎是条件反射地伸出手,一把攥住了自己心中眷恋的人。

为了留住她,他甚至能忍着羞愧低声说出自己的诉求。

"别离开,千寻。"

楚千寻转过头,正好对上那双抬起的眼眸。叶裴天的脸色苍白得可怕,脖子上黑色的枷锁不见了,取而代之的是一圈圈白色的绷带。这个寡言少语的男人伸出手攥住了她的衣角,宽大的手掌因为虚弱而微微颤抖,低声开口挽留她。

楚千寻想起自己最初见到叶裴天的时候。那时候的他就是荒漠中一头伤痕累累的野兽,沉默而孤独,自怜且自傲,眼中只有灰烬,没有光。他排斥着任何人的接近,从不愿在他人面前露出半分软弱。即使伤得再重,他也绝不会说一声疼,叫一声苦。

而此刻,他在剥开他那厚厚的硬壳,亲手把最软弱可怜的模样摆在她的眼前。

"别离开。"他趴在床沿看着楚千寻,"千寻,我很疼。"

楚千寻满心还来不及发出来的怒火,被这样的眼神,这样短短的两句话一触碰,瞬间就熄灭了。

之前想好的,应该怎样生气、怎样冷淡、如何狠心地不搭理这个男人几天诸如此类的心思,被她毫无原则地抛到脑后。

她很不争气地坐回了床沿,把叶裴天按了回去:"躺着吧,我也没说要走。"

叶裴天松了口气,他把脑袋移到楚千寻的身边,挨着她的手微微蹭了蹭。

楚千寻弯下腰，查看他的伤势。那一圈圈的绷带是她亲手包扎上去的，她深知在这些雪白的纱布之下，有一个怎样千疮百孔、惨不忍睹的脖子。

"很疼吗？"

此刻的叶裴天虚弱又无力，不论是谁，都可以在这时候轻易伤害到他。但他的心从未像此时一样平静而安宁，他蜷缩在柔软的被窝中，温暖又舒适，知道自己被人守护着、照顾着、心疼着，不用担心任何事。

一种不可置信的幸福拥抱着自己。

"千寻。"

"嗯？"

"为什么，"他抬起眼看着楚千寻，"为什么我能遇到你。"

楚千寻笑了，伸手轻轻摸了摸他的脑袋。

"像我这样的人，甚至不知道自己能给你什么。"叶裴天的神色有些迷茫，他看着楚千寻一字一句地说，"如果你有什么想要的，只要我有，我都愿意给你。"

他的双眸湿漉漉的，带着粼粼细碎的光，像是那最幽深的泉，在平静的水面下深藏着无数不曾说出口的心思。

这样的目光太过动人，无孔不入地钻进了楚千寻的心中，使那里湿润柔软成一片。

楚千寻把自己的视线缓缓下移，落到了那薄薄的唇上。

她的心不受控制地一下一下跳动："真的，什么都可以拿走？"

视线中的双唇微微分开了一下，给出了肯定的答案。

"那就把这个。"她的手按住了那个男人的胸口，感受到他肌肤之下的心脏的跳动，"就把它送给我。"

那颗心和自己的心一样，剧烈而有力地迅速跳动着，几乎要跳出胸腔来。

楚千寻俯下身，吻住了自己觊觎已久的双唇。

那个人和自己一样慌乱而毫无经验，他闭着眼，带着点战栗，用冰凉的双唇回应她的热烈，脸颊上甚至传来了湿润的触感。

于是，楚千寻突然就无师自通了。

她开始慢慢地来，反复吻那漂亮的眉骨和眼睛，不放过他通红的耳垂，舔去他眼角的水珠，让他自始至终深陷意乱情迷的深渊。

从现在开始，他就是我的了，他那些可怜又可爱的模样都只能给我一个人看，就像在那个世界里一样。

……

孟老三在吴莉莉的搀扶下，一瘸一拐地走到院子中晒太阳。

他在那一夜的战斗中受了不轻的伤，到了今日，依旧不能行动自如。幸好对街的吴莉莉每天都默默地过来照料他的生活起居。

"你不用这样整天黏着我，我当时救你，不过因为你是一个女人。老子没有看着女人死在眼前的习惯，并不是对你有啥想法。"孟老三说得很大声，几乎整个院子的人都能听见他充满男子气概的声音。

"欸，"吴莉莉温和地应了一声，"那我明天就不来了。"

她说走就走，走到院门口，还笑着转过身挥了挥手。

孟老三想喊又放不下面子，不喊，心里又着实舍不得。他抓耳挠腮了半天，眼见吴莉莉早走得不见踪影了，只得唉声叹气地跺了跺脚，扯到伤口，还疼得骂骂咧咧。

他看见了坐在院子里的叶裴天。

那个大男孩面上戴着银色的遮目，坐在午后的阳光中，双手交握，搭在修长的大腿上，低着头想着心事。

叶裴天的脚边放着一个不大的背包，他今日就要和楚千寻一起悄悄离开此地。尽管只在这个院子住了短短数日，但他对这个一再带给自己温暖的地方生出了眷念，只想在临走之前多看一会儿。

"你看看，现在的女人真是，一点都不善解人意，说走就走了。"孟老三挨着叶裴天坐下，碰了碰他的手肘，"林兄弟，你们家千寻妹子平时怎么对你的？她肯定特别温柔体贴吧？"

叶裴天不知道想起了什么，脸噌地一下就红了起来。

幸好孟老三神经粗，没有留意："听说你也受了重伤，这才在屋里躺了这么些日子。"

"那天，后来你和千寻妹子跑哪去了。你知不知道……"孟老三说得很神秘，压低声音靠过来，"那天晚上，人魔叶裴天就从咱们这大门口走过去。"随后，他懊恼地一拍大腿，"我当时怎么就晕了过去，不然，或许也有机会亲眼看看那个人魔到底长得啥样。"

叶裴天转头看了他一眼。

孟老三想起那夜的遭遇，咬牙切齿地咒骂："那个什么神爱，比魔鬼还要恐怖，咱们白马镇这么多人，都是被他们生生害死的。要我说啊，最好那个叶裴天再牛点，趁早把神爱给灭了。只要他能灭了神爱，就是天天走咱们西巷，老子都随他的便。

"欸，我说，你笑什么？你和千寻妹子那是没在现场，没看见神爱的那些人是怎么个变态模样。"

孟老三起身回屋后，院子一角的屋门被打开，慢慢走出一位手持盲杖的小女孩。

那个小女孩摸索着走到叶裴天的身边，她小小的脸蛋上横着一道狰狞的伤疤，使她的双目失去了光明。

"大哥哥，我是治愈系的圣徒，听说你脖子受伤了，要不要我给你看一下。"她有些局促地加了一句，"虽然现在我还只有一阶，但我哥哥说我已经很厉害了。"

叶裴天低沉的声音响起："你，不怕我吗？"

这个女孩和她的哥哥小穆当时都在现场，和老郭一样，都已经知道了叶裴天的真实身份。

"你是个好人，你救了我哥哥，是个特别好的人。我不怕你的。"

女孩伸出小小的双手,摸到了叶裴天缠绕着纱布的脖子,用尽全力从那双小手中发出一点微微的白光。

一阶治愈者的治愈能力很弱,对叶裴天这样的伤势丝毫起不了实际的作用。

但是,当小女孩气喘吁吁地把双手从他的脖子上拿开的时候,他依旧真挚地道了谢。

"多谢你,我好了很多。"

小女孩就灿烂地笑了起来:"真的有效果吗?我哥哥说得很对,只要我拼命练习,我总有一天能够治好自己的眼睛。"

她察觉到对面的大哥哥伸手摸了摸自己的脑袋,随后两根冰凉又湿漉漉的手指从她的双眼上擦过,把一种温热的液体涂抹在了她的双眼之上。

"妹妹,你……你对我妹妹做了什么?"从院门外进来的小穆看见和叶裴天站在一起的妹妹后,大吃一惊。

妹妹一脸是血,天真地站在那个凶名在外的黄沙帝王面前。在那一瞬间,关于人魔的各种传说涌上心头,小穆顾不上自己心中的恐惧,几步跨上前来,一把拉开脸上带着血的妹妹,惊慌又戒备地盯着满手鲜血的叶裴天。

"哥哥,"他的妹妹一只手扯着他的衣角,一只手揉着眼睛,"我好像能够看见哥哥了。"

"什么?"小穆不敢相信地转过脸,"你,你说能看见了?"

他匆忙用衣袖擦干净妹妹沾着血的面孔,又惊又喜地看见那双失去光明已久的眼眸恢复了明亮。

等他从狂喜中回过神来,刚刚坐在他面前的那个男人已经不见踪影。

……

叶裴天背着包向着老郭的铁匠铺走去。

千寻正站在铺子门口,拿着新到手的长刀和软甲,兴奋地向他挥手。

"等，等一下。"

他的身后有人喊他。

叶裴天转过身，小穆匆匆忙忙地追出院门，斟酌着看了他半晌，最终没有说话，而是深深地向他鞠了个躬。

第十七章

山丘之上，孔浩波和其他几名创世的队员隐身在密林之内，看着远处山坳中发生的一场战斗。

在那里，一顶顶繁茂的树冠倒伏，团团尘雾从茂密的灌木林中扬起，一位年轻的女性圣徒正独自同一只半骨骼化的魔物交战。在战场的边缘，站着一位抱着长刀、戴着银色遮目的年轻男子为她压阵。

"这不是老孔认识的那个妹子吗，叫什么千寻的？"

"在白马镇我就见过她出手对抗魔物，身手不错，虽然等阶不高，但战斗意识和刀术都不错。老孔，你说她几阶来着？"

"她……"孔浩波张口结舌，这才反应过来当初这个女孩和自己说她只有二阶，不过是出于对陌生人的一种防备而已。

"她大概只有五阶，但她对风系异能的理解和控制非常好，在她这种等阶的战士中，真的很少见。"队伍中一位七阶的风系圣徒开口点评。

"如果她的等阶能够升上来，将会是一位强大的战士。"

楚千寻手持双刀，独自面对着眼前体型是自己数倍的魔物。魔物的等阶比她高出整整一个阶段，她的处境十分凶险。

她全身的战斗细胞，都在这样的生死搏斗中被启动、被点燃。恐惧使她的肾上腺素被大量激发，伤痛使她更加兴奋。

她感到自己逐渐进入一种很玄妙的状态，几乎全身每一个毛孔都能够感知空气中那些细微的气流。自己能够捕获、能够控制这些气流，操纵风、驾驭风，让它们成为自己最强大的武器。

漫天烟尘中，魔物探出巨大而呆滞的脸庞。数十道细小却强劲的风刃，银蝶般萦绕在魔物的周身乱闪，割得魔物腐朽的皮肤四处飞溅。

魔物举起半溃烂的大手，企图挥开那些不断切割它身体的风刃。

楚千寻的身影跃起在空中，一道高达十余米的宽大风刃以雷霆之势，一路扬起烟尘，直冲魔物而去，一刀将耸立在丛林中的苍白魔物一分为二。魔物的身躯从中间裂开，巨大的风刃去势不减，一路砍倒了魔物身后成片的树冠，直至削去前方一座小丘陵的顶端，方才飞旋着消失在天际。

楚千寻落下地来，出刀的手臂隐隐颤抖，身体传来一种接近极限的疲惫感。

但她还来不及松一口气。

已经分裂成两半的魔躯之间生成了无数黏糊糊的丝线，像是胶合一般使那分裂的魔躯再度立起，合拢。

魔物那分到两侧、呆滞不动的眼珠转了转，再度活动了起来，依旧举着腐朽的数只胳膊轰隆隆地从高处抓向楚千寻。

叶裘天抽出了抱在怀中的长刀，那刀刃蓝莹莹的，宛如温柔的湖水，在血槽处却加了一道猩红色的纹路，给这份温柔平添了几分煞气。这是千寻特意为他打造的武器，虽然等阶不算特别高，但他一直用得很珍惜。

他将长刀一甩，步入战场。

前方的楚千寻伸手拦住了他:"不,这是我的战斗,你不要插手。"

在那场冗长的梦境中,她旁观了无数高手的战斗,知道了每一个成功的强者,都曾经付出过怎样的努力,更是知道了自己有可能成长到什么样的高度。

只有在生死边缘反复锤炼,才是突破自己界限的最好办法。

她,楚千寻,总有一日能够再达到那样的巅峰。

叶裴天停住了脚步,虽然他很担心,但他尊重千寻的想法,也理解她想要变强的意志。

他看着那个毫不犹豫迎敌而上的人,面对着强大的魔物,她的身影疾冲,翻飞,抬手出刀。

那人面上浮起红霞,双眸中闪动着兴奋的光。她在享受着战斗的激情,刺眼的鲜血在空中飞溅,晶莹的汗水顺着她潮红的脸颊蜿蜒而下,流到脖子上。

叶裴天只觉得心中既疼惜又欢喜。

虽然千寻的等阶不如他,但他总觉得相比在战斗中死气沉沉、自暴自弃的自己,眼前之人才是从内而外的强大。

千寻无疑是温柔的,她温柔又体贴,浅笑轻言抚慰了自己千疮百孔的心。

千寻又是强大的,她美丽又英勇,战场上的飒爽身姿引得自己目光流连。

叶裴天的体内涌起一股莫名的热流。

他的目光追随着战场上的那个身影,想起那一天,自己曾被这个人按在床上,想起了自己所做的那个荒诞的梦。

他克制着自己,不敢再往下想。

看到战场上的女孩受伤流血,吃力地战斗,孔浩波握住了剑柄,站起身。

在他身边头发斑白的中年男子按住他的肩膀,摇了摇头:"她还有余力,她的同伴也还没有出手,你这样下去插手别人的战斗,会被视为很不礼貌的行为,甚至会被误认为要抢夺魔种。"

"可是……"孔浩波皱起了眉头,犹豫了片刻,终究还是没有鲁莽行事。

虽然他是整个小队中最强,也是唯一的八阶圣徒,但事实上,自打魔种降临之初,他就被会长收入创世,在会长的庇护和公会的一力栽培下长大,几乎没有怎么接触过外面的世界,十分缺乏外出行走的社会经验。

因此,队伍由年纪较大、阅历丰富的刘和正管理。孔浩波对这位公会内的智囊型成员也十分信服。

"相比这位五阶的姑娘,我更在意她身边的那个男人。"刘和正眯起眼,看着戴着银色遮目的男人。

似乎心有所感一般,那个男人的脸向着他们藏身的方向转了过来。

明明那个男人被遮目挡住了双眼,但不知为什么,刘和正在那一瞬间只觉得自己被一只巨大的凶兽狠狠地瞪了一眼,他甚至忍不住打了个冷战。

被发现了吗?真是个敏锐的男人。

战斗终于在楚千寻艰难的险胜中结束。

楚千寻弯着腰喘了好几口气,伸手挖出那颗高于自己等阶的六阶魔种,托在染着血的掌心看了看,欣喜地收入口袋中。

远处的半山腰响起了一阵掌声,丛林中的几位年轻人现出了身影。

"不错,单枪匹马,挑战等阶高于自己的魔物。我都未必能够成功,千寻,你很有勇气。"孔浩波远远地站着开口说话。

楚千寻看见了创世的几位成员。

那一日魔物袭城,多亏了这几位途经白马镇,才使得白马镇勉强躲过了灭城之祸。他们击退了魔物之后,又耽搁了自己的行程,在镇上驻守了几日，协助战后守备和重建。

参与了那场战斗的楚千寻对他们的观感不坏，勉强抬起受伤的胳膊和他们打招呼。

她的手臂受了伤，裂了一道深可见骨的口子，殷红的鲜血沿着手臂蜿蜒流下，顺着指尖不断地滴落在地。

"千寻，你受伤了，我这里有伤药。"孔浩波翻开背包找随身携带的急救包。

叶裴天上前了两步，伸手将楚千寻拉到身边，托起她受伤的胳膊，仔细看了看，低头在那道伤口上舔了舔。

然后，他抬起头，越过楚千寻的肩膀，看了孔浩波一眼，才从背包里拿出自己的药品和绷带，细细替楚千寻包扎了。

"欸，你看，"孔浩波身后的同伴悄悄推了推他的肩膀，"人家男人不高兴了，盖章示威呢。看得那么紧，老孔，你肯定没戏了。"

孔浩波不免有些尴尬，岔开了话题："千寻，我们这是去小周村，离这里不到一百公里，你们是要去哪？"

楚千寻刚要回答，叶裴天拉住了她，低声和她商量："小周村，我也想去看看。"

楚千寻看了他一眼，伸手握住了他的手掌。小周村那个地方遗留着神爱的研究室，只怕会勾起他心底难以磨灭的痛。

但既然他想要去，自己就陪着他去。

因为目的地相同，他们也就结伴而行，向小周村前进。

小周村在魔种降临之前是一座三面环山的小村庄，民风淳朴，风景宜人。进村只有一条狭窄的山路，颇有些避世的味道。

末日之后，这里因为地理位置，只进不出，便于防守，倒也建成了一个小型基地，恰好在早期神爱的势力范围内。

这样一个又小，地理位置又不太好的基地本来很少引起人们的注意。但自从神爱的大部队撤到极北之地，放弃了对白马镇周边区域的管辖，设置在小周村的一间研究所失去了看管和打理，里面无数半人半魔的怪物逃出，这才引起了镇上幸存居民的一片哗然，也引来无数其他势力对此事的探索。

楚千寻和孔浩波等人行走在狭窄蜿蜒的山道上。

山间起了浓雾，视野不太清晰，那座建筑形态十分复古的小镇，在雾气中若隐若现地露出一点样貌。

黄土铺就的道路边瘫坐着几个神色呆滞的战士，他们身形强壮，武器看似狰狞，衣服上绣着荣光公会的标志。

荣光，是大陆上仅次于创世和神爱的几大公会之一。这个公会的成员以战斗系人员为主，素来有着骁勇好战的传统。但此刻他们一个个像是从战场上溃逃的士兵，丢盔弃甲，狼狈不堪地坐在道路边。

"请问几位荣光的兄弟，是从小周村出来的吗？那里的情形现在怎么样了？"刘和正上前打了个招呼。

一位身材魁梧的大汉呆滞地抬头看了刘和正一眼，仿佛被他的话吓到，打了个哆嗦清醒过来：

"别去，别进去，那里就是个地狱。"

小周村的村口和大部分基地一样，用各种建筑材料混杂了坚硬的魔躯，建造了高高的防御性的城墙、城门、敌楼、箭塔。

城墙上残破的旗帜已经完全成为破烂的布条，胡乱地耷拉在墙头。城墙上没有任何的守卫人员，只有瞭望台上坐着一个形容枯槁的老者。他用那双死气沉沉的眼睛瞥了一下路口出现的外乡人，确定了他们是人类，而不是魔物，就再也提不起兴趣地收回目光，继续打他的盹。

在出村中心一座高高的塔楼内，站着两个奇怪的身影。

"又有人来了呢，一拨又一拨，真是贪婪到令人恶心的程度。"说话的声音听起来是一位年轻的男子。

男子的身边站着一个背生双翅的少女。她扇了扇羽翅，开口发出稚嫩清脆的童音："有一个人，让我十分介意。"少女一双清冽的眼睛颜色渐渐变化，整个瞳孔呈现一片诡异的暗红色，"原来是他，这一切的起源，圣血的拥有者。"

"叶裴天？他怎么会来到这里。不过也好，如果是他的话，应该最能够明白我们的痛苦，我们又多了一位强大的伙伴。"男人轻轻地说，他的头发被夜风拂动，是同年纪不相称的白色。

楚千寻一行人踩着道路上的泥水，穿过狭窄的城门，城墙之内展露出一个遗留着不少古代风格建筑的小镇。泥泞的道路两侧，瓦木结构的旧式建筑和砖混结构的工业时代建筑矗立在一起，绿色的苔藓和蔓藤生长在街角和屋檐，处处带着一种昏暗而腐朽的气息。

一具和人类体型接近的魔物尸体，被倒吊在城门口。尸体已经彻底风化了，显得漆黑而干瘦。

他们一路走进村子，这样吊着的魔物干尸还有数具，给人一种十分不舒服的感觉。

街道上几乎没有行人的影子，偶尔飘过一两张废纸，在空中打了个转，糊到某户人家破了洞的窗户上，被风吹得噼里啪啦地响。放眼望去，紧密的建筑中间，只有几栋屋子亮着一星半点灰暗的灯光。

这里几乎就像是一座废弃的死城，没有一点人类聚集地的模样。

众人的鞋底踩到了地面的积水，溅起的水花声回响在寂静的街道，显得特别清晰。

路边昏暗的巷子内，走出一个衣衫褴褛的男人，他神色呆滞，面容邋遢，浑身污渍，是一个神志不清的流浪汉。他的手中拖着已死去的魔物躯体，边走边念念有词。

"好像是个疯子，要找他打听一下情况吗？"孔浩波的一个队友开口问道。

流浪汉抬头看见了众人，呆滞了片刻，突然发起狂，向着众人冲来："是你们，就是你们这些坏人，把我的儿子还给我！"

孔浩波一剑拍晕了冲到眼前的流浪汉，把他踹到了一边，看着那个滚在泥泞中的男人，孔浩波紧紧地皱起了眉头。

"这里还有不少居民，我们找亮着灯的屋子，问问情况。"刘和正说道。

一个亮着灯光的屋子外，屋主人听说了他们外来者的身份，甚至连窗都不给他们开，隔着窗户说道："神爱的研究所在村子的东面，你们自己去找你们想要的答案吧，不要再来打扰我们，外来者。"

另一栋冒着炊烟的屋子侧边，搭建了一个高高的简易草棚，草棚内一只身形巨大的魔物被铁链锁着脖子，蜷缩起庞大的身躯蹲在角落里。

看见陌生人的靠近，那只魔物举起指爪锋利的手，挡住了自己的面孔，露出惊惶的表情来。

一个中年妇女打开屋门走了出来，她不耐烦地挥了挥手中的扫帚："走开，走开，外乡人。不要来打扰我们的生活。"

随后她端着一盆子食物走出门来，把热气腾腾的盆子放在魔物的面前，盆子中装的是粗糙的豆类食物，并非魔物所需的血肉。但那只魔物端起热乎乎的盆子，大口吞咽了起来。

女人看了进食中的魔物半晌，长长地叹了口气，转身回屋去了。

年轻的创世队员们互相看了一眼，慢慢地后退了几步。

"据我们得到的消息，神爱通过某种方式，创造出了具备魔物的力量，又还保留着人类意识的怪物。"刘和正说道，"神爱企图利用这些半人半魔的怪物的力量，在战场上占据优势地位。上一次，我们看见的囚徒，就是这项研究的产物之一。

"当然，遗留在这个村子内的大部分是没有利用价值的失败品，就像你们眼前看到的这个。他们大多曾经是这个村子的居民。"

蹲在角落中的魔物，抓着盆子中的食物不住地往嘴里塞，同时露出十分类似于人的戒备神色，向着众人看来。

所有人的心中都涌起一股寒意，为人类恶的极限竟然能达到这样令人无法相信的程度感到悲哀。

天色已经十分昏暗，不适合到占据了村子东边大片面积的陌生研究所一探究竟。

楚千寻、叶裴天同孔浩波等人告别，各自在村内找到了无人居住的院落暂时落脚。

"好冷，"楚千寻蹲在院子中的篝火边，搓着手，"是不是已经到冬天了。"

曾经的星球冬季十分短暂，大部分地区的人类很少体验过寒冬，而如今，它似乎借由这场天灾摆脱了人类高度工业化留下的一身积垢，变得寒来暑往，四季分明了起来。

天空中飘落下几点细细的雪花，楚千寻伸手接住了，转过身来给叶裴天看那融化的雪花："已经开始下雪了。"

叶裴天看了她一眼，没有接话，低头往火堆里添着柴。篝火上架着一个瓦罐，瓦罐内咕噜咕噜翻滚着一锅斑鸠汤。

楚千寻就把脸伸到了叶裴天的面前，仔细看他被银色遮目挡住了大半容颜的面孔。

事实上，自打步入了小周村之后，看着那沿途的景象，楚千寻的心中就有些压抑，不免担心曾经身涉其中的叶裴天。

叶裴天打开架在火堆上的瓦罐，汤里除了放了他们在村口的丛林中打到的一整只斑鸠之外，还放了各种从山林中采集到的菌菇和木耳。随着盖子的掀开，一股浓郁的香气就在空气中弥漫开来。

小周村三面环山，人烟稀少，植被繁密，使得山珍野味十分容易到手。一场秋雨过后，山中背阴的地方，拨开草叶就可以看见各种胖乎乎的可食用菌类。不过是简单地搜寻了一番，就得到了不少食材，楚千寻甚至还找到了几朵野生的松茸。

叶裴天伸手盛了一碗热汤，递到楚千寻的手中。

楚千寻接过喝了一口，那滋味鲜美，饱含着身体所需营养的浓汤顺着咽喉一路滑落，令她通体舒畅。

她双手捧着热汤，和叶裴天并肩坐着，看着天空偶尔飘落的零星雪花，一口口地喝着这碗香气浓郁的汤。

叶裴天把自己碗里的松茸挑出来，往楚千寻的碗里放。她就忍不住打量着眼前的这个男人。

他真的很好，长得这么漂亮，厨艺又这么好，还这样体贴温柔。但他最吸引人的还是害羞的时候，总是那样面带春色，耳郭通红，一副想要回避又暗自欢喜的模样，可怜又可爱，令人忍不住更想欺负他。

楚千寻察觉到自己的心意，就算他是人魔还是其他什么人又如何，她真的喜欢他，很想和他在一起。

叶裴天白皙又修长的手指扣着黄沙夯成的土碗，举碗靠近唇，喝了一口，从口中呼出一点白色的雾气。颜色浅淡的薄唇被热气染上了一点樱粉色的光泽，撩人又性感。

他似乎察觉到了楚千寻的注视，银色遮目下的双唇立刻就抿紧了，喉结动了一下，微微挺直了脊背。

楚千寻就放下了碗，身体靠近了，拿起叶裴天的一只手，放在自己的手心轻轻摩挲。

"裴天，"她昂起头，凝望叶裴天的面孔，眼底盛着的全是自己的真心实意，"我很喜欢你，想一直和你在一起，天天都吃你做的饭。"

叶裴天一下转过头来，那银色的遮目定定地对上楚千寻热切的视线，双唇几度开合，最终干涩又艰难地说了三个字："真……的吗？"

楚千寻摩挲着叶裴天的手掌，举到唇边，然后在那冰凉的手背上轻轻吻了一下："当然，我什么时候骗过你。"

随后，她就被一股巨大的力道拉进了怀里，那人的拥抱是那样用力，紧绷着的肌肉却似乎还在极力克制着什么。

"原来这一切都是真的,是真实的。"

那双宽大的手掌捧起楚千寻的脸,那个人凝望了许久,方才小心翼翼地落下了一个吻。他吻得那么生涩又那么炙热。

他孤独了太久,骤然遇见爱,只想紧紧拥抱,拼命地吸取那份自己渴望已久的温暖。

楚千寻伸出双手绕着他的脖子,手指穿过他柔软的发丝,安抚着他激动的情绪。

她回应着这个男人的热情,一点一点地把他吻到面红耳赤,把他禁锢在身后的树干上,不让他退缩,让他不得不整个人沉入甜蜜的深渊。

洁白的雪花从寂静的夜空飘落,落到了魔物横行的尘世间,落到了树下拥吻着的那对情侣的肩头。

第十八章

一座坍塌了大半的教堂伫立在小周村的东面。

教堂的内部，角落里的地砖已经被强韧的野草掀起，长满了高高的荒草。座椅的碎片凌乱地散落在野草丛中，石雕神像被推倒在地上，后背的翅膀断了，脸上被摔得出现了数道裂痕，精心雕刻的身躯被人用刀斧劈开，用红色的涂料狠狠地在上面画了数个血红的大叉。

一位衣着朴素、戴着头巾的女子跪倒在草丛中，低垂着头颅祈祷。

"神啊，如果你真的存在，请拯救那些受苦的人，我愿意用生命来赎我曾经犯下的罪。"

她低声呢喃，阳光从破损的屋顶投射下来，照在了她低垂的头上。

荒芜的小教堂内寂静无声，没有人能够回应她的祈祷，一只小鸟停在了神像掉下的羽翼上，歪着头看了一会这个世界，清鸣一声，展翅飞入蓝天。

孔浩波一行人来到了东区研究所的院门前。

相比起偶尔出现行人的村子，到了这里，才真正是人迹罕至。野草高高没过膝盖，被砸过的铁门严重变形，歪歪斜斜地敞开着，被风摇动，偶尔发出难听的吱呀声响。

"老孔不喊千寻妹子一起来吗？他们好像也想来这里看看。"

"我总觉得这地方透着股诡异，还是我们自己先来探一下情况再说。"

"也是，他们等阶不高，要是出点啥事，还得分出精力护着他们。"

年轻的队员们交换着意见，小心谨慎地迈入杂草丛生的庭院中。

院子的围墙上爬满了绿色植物，庭院里的杂草有半人高，两栋高大的现代化建筑呈 L 形矗立在一起，似乎都遭到了严重的破坏，玻璃损毁，墙面开裂，墙壁上沾染着大面积的褐色污渍。

院子的某个角落传来一点嘎吱嘎吱的声响，队员们循声看去，看见了角落里的一口水井，水井边上一位衣着朴素、包着头巾的女性正在摇着辘轳打水。

那位女子听见响动，转过身来看了他们一眼，伸手擦了一把头上的汗水。她的神态平静，丝毫不见任何意外，显然对这些突然出现的外来者已经习以为常。

"你是居住在这里的人吗？"刘和正上前问话。

"是的，这里只剩下我一个了。我负责照顾那些没有离开的'病患'。"女人把水桶中的水倒入自己带来的大桶，扑通一声将拴着麻绳的水桶再度丢进水井中，"我知道你们想要什么，这里没有你们想要的东西。"

"我想你误会了，我们没有恶意，"刘和正露出属于长辈的宽厚笑容，"只是听说了这里的事，想要进去看看情况。"

女人低垂下视线，伸手继续打水："你们可以自己进去看看情形，但请不要伤害他们，他们只是受害者，没有做过任何坏事。"

孔浩波等人从建筑的大门外走进去,这里的建筑相比村内的民房,显得高大又气派,是后工业化时期那种流畅简约的风格,但在这种空无一人、残破不堪的氛围下,反而显得更加瘆人。

大门外的墙壁上留下了几个黑褐色的手印,墙角和地面凝结着厚厚的看不出成分的污秽。

他们顺着长长的走廊往内走,穿过了作为门面的大厅,内部的光线变得十分昏暗,所有的窗户都被制作得很小,并且加固了防盗栏杆。

走道两侧显然是各种各样的实验室,有的屋子内零散地摆放着各种奇怪的实验用器具。

显然,在这个地方进行的实验,不是什么令人愉快的实验。

他们继续向里面走去。

"这,这都是什么地方。"一路行走过来,即便是身经百战的战士,心中也难免发毛。

"神爱竟然是这么变态的组织,竟然还有资格和咱们创世争锋。"

一行人小心翼翼地顺着楼梯向上走。

楼梯口接连有两道厚实的防御门,此刻都被从内向外破开,坚固的魔躯制作的大门变了形状,耷拉在两边,显然有什么东西曾经从内部拼命冲破门板跑了出去。

穿过这两扇门,长长的走道两侧是一间间昏暗的牢房,这些牢房内拴着铁链镣铐,摆着污秽破旧的床榻。

一个创世队员的脚下不慎踢到一个空铁罐,铁罐骨碌碌地滚开了,在寂静的长长的走道内发出一连串的回响声。

孔浩波突然伸手,手指向前一弹,从他指端射出一道火焰,一路燃烧着冲进了角落里一间阴暗的牢房。火光在地面一路亮起,照亮了牢房里的每一个角落,斑驳的墙壁、镣铐、恭桶、破旧的架子床和空无一物的床底。

"怎么了？"刘和正转过身问道。

"奇怪，"孔浩波皱起眉头，"我总觉得有一双眼睛在看着我们。"

刘和正看了一眼那间牢房，牢房很小，长长的一道火焰在地面上燃烧着，让人一眼可以看清每一个角落。

"没有东西，你是不是太紧张了？"刘和正拍了拍孔浩波的肩膀。

孔浩波看着慢慢熄灭的火焰，不得不点了点头，继续向前走去。

他们穿过这片牢房区域，通过连接两栋大楼的空中走道，来到另一栋楼房。这里本来应该是给员工居住的宿舍楼，环境看起来比起刚刚的实验大楼好很多，一间间房间的光线明亮，布置有舒适的床榻、沙发等生活类的家具。

从不少房间内传来奇怪的声响。

孔浩波小心翼翼地推开一扇屋门，屋内的情形却让他身后的年轻战士都忍不住退后了一步。

屋子正中坐着一个中年男人，从他残破的肌肤和稀少的头发，可以看出这是一个真正的人类。他痛苦地坐在一把椅子上，双手捂着面孔，后背的衣物裂开，从裂口鼓出魔躯。

他既不像人类，也没有完全魔化。

"丹琴小姐，是你吗？"男人听见动静，没有回头，"我已经说了，不必浪费食物，像我这样的怪物，就该饿死了才好。"

他说完这话，放下手掌，侧过脸才看见门口的孔浩波等人："原来又是你们这些外乡人，走吧，这里没有你们想要的东西。"

"你……是谁？"孔浩波疑惑地开口。

"我？我原本是小周村的居民，现在不过是一个不人不鬼的怪物而已。"

"这里到底发生了什么？"

"发生了什么？"男人放下捂住脸的手，睁大了眼睛，缩着脖子，用一种十分奇怪的语气小声说道，"曾经这里人人都信仰圣灵，以把家人献入神殿侍奉圣灵为荣。结果怎么样？那些人打着圣灵的旗号，做着的却是魔鬼的勾当。疯了，这个世界早就已经疯狂了。"

孔浩波从屋内退出来，起了一身的鸡皮疙瘩。

一路往前走，他们看见的全是这样的怪物。

这些人有些已经神志不清，只是说着一些混乱的话，也有些人在询问下痛苦地说出自己的身世。

"我们是失败品，所以才被丢弃在了这里。"

"没有地方可去了，有人逃出这里，却被村民当作怪物打死了，那些尸体现在还被吊在了城门口。"

"即便是妈妈，也不愿意把已经变成怪物的我接回村里去。呜呜呜。"

"多亏了丹琴小姐，只有她在一直照顾着我们。"

"我不是怪物，而是人，我是人。"

"离开这里，不要再打扰我们，这里没有你们想要的东西。"

哀戚的、痛苦的、憎恨的话语，杂乱无序地不停传来。

在恐怖的魔物面前都不曾畏惧过的年轻战士们停下了脚步。

"别进去了……我们回去吧。"

"太过分了，原来神爱里那些强大的半魔化战士，是用这样龌龊恶心的手段强行打造的。"

"我们还需要继续深入。"刘和正取出了随身携带的笔记本，翻到一页手绘的建筑图，"必须按照会长的指示探索到这里的最深处。"

在这栋建筑某间昏暗的地下室内，又一个"鸟人"收着羽翅伫立在地上。

"有一个人很敏锐，差一点就发现了我的窥视。"她开口说道。

在她的身边有着一张连接着各种仪器的病床，床榻上躺着一个瘦骨嶙峋、头发雪白的男人，那个人紧闭着双眼，脸上戴着氧气罩，身上连接着各种维持生命的管子。他没有开口，却有一道奇特而低沉的声音从他的身体中传出。

"八阶的火系圣徒,这么厉害的高手都派来了,看来创世是不肯放过这个秘密了。"

"让我去把他们赶走。"少女说道。

"不,我亲自去,让我想想,是要杀掉呢,还是把他留下来,变成我们的伙伴。好的,这一次就让他们也体会一下你我的痛苦。"

输液的管子内注入了一些红色的液体,一直流到那枯瘦的手臂中。那像老人一般沟壑纵横的肌肤开始逐渐饱满了起来,就连那一头干枯的白发都带上了银色的光泽。那个男人慢慢从病床上坐起,拿下了脸上的氧气罩,露出了一张年轻俊美、熠熠生辉的面容。那张面孔转向了女孩,微微笑了起来。

"走吧,一起去见一见这些新朋友。"

研究所的大门外,叶裴天和楚千寻站在荒草丛中。

"确定要进去吗,裴天?"楚千寻说。

叶裴天抬着头看着挂在大门上的金色翅膀标志:"曾经,我只想用杀戮解决一切仇恨,杀死所有令我憎恨的人。"他转过脸看了一眼楚千寻,"但现在,我更想将这一切罪恶的根源切断。"他牵起了楚千寻的手,"千寻,我摧毁神爱在鹅城基地的时候,得知了一个消息。神爱改造人类技术的关键之一,就隐藏在小周村。我想找到它,并且销毁它。"

二人走进了研究所的大门,在昏暗的走廊中,经过了那些斑驳的实验室,穿过那一间间沉默的手术室。

楚千寻握紧了叶裴天的手,无论怎样听说过叶裴天的遭遇,都比不上亲自来到这样的地方看到这样的场景令人心惊。

然而,叶裴天走在她的身前,他的步伐很稳,手也很稳,没有一丝畏惧。

楚千寻这才发现,这个男人比自己想象中坚强得多。尽管遭遇了那样的磨难,他依旧能够拥有一颗坚定而温暖的心,能够向他人伸出手，露出自己的笑容，能够像这样牵着自己的手，走在她的面前。

　　楚千寻不由得加快了脚步，跟上了他的步伐。

　　走到那两扇被冲毁的铁门前，叶裴天的脚步略微停顿了一瞬，但随后，他牵紧楚千寻的手，慢慢走进那条昏暗又极其狭长的走道。
　　身侧一间间牢房的栏杆随着他们的前进而后退。
　　"在鹅城，夜晚的时候，我也是待在这样的地方。"叶裴天的声音在空荡荡的长廊中响起，"那里关着很多有趣的人。有一个植物系的男人，在守卫不在的时候，他会从栏杆的间隙中伸出细细的蔓藤，然后开出几朵漂亮的花，逗我对面的一个小女孩伸手来摘。
　　"有几次，他也把花送到了我的门外，但我那时候脾气很不好，没有搭理他。"
　　他尽量说一些听起来还算有趣的事情，仿佛想告诉楚千寻，自己的人生也不是只有一塌糊涂的过往。
　　"还有一个少年，他的眼睛看不见，但他的异能很特别，可以感知到一定范围内所有人的动态。如果守卫靠近了，他就会提早告诉我们。神爱似乎利用他的异能，打造了如今的囚徒。
　　"后来，我听说他们逃了出去，也不知道现在是否还活在这个世界上。"
　　叶裴天很少说这么多话，一路走，楚千寻就一路听。
　　他们不知不觉走到了走廊的尽头，那里两间相邻牢房的床榻隔着一堵薄薄的墙，靠在了一起。
　　叶裴天侧过了脸，视线落在那两张隔着墙靠在一起的床，这个地方真的让他既熟悉又恐惧。
　　在他几乎要陷入疯狂的那些夜里，床边湿冷的墙壁那边经常出现一个男人的声音。事实上，他大部分时间并没有听清楚那个人在说些什么。

有时候那个人说的是一些黄金年代的过往,有时候是在说他们总有能够逃出去的一天,说逃出去以后要怎样报仇,怎样过上更好的生活。

当叶裴天痛苦地靠着墙壁蜷缩在无边的黑暗里,那个人会敲一敲墙壁,靠着墙,轻声安慰他几句,和他发誓——大家总能有逃出去的一天。

"等我们逃出去了,我要好好吃上一顿,抓一只山鸡,烤得香香的,最好再去哪里搞点小酒,那才像是活着。"

他的声音时常传递过来。

叶裴天到现在也不知道那个男人长什么样子,只知道他的名字叫作阿晓。

因为没过多久,隔壁就安静了下来,听说那个阿晓被送到了其他的研究基地。

叶裴天和楚千寻终于穿过了那道过于黑暗的走廊,推开出口的大门。

门外阳光灿然,蓝天白云。冬日的暖阳洒到了叶裴天的脸上,他伸出手指挡了一下那过于明媚的阳光。透过银色的遮目,他看见的世界不再昏暗无光,而是绿树成荫,芳草连天,天空中高高盘旋着一只自由飞翔的雄鹰。

叶裴天的心口长年累月压着一块沉重而巨大的顽石,那晦涩的石块沉甸甸地堵在胸口,压得他几乎喘不过气来。

本来他以为自己一辈子都会沉默地忍着,不可能把这些东西翻出来,说给别人听。

但是,当他试着敲碎这块石头,把那些沾了血的碎块倒出来,他才发现这似乎也没有那么难,第一句话说出口,后面自然而然地就说了下去。

当那些东西一点点地从心底掏出,那种长期堵在胸口的压抑感也就随之开始慢慢消散。

221

叶裴天转过脸,他身边有一个人,在阳光下看着他。

"对不起。"他突然觉得有些抱歉,"让你听到的都是一些不好的事。"

"我愿意听你的故事,我只是有点遗憾,没能早点出现在你的生活里。"楚千寻抬手轻轻摸了摸他那线条坚毅的脸颊,"但你的将来,我们可以一起走。"

身后那扇沉重的大门,吱呀一声在这句话中关上了,把那黑暗的长廊永远关在了俩人的身后。

一个包着头巾的女子推着一餐车的食物,正在给那些行动不便的半魔化者分发食物。她正是早些时候在水井边劝孔浩波等人不要入内的那个女人。

"丹琴小姐,谢谢你,你真是个温柔的好人。"后背长出了魔躯的男人坐在椅子上说。

"别这么说,这些都是我应该做的。"丹琴低着头,接过男人手中空了的碗,用一块干净的湿毛巾替他清洁面部和脖子上沾得到处都是的食物。

"这个世界上要是多一些你这样善良的人,我们也不至于变成如今这副模样。今天又来了一些外来者,我劝过他们,可是他们依旧坚持往里面走去了。"

"是吗?"丹琴叹了口气,她收起毛巾,推着餐车,向下一个门口走去,"我们拦不住一心寻死的人,只能希望他们不要找到那两位。"

她打了一碗面糊糊,摆在了隔壁那个女人面前,又向下一个房间走去。有的人对她感激地道谢,有些人已经神志不清,只会发出愤怒的嘶吼。她似乎很习惯,麻利而温柔地照顾着所有的人。

当推着餐车从一间屋子出来的时候,她看见了出现在楼梯口的楚千寻和叶裴天。

"怎么又有人来了。"丹琴停下脚步,无奈地看了他们一眼,"回去吧,外来者,这里没有你们想要的东西。"

楚千寻几乎被眼前的情形震惊了。她甚至不知道该如何称呼这些生物。

"这……这些是?"楚千寻有些不敢相信自己的眼睛。

"神爱企图打造出拥有魔物一般强大的战斗能力,又像人类一样可以交流、控制的战斗机器。被遗弃在这里的,只是他们眼中的……"叶裴天看了一眼那个孩子,终于没有把"失败品"三个字说出来。

推着餐车的丹琴从他们身边走过,把那个孩子抱了起来,放在一张椅子上,端着碗,用勺子舀着面糊一口口喂进了他的口中。

"他们和我们一样,都是人类。"丹琴说道,"他们已经回不去人类的社会,只能留在这里生活而已。我希望你们离开,别再打扰他们的安宁。"

小男孩把手中的一朵花递给丹琴看:"丹琴姐姐,我刚刚去找花花姐姐玩了,她给了我这个。"

楚千寻看着眼前的这一幕,心中感慨不已:"你是谁?你为什么在这里?"

丹琴低下眉眼:"我曾经是这里的护士,其他人都离开了,我只是想留下来照顾一下他们的生活。"

叶裴天突然开口:"我想找这里的一个人,他的名字有一个'晓'字。大家叫他阿晓。"

丹琴持着勺子的手顿住了,面上明显地流露过一丝慌乱。

"你知道他在哪里。"叶裴天用的是肯定句。

"不,他死了。"丹琴低下了头,"这里已经没有阿晓这个人了。"

……

在地底的空间内,创世小队的队员们行走在空间开阔、结构复杂的地下室。

"原来这里还有这么大的空间啊。"

"刘队，你是怎么知道的？"

"小心戒备，别乱说话。"走在队伍前列的刘和正罕见地脸上带着一丝紧张。

"不用那么紧张吧，刘队。这个研究所就是一片废墟而已，我们搜了一天，一个强大的魔物都没有遇到。"

"以咱们队这样的配置，八阶的老孔，七阶的小凤。啧啧，放在哪里都是牛哄哄的强队。不管出现的是人还是魔，都没啥好怕。我只是想不明白，会长为什么会打发我们来做这么点小事。"

一行人正说着，前方的阴影中突然出现了一个小女孩苍白的脸。

是那背生双翅的少女。

刘和正抬起一只手臂，做出了戒备的手势。小队成员在那一瞬间配合默契地迅速摆开队形，手持盾牌的防御性战士集结站在了前方。

小女孩缓缓展开黑色的翅膀，黑色的羽毛渐渐虚化至她那张单纯无辜的面孔之下，一切事物似乎都不见了，只留下无尽黑暗。

孔浩波的火焰之箭破空射去，却仿佛被黑暗吞噬了一般，无声无息地消失了，层层叠叠的黑色帷幕，像海面上那温柔的波涛一般，涌动着从四面八方靠过来。

等孔浩波反应过来的时候，他已经不在那间昏暗的地下室。周围只有无边无际的黑暗，大地干燥得开裂，寸草不生，几块孤零零的红色怪石，突兀地耸立在广袤无垠的土地上。远处的夜空中，高高悬挂着一只巨大的红色眼睛。

身边的同伴都不知道去了哪里，只剩下他一人。

这可能是精神系的攻击。孔浩波这样想。

但除非对方等阶远远高于自己，或者自己精神出现了破绽，否则，他不应该毫无征兆地进入这样一个感觉异常真实、无从破解的异世界中。

"不是精神系攻击哦,这是叠加在精神力之上的空间异能,是属于小妍的世界。"一个声音从孔浩波的身后传来。

孔浩波猛地转过身,在他身后不远处一块高耸的岩石上坐着一个年轻而漂亮的男人。他的五官十分俊美,肌肤莹润白皙,一头白金色的头发在黑暗中熠熠生辉。

他弯起一条腿,一只手托着腮,笑盈盈地从高处看着孔浩波:"小妍的异能和等阶无关,只有在精神上真正强大的人,才有可能破开这个空间。像你这样在温室里被保护着长大的花朵,没有我的引路,大概只能永远地留在这里。"

"你是什么人?"孔浩波抽出随身携带的佩剑,绷紧身体戒备。

"哎呀,你特意来找我,竟然连我是什么人都不知道?你们的会长顾正青没有告诉你吗?"那个男人挑了挑眉,带着点宽容的笑,他翻看着手中的一本记录本,"你看,记录得这么详细,连怎么找到这间地下室都写得一清二楚呢。"

孔浩波认出了那是他们队长刘和正一直随身携带的笔记本:"你到底是什么人?我的同伴在哪里?你把他们怎么样了?"

"你知不知道,亵渎者的巢穴中,常常会出现一个王一般的存在。它可以诱导被圈养在其中的人类魔化,让人类成为和他们相同的亵渎者。"男人答非所问,他随手撕碎了笔记本,把纸页的碎片撒在空中,"后来有一天,神爱发现了人类中竟然也有类似的异能者存在。那个人就是我。他们囚禁了我,利用我,把一个个人类的身体魔化,制造出强大的用于战斗的兵器。"

所以,神爱因为曾经囚禁了这个男人,所以能够炼制出半魔化的士兵?孔浩波心中大吃一惊。

"既然你们这么想得到这份异能,我就让你们如愿以偿。"男人哈哈一笑,转动了一下他那白皙修长的手指,那白皙的手腕处裂开了一道伤口,黑色的液体从中流了出来,漫过苍白的肌肤,染黑了整个手掌,那黑色的液体不断滴落在地面。

大地震动开裂，呼应着涌出大量半凝胶状的黑色液体。那些液体像触手一样不断涌出地面，举起一个被束住手脚的人类，将他举到半空中——正是孔浩波小队的队长刘和正。

此刻的刘和正神情呆滞，双目圆睁地望着天空，张着嘴，发出意义不明的咯咯声，那是已经开始魔化的象征。

"住手！你对他做了什么！"孔浩波目眦欲裂，长剑燃起冲天火焰，巨大的火焰剑光劈向对面的敌人。

"那么生气干什么？"那个男人从岩石上跃起，避开了攻击，"他不就是想找到这份异能吗？我就让他好好品尝一下被强制魔化的滋味啊。"他的脸冷了下来，"这不过是这里的所有人都体验过的痛苦。"

孔浩波迅速冲上前，挥剑劈断那些凝胶状的触手，接住了从空中跌落的刘和正。

"杀……杀了我，老孔，我……忍受不了，痛苦……快，杀了我。"刘和正神情扭曲，额头青筋暴突，身体骨骼咯吱咯吱地变化。

"刘叔，你撑着点，刘叔！"孔浩波拼命喊他。

但很快，孔浩波手中的同伴不再挣扎，瘫软下去。

"这么快就死了，真是没用。看来，没有圣血的配合治疗，大部分的人还是撑不过这一关啊。"男人蹲在另外一块石头上，带着点遗憾地看着死去的人。

孔浩波抬起赤红的双目，狠狠地看向他。

……

楚千寻听见地底传来一声巨大的轰鸣，一根根冲天的火柱穿透地面，连接着天际，漫天燃烧起来。

"是孔浩波的异能！"她看向窗外。

就在离此栋大楼不远的位置，大地被火焰冲开，露出了地底别有洞天的地下室。在那里面有赤红的烈焰喷薄而出，显然在发生着激烈的战斗。

大楼受到了战斗的波及,玻璃碎了一地,墙体开裂,屋顶崩塌,地面随之剧烈震动、摇晃。

居住在这栋大楼里行动不便的半魔化者,一时间有数个被压倒在了坍塌的墙壁或是倒下来的家具之下。

头上长着银色长角的男孩从椅子上跳下来,用他的角去撬一面倒塌的墙壁,想要将压在底下的一个女孩拖出来。

丹琴不顾楼道的震动,奔上前去帮忙。她并不是异能者,只能用瘦弱的肩膀撑起一点那沉重的墙壁。

"快,把花花拉出来。"她只能寄希望于那个年幼的孩子。

即便是村子里这些孩子的亲人,都不愿意接近他们,丹琴心中不指望那两个带着野心前来的外来者会来帮忙。

但有一只手臂很快撑住了她肩上的墙壁,缓缓将那堵沉重的墙体撑起。

"我撑着,你把人拖出来。"

楚千寻用上了"人"这个称呼。如果这些外观发生了一些变化的人类就不能称之为人,那他们这些体内寄居着魔种的圣徒也一样不能称之为人。

叶裴天双手按着地面,很快整栋楼的摇动停止并稳固下来。

"我出去看一眼,千寻,你留下来帮忙。"

楚千寻点了点头,叶裴天的身影迅速消失在了窗口。

帮忙将那些行动不便,身躯却异常庞大的人移动到了院子里安全的地方,即便是楚千寻,也累得喘气。

丹琴看着那火光冲天之处,深深地拧紧秀眉,合起双手在草地上祈祷:"万能的神,请原谅他们,给他们以慈悲的救赎。他们只是无法忘记心中的仇恨,以至于找不到归途。"

"我说你这么相信神,你们所崇拜的那些圣灵,你真的有见过他出现或者展示过神迹吗?"楚千寻坐在地上问,"你看我们累得半死,也没见他帮个忙。"

"神虽然不轻易降临人间,但我知道他必定是存在的。他存在于我的心中和天地中。"丹琴看着楚千寻,她心中很感激这个帮了他们的女孩,说的话也就多了些,"有了神的存在,我才有祈祷的方向,才知道怎么赎自己所犯下的罪。"

"你要赎什么罪?那个阿晓到底是谁?"

丹琴低垂下眼睑:"阿晓,他已经彻底变了,不再是曾经的那个阿晓。"

……

在那道裂开的地缝中,凝胶状的黑色触手紧紧捆住了伤痕累累的孔浩波。

"干得不错,在最后竟然能破开小妍的屏障,"那个男人依旧坐在废墟中的一块石头上,似乎有些意兴阑珊,"不过已经晚了,你的同伴都落入我的手中。你一个人又还能怎么样呢?"

孔浩波咬紧牙关,拼命挣扎。

小妍出现在男人的身后,用翅膀扶住了他的后背。

"不用担心,小妍,我的身体还可以再撑一会。"男人拍了拍少女的翅膀,低声说了一句。

但他很快抬起头来,看见了出现在不远处的叶裴天。

"林非,快逃。你不是这个人的对手。"孔浩波口中吐出鲜血,勉强挣扎着喊了一声,他的喉咙迅速被黑色的触手死死地掐住,陷入了昏迷之中。

坐在石头上的男人站起身来,看了叶裴天许久,露出了惊喜的笑容。

"是裴天,我一直在等你。裴天。"他神情兴奋,胸膛微微起伏,"有了你的加入,我们终于可以向那些仇人复仇,可以让这世间所有的人,都尝一尝我们所受的痛苦。"

叶裴天同样看着他,缓缓喊出他的名字:"阿晓。"

"是的，是我，"阿晓向前走了两步，向叶裴天伸出手，"裴天，有了你的圣血，我们可以合力制造出大量的半魔化之人，然后一起向整个世界讨回公道。"

叶裴天紧皱着双眉："你这样做，和他们那些人又有什么不同？"

"裴天，你在说什么？你是不是忘了我们曾经受过的屈辱，我们发誓要报的仇？"阿晓脖子上的青筋跳了跳，抬起手看着自己苍白的手指。

叶裴天看着眼前的朋友，在那双疯狂的眼睛中看见了曾经的自己，他缓缓开口："神爱，我会亲手覆灭。但我不可能和他们一样，用我曾经痛恨的方式去伤害其他无辜的人。"

阿晓笑了起来，他的笑容看起来甚至有些温柔，好像不过是在和朋友倾诉着心中的理想："你错了，我们应该让这个世界上的每一个人，都尝到那种被折磨的滋味。凭什么他们就能活得那样幸福，而我们就这样被天地所不容？让所有人一起沉沦地狱，我们才能不这么痛苦，对不对，裴天？"

叶裴天低头看着自己的手，那只手上曾经也染满鲜血："阿晓，我也曾经和你一样，疯狂地痛恨这个世界，想杀死所有的人。但我最终发现，杀戮并不能真正平息我心中的恨，杀死的敌人越多，心中的那份空洞反而越大。

"在杀戮中，唯一得到的只有更多的痛苦和麻木，永远也无法让自己从痛苦中解脱。"

阿晓那张兴奋的面孔慢慢冷却下来："你变了。我一直以为你会是最理解我的伙伴。"

叶裴天抿住了嘴，他知道，他们已经说服不了彼此。

他不由得回想起当年被囚禁在鹅城的夜晚，这个朋友隔着墙壁时常安慰他，和他开着玩笑，告诉他获得自由之后，要过怎样的生活。

但经历了这么多年非人的折磨，当年那位心存善念的少年或许已经不复存在。

"阿晓,我们遭遇了多年的痛苦,方才得到自由,如果你把曾经的仇恨施加给全世界的人,那么你会发现,自己永远也得不到快乐和自由,你将永远亲手把自己锁在那黑暗的地狱中不得解脱。"

"啊?"阿晓抬起眉头,用手指点着自己的胸口,"你说什么?快乐?解脱?我们这种人还配有快乐吗?我甚至感觉不到自己还活着,对我来说,只有敌人的血,才能让我有一点活着的感觉。

"你变了,裴天。你已经不是从前的你,我对你很失望。"他沉下脸来,眼睛露出阴森森的目光,"到底是为什么你会说得出这样的话?"

第十九章

阿晓的脸色沉下来的时候，叶裴天的腿就已经开始跑动了，他并不是向前直冲，而是向着一侧疾冲。

几乎与此同时，在他刚刚立足的地面，大地一路笔直地裂开，从中钻出无数半凝胶状的黑色触手。

一瞬之间，就可以看出交手的这两个人都是身经百战之人。他们对敌时的神经感知能力和肌肉记忆能力几乎已经到了不用思考就可以做出反应的程度。

叶裴天抽出一柄莹蓝色的长刀，四五道蓝色的风刃，携带着尖锐的声响，飞向那些从四面八方围绕过来的黑色触手，而他的身躯高高跃起，从那漫天黑影里的小小间隙中一跃而出，锋利的刀尖已经直冲向阿晓的咽喉。

这是楚千寻常用的刀法，天天看着她和魔物厮杀，叶裴天也下意识地使了出来。他在用出这一刀的时候，心底甚至产生了一点甜蜜。

乌羽似的黑色帷幕在空中抖动，仿佛拥抱一般从两侧拥上前，将阿晓的身形隐藏其中。

叶裴天的蓝刀几乎在同时抵达，阿晓那略带着诧异神情的面孔，在蓝光中晃了晃，化为泡影，消散不见。

叶裴天发现自己来到了一个特殊的空间。

四周的景物像是印在帷幕上的画卷一样，随着黑色的帷幕缓缓拉开，平整，世界里的一切稳定而真实了起来。无边的黑色土地上怪石嶙峋，没有一根草木，也没有其他任何生命，整个世界看不到一点生机。天空黑沉沉的，寂静一片，只在远处的天幕上悬挂着一只诡异、巨大的暗红色眼睛。

"在这个世界里，你是赢不了我的。"

阿晓的身影出现在不远处，他伸出双臂，双手手腕处各裂开了一道黑色的伤口，从伤口里流下黑色的血液。那黑血流淌在大地上，无数黑色的触手从地底钻出，如同纠缠舞动的黑蛇般铺天盖地地冲向他。

叶裴天哼了一声，单掌向前凌空一抓，成百上千的巨大土刺掀开地面，绞杀黑蛇，一时间漫天飞沙走石，龙蛇乱舞。昏暗的半空中，黑色的石块凝结成巨大的手掌，自上而下抓向阿晓。

阿晓的身影虚化，消失在了原地，又凭空出现在另外一个地方。

"在小妍的领域中，我可以来去自如，而你永远只能被禁锢在这黑暗的世界。"阿晓的身影不断地消失，又不停地出现在不同的地方。四处的光线消失，越来越暗，除了天空中那一只暗红色的眼睛，叶裴天再也看不见任何事物。

叶裴天站在那里，他的脸上看不出任何表情，但他的动作缓缓地变得迟钝了起来。

"你还是和从前那样怕黑对不对？"

熟悉的声音从黑暗里传来，那个声音曾经在叶裴天人生最为痛苦的时候安慰过他，努力想要将他拉出黑暗，但如今想要将他重新拖回黑色的地狱。

叶裴天沉默着，蓝色的刀光围在他的四周，间或闪烁的莹莹刀光，映出了敌人那张不断出现在附近不同位置的面庞。

太黑了。

黑暗对叶裴天来说是致命的，他感到身体里的血液已经开始凝固，异能不听使唤，就连呼吸也变得逐渐艰难。

不能倒在这里，千寻还在外面等我。叶裴天的左手握住了自己的刀，蓝色的刀一划，带出了一抹殷红。

疼痛使他暂时清醒，染血的刀锋一刀划过黑暗，传来阿晓的一声闷哼。

阿晓疾退数步，伸手捂住额头，黑色的血液顺着指缝流出，染黑了半张面孔。

他的面孔狰狞了起来："该死，我要和他们一样，砍断你的手脚，把你留在我身边。"

浓黑的天空突然像被人从外面划开了一道口子，天光在那一瞬间洒了进来，几片黑色的羽毛在那道笔直的光线中旋转着飘落。

天空中那血红的瞳孔转动了一下，阿晓停下了动作，举头望着天幕中那道正在迅速合拢的裂口："有一个人在外面，企图救你出去，是一个女人。"

"真是有趣，区区五阶竟然也能够破开小妍的屏障。"他蹲在一块岩石的顶部，歪着半边漆黑的脸笑起来，"我去把她抓进来，这样也许你就会乖乖听我的话了？"

这句话的话音还没落，他脚下的岩石一瞬间就崩裂了，黑色的大地开始迸裂崩塌，整个世界被一股暴戾的巨大力量撼动，开始摇摇欲坠。

"你敢碰她试试？"一个低沉的嗓音从那些不断升上空中的碎石块中传来。

飞沙走石间，阿晓看见了那位传说中的黄沙帝王向着自己走来。

他抬手之间颠覆了整个世界的天地，冷森森的目光落在自己身上，就像在看一只将死的蝼蚁。

……

在这个领域外面的世界，楚千寻面对着眼前的小妍。

小女孩稚嫩的面孔悬挂在半空中，在那张单纯的面孔下，只有一片无从攻击的虚空。

"没有用的，姐姐，还是早一点离开吧。"

她居高临下地看着楚千寻，一只眼睛血红，一只眼睛清澈，面目平静，既没有恨意，也没有欢喜。

跟过来的丹琴抬头看着她："小妍，停手吧，你和阿晓都停手吧，回到大家中间来。我们躲开那些人，再找一个安静的地方生活，别再杀人了，好不好？"

小女孩看着丹琴，毫无表情的面孔终于有了一丝波动："丹琴姐，你太单纯了，他们是永远不可能放过阿晓哥哥的。我只有帮着哥哥杀了这些人，才能保护哥哥。"

丹琴拽住自己的衣领，露出了悲伤的表情。

她从最早的时候，就被安排在这间研究所内当"护士"，她曾经亲手照顾过刚刚来到基地的小妍，深知眼前的这个女孩本来是一位多么天真而单纯的少女。但如今那张小小的面孔呆滞地高悬空中，这个女孩可以毫无波澜地处死一条又一条来犯者的生命。

楚千寻对着那片混沌的黑暗出了数十刀，但是刀锋透过虚无毫不着力，伤不到敌人分毫。

她喘着粗气，闭上了眼睛。

冷静一点，楚千寻，这样的领域，你曾经见过，知道怎么破解。

要破开它，依靠的不是蛮力和异能，而是……

她骤然睁开双眼，眼中闪着精光，伸手出刀，无声无息的一刀。

小妍的面孔露出了诧异之色，她低着头看见自己虚无的身躯上竟然开了一道小小的口子，里面流光溢彩。

"这……你明明只有五阶。"她诧异地开口，"为什么能使出这样强大的精神力？"

楚千寻冷静地看着她，缓缓地使出一刀又一刀。

对于构建在精神力基础上的异界领域，只有持刀者拥有更加强大的精神力才能够将它劈开。

她虽然等阶只有五阶，但经历了那冗长的一梦，仿佛多了一世的人生阅历。她对精神力的操控，并不输给身经百战的强者。

小妍的身体开始移动，想要避开楚千寻的攻击。但她突然停了下来，诧异地睁大了眼睛。她那红色的眼睛流下一道血泪，身体从内部出现一道又一道流转着华彩的口子。整个身躯开始不受控制地摇晃崩裂，无数的黑色羽毛纷纷从空中飘落。

小妍滚落在地上。

两个男人从收起的空中跌跌撞撞地出现。

小妍挣扎着爬起来，展开翅膀护住了银发男子，凭空消失在了原地。

叶裴天一把扶住了楚千寻的肩膀，上下打量确定她安然无恙后，松了口气，把她拉进怀中，枕着她的肩膀，收紧双臂，紧紧地拥抱住了她。

……

孔浩波醒来的时候，发现自己已经回到了小周村的住处。

他伤得很重，浑身虚脱无力。一个熟悉的戴着银色遮目的人，坐在床沿，扶他起来，给他灌了一碗热气腾腾的米汤，终于让他缓过来一口气。

"林非，我……其他人呢？"他心中已经预感到了结局，只是依旧不死心地抱着一线希望。

坐在他身边的男人看了他半晌，低声说了两个字："抱歉。"

孔浩波痛苦地闭上了眼，别过脸去。他的那些朋友和长辈，昨天还热热闹闹地聚在这间屋子里，一夕之间已全部死于非命。

他的心中充斥着悲痛和众多难解的疑惑，他掀开被子勉强站起身,决定回创世的总部。

"谢谢你们,我欠你们一条命,总有一天,我会还给你。"

在一间隐蔽而昏暗的屋子中。

阿晓松开小妍搀扶自己的翅膀,一边走,一边弯下了腰。还没走到床边,他似乎已经完全支撑不住了一般,伸手抓住床单,才没让自己整个人倒下去。

"哈哈哈。"他趴在床沿笑了起来,努力撑起上半身,"原来他得到了一个爱他的人。自以为得到了那种所谓的幸福,所以他才背叛了我们。"

小妍站在他的身后,看着趴在床边痛苦狂笑的男人,露出了悲伤的神情。

阿晓想站起身,但膝盖一软,再度倒下去。他手臂、脸庞上光洁的肌肤开始萎缩,逐渐变得和干树皮一样皱巴巴,连那头银色头发都变得灰暗、干枯。他在瞬间苍老了几十岁,变成一副垂垂老矣的模样。

小妍急忙扶他躺上了床,给他连上维持生命的各种设备。

"我收集到了叶裴天的一些血液,注射一点?"

阿晓摇了摇头,闭上浑浊的眼睛:"不必浪费了,不战斗的时候,是什么模样又有什么关系?"

……

楚千寻和叶裴天离开小周村的时候,意外地看见了前来送行的丹琴。

那个女孩穿着朴实的衣裙,头上包着头巾,默默地站在村子口一棵红了树叶的枫树下。

她只是一位连异能都没有的普通人,却在做着大部分圣徒也没有勇气做的事。

"阿晓已经离开了,从今以后,应该不会再有外人来打扰我们。

他们每一个人都活得很努力,我真的希望他们能从此安静地在这个小小的村落里好好地活下去。我要谢谢你们当时出手帮了我。"

楚千寻握着她的手:"丹琴,你是一位令我佩服的人。"

丹琴微微低下头,捋了一下耳边掉落的碎发:"曾经的我也是神爱的成员,和那些人一样,残忍地把他们视为没有生命的试验品。如今,我不过是在赎自己曾经犯下的罪。"她抬起头看着叶裴天和楚千寻,"我不奢求那些曾经被伤害过的人能够原谅我,但我希望他们能够原谅自己,摆脱过去,重新过上正常的日子。"

叶裴天沉默着看了她片刻,掏出一小袋魔种,放到了她的手中:"辛苦了,照顾好他们。"

他留下了这句话,不给丹琴拒绝的时间,转身率先离开。

"再见了,丹琴,如果有什么事,就到春城来找我们。"楚千寻追上前去,边走边回头挥着手。

……

走了一天的山路,到了晚餐的时候,叶裴天和楚千寻夜宿在深林中一个小小的山洞内。

叶裴天刚刚把一只麂宰了,麂肚子里塞满收集到的各种坚果,外表糊上泥,埋进火堆中烤熟了。

掰开泥壳之后,封闭在内的香气争先恐后地散发出来,里面的肉已经烤得外酥里嫩,油脂四溢,满室生香。

虽然今天没有下雪,但天气已经十分寒冷。这样的季节在野外,不但可以坐在火堆边,吃肉吃到饱,甚至还不需要自己动一根手指做任何事,楚千寻觉得她都快要被叶裴天养废了。

只因为下午的时候在寒冷的森林中遇到一只六阶魔物,她兴致勃勃地冲上去单挑了一把,受了一点微不足道的小伤,叶裴天就坚持不再让她动弹了。

叶裴天准备好晚餐,正在洞外查看安全情况。他到洞口的附近走了一圈,在地面上铺上看不出痕迹的细细沙粒。如果有敌人或者动物靠近，这些沙粒可以有效传递信息提醒他危险的到来。

而楚千寻只需要坐在干燥的稻草上，捧着油汪汪的腿肉，甚至不用担心任何人和她抢眼前这份美味的食物。

虽然很多时候叶裴天看起来有些依赖她，但她发现，实际上是自己被这个男人惯得越来越离不开他了才对。

叶裴天安排好洞外的一切，顶着寒风进来。他弯了一下腰，伸手撑着山洞外低矮的石壁顶部，坐到了楚千寻身边。

山林的夜晚特别静，可以听见黑沉沉的丛林深处偶尔传来野兽的孤鸣。

洞口外的天空，月明星稀，天河灿烂。

外面越是孤寂寒冷，燃着篝火的小小山洞内就显得越是温暖舒适。

叶裴天摘下了银色的遮目，看了楚千寻一眼，目光流转了一下，视线固定在左下角不动了。

楚千寻吃饱喝足，心情大好，特别好说话，撑着腮帮看他。

"怎么了？想要什么？"

叶裴天的脸就红了。

叶裴天下颌的线条略显坚毅，戴着遮目蒙着上半张脸的时候，显得十分清冷。但当他摘下遮目，露出那柔和的眉眼，整个人的气质顿时就温润了起来。

橘红色的火光映在他清冽的瞳孔中，伴随着那纤长睫毛的偶尔扇动，双眸中便有星河流转。

刚认识的时候，叶裴天总是把自己绷得很紧，疼痛的时候绝不轻易流露，脆弱的时候总是急于掩饰。他想要靠近，又害怕受伤，渴望陪伴，又不停抗拒，矛盾又纠结。他像是一只即将炸毛的野兽，每一刻都防备着那些随时可能加在他身上的伤害。

和她相处了这些日子，他很明显地软化了许多，只要坐在她身边,他紧绷的肌肉都会下意识地放松。受伤了,他会说,心中有什么想法,他也会用更加明显的神情表露出来。

在楚千寻的询问下,叶裴天耳根微微泛红,把自己带着温度的视线,投到了楚千寻的双手上。

楚千寻的手指很漂亮,并不是传统美女那种柔弱无骨的模样,她的手指匀称纤长,带着点张力,指尖的弧度优美。此刻这样的手指紧握着一柄黑色的短刀,被那纯黑色衬托得异常白皙,正利索地把烤熟的麂肉均匀地削成片。

"今天在那个小世界里,我心里有点怕。"叶裴天把视线收了回来,落在了自己盘坐的长腿上。

"怎么了?"楚千寻擦了擦手上的油,把切好的烤肉递给他,"那里很黑吗?"

她的心里其实有些好笑,又有些暖暖的。

她见过这个男人在尸山血海中纵横,见过他以一敌百,也见过他翻手云覆手雨。事实上,他是自己在这个世界见到的最强的男人,没有之一。

但不知道从什么时候开始,这个男人总习惯在自己面前表现出几分软弱。

有时候楚千寻会觉得自己身边坐着一只威风凛凛的百兽之王,为了讨自己欢心,把它薄弱柔软的肚皮翻出来,令人忍不住就顺着他的意伸手在它最脆弱的腹部揉一揉。

"不,我不是怕黑。"叶裴天被楚千寻说得有些不好意思,他接过那切好的烤肉,却没有马上吃,手指转着烤肉,声音低沉下来,"我的敌人很多,你和我在一起,我有时候真的很怕自己不能保护好你。如果你……"

他的眼睛明明凝望着那团温暖的篝火,眼底却在一瞬间结成了寒冰。

他不愿意想下去,但他知道,当阿晓说出要抓住楚千寻的时候,

239

自己心中蹿起的怒火，足以毁灭自己和整个世界。

一只温热的手掌贴住了他有些冰凉的脸颊，把他的脸抬了起来。

叶裴天一脸的杀气和眼底的寒冰在那一瞬间就碎了。

他有些错愕地抬着头，被他觊觎了许久的手指就这样落到了他的脸上，轻轻抚过他的眉眼，那指腹柔软的触感是那样清晰。它们扫过脸部的肌肤，引得肌肤一阵战栗。

它们在他的双唇摩挲片刻，又探到他的脸侧，不肯放过他敏感的耳垂。

楚千寻轻咬了下嘴唇，含着秋水的双眸带着笑意，几乎要了他的命："裴天，你再忍耐一段时间。我很快就会变得更强，不需要你的保护，能够和你一起面对那些敌人。"

叶裴天想说：不是的，千寻，我不是这个意思。

但他的思维已经开始混乱，甚至没有办法认真思考楚千寻到底在说些什么。

千寻的头低了下来，几乎抵着他的额头，他们靠得那么近，她灼热的气息如羽毛一般轻轻扫着他的肌肤。

那迷人的红唇明明已经近在咫尺，只差那么一点点，却迟迟不肯贴过来，吊得自己的那颗心又酸又胀地悬在空中。

她却还要似笑非笑地勾起嘴角，那样可恶。

楚千寻看着眼前的男人面飞红霞，呼吸渐重，明明知道他很急切，却使了个坏，吊着他，就是不肯吻下去。

直到等到他终于涨红着面孔闭上眼，狠狠地把自己拉下去，用那滚烫的双唇主动贴了上来。

到了这时候，什么担忧、顾虑都被抛到脑后，他再也说不出让楚千寻恼怒的话来。

她不知道这个吻持续了多久，当她从那种神魂颠倒中抬起头来，躺在草地上的那个人依旧眼神迷离，用殷红的双唇梦呓般轻轻唤了一声她的名字。

如果不是在危机四伏的野外，楚千寻觉得自己可能真的会做出更过分的事情来。

叶裴天躺在那里，头发被揉得凌乱不堪，耳垂红透了，喉结在白皙的肌肤下蠕动。

楚千寻骨子里是一个有些自傲的人，但此刻，她不得不心甘情愿地承认眼前的这个男人十分漂亮、性感、迷人，撩得她动了心，转了性，萌生了想要和他相守一生的念头。

"裴天，我们一起回春城吧？"

叶裴天的脑袋一下从草地上抬起，目光灼灼地看着楚千寻。

"或者，我陪你回沙漠？"楚千寻犹豫地问。

"不，"叶裴天马上说，"不回沙漠。"

楚千寻高兴起来，她把烤肉重新塞进叶裴天的手中，又把那些烤熟了的野板栗和榛子剥开，一个个地往他的手中放。

"你可以和我一起住在那栋筒子楼里，我让你见见我最好的朋友。

"等我等阶高了，我还可以陪你一起到更远的地方走走。你现在是几阶？九阶？那你可能得等我久一点。

"春城很大，什么东西都买得到，等到了我家，我请你吃火锅。这次不用你动手，火锅我还是会做的。

"春城的人很多，打扮成什么样的都有，你只要不在城里使用异能，应该还是不容易被发现的。

"被发现了就离开，总能解决的，是不是？"

……

伴随着山洞里偶尔响起的火花噼啪声，叶裴天低头吃着那些不断放进自己碗中的坚果。

外面的天气很冷，但他的心很热。

千寻总是这样，朝气蓬勃，对生活充满着自信。在她的身边，自己心中那些千难万难的事,似乎也统统变得不再那么难、那么不可解决。

"总能解决的,不用担心。

"我会变强的,我可以一直陪着你。"

楚千寻说着说着犯起了困,慢慢歪斜了身躯,枕着叶裴天的腿睡着了。

叶裴天脱下外套,小心地盖在了她的身上。

叶裴天伸出手指,轻轻拨开了她脸上的几缕碎发,久久看着她沉睡中的容颜——她睡得很随意,姿势放松,呼吸均匀。

从一开始的时候,千寻对他就没有多少戒备之心,随着二人之间的熟稔和亲近,她更是对他毫不设防。

叶裴天的眼神柔和了起来,伸出手后犹豫了一下,终于还是轻轻抚摸上楚千寻的面庞。

在他胸膛里的那颗心本来冰冷又脆弱,如今却渐渐地变得温暖又强韧。

曾经,活着对他来说是一种负担,但如今,每一个明天都让他充满期待。

也许只有体验过温暖的人,才能真正从内而外地强大起来。

曾经那些让他觉得过于艰难,办不到也不愿意去做的事,如今他也有了信心去尝试着一点点改变。

……

进入了冬季的春城,反而比其他季节更加热闹。

随着气温一日日降低,户外环境的艰难和可收集的食物减少,造成了人类大量地滞留在了基地内部。

基地内的集市也因此变得热闹非凡。

几个一到冬季就无所事事的闲汉坐在黑街有名的包子铺前闲聊:"要我说啊,如果不是桓圣杰不自量力地去招惹叶裴天,这城主的位置也轮不到江小杰来坐。"

"嘘，小声点，"他的同伴急忙制止他，"江城主的脾气，你不知道吗？他的闲话，你也敢说。"

"欸，我说的不是叶裴天吗，人魔名不虚传啊，一捧黄沙葬送了多少高手的性命。"

"啧啧，你们是不知道，当初那个杀人狂魔在这里是见人就杀，杀得整条黑街血流成河。"

拖着装废品的车路过的吴婆婆朝着他们吐了一口口水："你们这些年轻人，没看见的事，不好乱说的。什么叫见人就杀，我当时就站在这里的呀，怎么没看见叶裴天见人就杀？桓圣杰自己要取人家性命，难道还不让人家还手？"

几个闲汉日日在黑街上混迹，早习惯了吴婆婆动不动就大嗓门骂人的脾气，倒也不以为意，半开玩笑地调侃："哎呀，老太婆，你是不是老糊涂了，竟然替那个人魔说话。"

"我又没有乱说的，那个叶裴天其实还蛮好的嘛，他住在这里的时候，看我是老人家，主动帮过我很多次的。"她喊包子铺的老板，"不信，你们问老吴，老吴，你说说看。"

老吴和和气气地搭话："是还蛮好，每一次买包子都给钱，从来没有赊账过。买了包子，还舍得分给街口的几个小乞丐。"

吴婆婆就得意了："你们听，我说得没错吧。"

"想不到今天还听了个稀罕事，看来那个人魔和传说中也有点不太一样。"

"管他什么样呢，那些大人物的恩怨和咱们这些人也没啥关系。"

吴婆婆嘟嚷着拖着沉重的装废品的车向前走，坡道很陡，那些年轻人也不过是看了看，并没有人主动来搭一把手。

她不由得想起那个沉默寡言、戴着面罩的年轻人，每次只要路过，他都会默默替她推上一段路的车。

在最后的那个时候，他甚至还救了自己一条命，可惜那时的自

243

己过于害怕,没能说一句道谢的话。

向来牙尖嘴利、脸皮厚实的吴婆婆也不免在心底悄悄闪过一丝愧疚。

一对年轻的情侣从她的身边经过,女人容色清秀、身姿飒爽,腰挎双刀;男人身高腿长,银纱遮目,动作矫捷。

显然他们只是进了城后路过,而并非居住在这个贫瘠街区的居民。

吴婆婆的车轮卡在了台阶上,她使出全身力气在前方用力拉着车头。

她突然感觉沉重的车身轻了一下,错身而过的年轻人伸手在她的车尾轻轻抬了一把,一句话也没有说,脚步不停地继续前行。

"谢谢侬啊,年轻人。"吴婆婆在后面挥着手大声喊着。

走在前头的那个女孩停下了脚步,笑着说了一句什么,伸手摸了摸身边爱人的脸庞,拉上了他的手,一路走进了繁华热闹的街区。

……

楚千寻带着叶裴天来到自己的住处,要打开门的时候,心中有些后悔。

叶裴天居住的城堡,她是见过的,干净、整齐、一尘不染。

而自己的家相比之下完全可以称为狗窝。

但人都已经到了,不进门也不行,楚千寻咬了咬牙,硬着头皮推开门,假装没看见在墙角堆积成山的废弃物,一把将叶裴天拉进了屋。

她手忙脚乱地收拾出一块干净的位置,把叶裴天按在桌边,脸色难得红了红。

"你第一次来,坐着别动。我收拾收拾,一会吃火锅。"楚千寻提了提一路采购回来的大包小包的食物。

叶裴天似乎没有注意到屋子中的凌乱,他的视线落在窗台上那几个已经没有果实的花盆上,越过花盆,看到窗外不远处的那棵梧桐树。

只有他自己知道,他曾经多少次悄悄站在那棵树下,昂着头看着这扇窗,想象着这窗内的一切。

当时,他从没想到自己能够真正地走进这里。

第二千章

楚千寻很快准备好了火锅。

在这个电力已经变成奢侈品的时代，人们开始恢复使用古早时期的炭火铜锅，就是那种中间烧着炭、四面一圈铜锅的烹饪设备。

当然，这种锅，楚千寻也不可能有，还是在进城之后的路上临时买的。

自从和叶裴天认识以后，楚千寻发觉自己在生活上积极了很多，在战场上猎取魔种也加倍努力。等级的提升，战斗的积极，使得她手头更为宽裕，可以允许陷入热恋的她在适当的范围内补充一些非必需的生活用品。

也许当家里有那么一个人会陪着她、等着她，会兴致勃勃地精心为她准备每一餐的食物，她也就不知不觉地对生活充满了干劲，有了一种需要努力把日子过得更好一些的干劲。

因为叶裴天不怎么吃辣，楚千寻准备的是鸳鸯锅底，半锅红艳艳的辣椒油，半锅奶白色的爽口清汤，摆在她屋子里地板上那张矮矮的四方桌的中心，周边围着几小盆洗净切好的生菜、冬菇、粉丝等菜，还有一小碟比较稀罕的鲜肉片。

虽然不过是买了现成的火锅底料加白水速成，但表面上看起来也算有了些大餐的模样，楚千寻总算感觉给自己挣回了点颜面。

叶裴天靠在她身边席地而坐，接过了楚千寻给他调的蘸酱。

他拿筷子在那小碟子里轻轻蘸了一下，放进了口中，当场就有些发愣。

魔种降临之前，他的家在沿海地区，那一片区域特别流行吃火锅。他偏好的口味有些特别，如果是自己搭配的调味，他会喜欢在酱料底下撒一点点白砂糖。他这一个小爱好，即便是家人也不知道。在他的那个家庭中，没有人会在意他的口味、喜好。

但千寻知道，不仅知道，而且熟稔，自然而然地就端给了他，就好像两人已经在一起生活过了很久。这种感觉总是不经意地在生活中的点点滴滴里体现出来。

最初的时候，叶裴天的心中也暗自疑惑不解。但到了如今，他已经不愿多想，或许是神灵为了把他这个魔鬼拉出地狱，特意把千寻安排到他的身边的。

因为有了千寻，他甚至愿意相信这个世界上存在着神。他不想开口多问一句，以免那些不该说的话打破了这份梦幻般的幸福。

楚千寻忙着把食物烫熟了，往叶裴天的碗里夹的时候，才发现他有些走神。

他端着碗，却没怎么动碗里的食物，眼神时不时就忍不住地朝着楚千寻看过来。那双眼睛很大，睫毛纤长，眼角略有些下垂，被桌上热腾腾的水汽一蒸，就蒙上了一层湿润的雾。

被这样湿漉漉的眼睛凝望着，楚千寻有了一种自己正被人需要着的感觉。

这种被需要、被依赖的感觉，让她的心在慢慢变热。

"以前，别说这样吃火锅，能正经吃一顿饭都算是不错的了。"

楚千寻嘴里说着话，手里不停地把叶裴天喜欢的冬笋、香菇等食物往他的碗里夹。

"我那时候也没什么朋友,总觉得自己哪一天突然就会死在荒野的某个角落,不但没人收尸,甚至连个知道的人都没有。所以,我特别怕死,战斗的时候能混就混,总是想着能凑合过一天算一天,混了几年,连四阶都没敢突破。

"不过现在不一样了。"

她看了叶裴天一眼,没把接下来的话说下去。那话不用说出口,他一下就懂了。

——现在不一样了,现在有了你,我开始想把日子过好一点。

叶裴天的眼神都变热了,他那炙热的视线流连在楚千寻的脸颊、双唇、手指尖上,最终伸手撑着桌面,身体慢慢地靠近,在快要触碰到她的时候,他甚至红着面孔闭上了眼。

楚千寻在心里叹息一声,这也太可爱了,换成谁也受不了。

她捧住这个男人的脸颊,把自己的手指绕过他的脖子,攥住他脑后的头发,不让他因为羞涩而有所回避,一直吻他,把他吻到双唇红润、满面春色的模样。

楚千寻知道,叶裴天总是特别顺着她,但他越是柔软,摆出一副任君采撷的模样,反而更是点起她心底想要欺负他的火苗。

门外响起了钥匙开锁的声音,咔嚓一声,高燕推门进来。

尽管叶裴天在门开之前已经迅速戴上遮目,坐直了身体,但在这方面经验丰富的高燕一眼就可以知道这间屋子里的两个人刚刚发生了什么。

"啊,抱歉,打扰了。你们继续。"她砰的一声把门给关上了。

楚千寻这才想起自己离开的时候,交代过高燕帮忙照顾窗台上的盆栽,并给了她屋子的钥匙。

楚千寻起身走出去打开门,笑吟吟地把高燕请进来坐在桌边,并添了一副碗筷。

"这是林非。"她给高燕介绍叶裴天。

"这是高燕,燕姐,我最好的朋友。"她也给叶裴天介绍自己的朋友。

叶裴天挺直了腰背,坐正了身姿,和高燕打招呼:"燕姐,经常听千寻提起你。"

高燕没有马上搭理,她侧着身,拿那双漂亮的眼眸将叶裴天上下仔细打量了一遍。这个男人脸上戴着遮蔽面容的魔器,但这不算什么,如今是乱世,有的人因为在战斗的时候脸上受过伤,有的出于某些特殊的原因,都喜欢戴着遮目活动。

只是向来对男性都十分冷漠的千寻,在突然一声不吭地消失了大半个月之后,把这个男人带到屋里来,还舍得花这么大代价,准备这样丰盛的晚餐,让高燕免不了替她心生警惕。

她挨着楚千寻坐,瞥了楚千寻一眼:"男朋友?"

楚千寻难得地局促了一下,最后还是笑着给了肯定的答复。

楚千寻回答完,可以清晰地感觉到坐得笔直的叶裴天松了口气,连那紧绷的肩膀都明显地放松了。

"小林是吧?"高燕拿起了碗筷,和楚千寻一个锅涮东西吃,"我们家千寻在这栋楼里,可是出了名的美人,追她的人从这屋子可以排到城门口。既然她挑了你,你可得好好对她。"

她又悄悄问楚千寻,"对了,他是几阶圣徒?"

"他……嗯,六阶。"楚千寻想了一下,给了个合适的答案。

在春城内,七阶以上都算得上是超级大佬,新任城主江小杰也只刚刚到了八阶。

即便如此,还是把高燕吓了一跳,她勉强撑着不让自己弱了气势:"六、六阶也没用,要是敢欺负千寻,绝对没你好果子吃。"

"是的,我永远都不可能欺负千寻。"叶裴天温和地说。

看着叶裴天能力强,态度好,高燕算是暂时满意了,开始恢复本性和楚千寻抢起锅里的食物。

平时楚千寻和叶裴天一起吃饭的时候,还会适当假装一下矜持,到了高燕这位日日生活在一起的战友身边，瞬间原形毕露，拿出战场上抢伙食的劲头，二人手中的筷子几乎化为战场中的长刀，你来我往，风卷残云，互不相让。

楚千寻抢了自己的，还要帮忙抢叶裴天的份，顿时就落了下风。

"燕姐，你悠着点，林非这是第一次来。"

高燕腾出手，在她的胳膊上掐了一把："这么快胳膊肘就向外拐了？"

一顿火锅热热闹闹地吃完，叶裴天很自然地卷起袖子，收拾碗筷，端到楼下公用的洗碗池洗刷，留下两个酒足饭饱的女人在桌边休息。

叶裴天的身影刚刚从门口消失，高燕的八卦劲就上来了。她转身靠近楚千寻，飞了个眼神，

"可以啊？平时以为你清心寡欲，不近男色，想不到不出手则已，一出手倒是准得很。"

楚千寻："他怎么样？"

高燕瞥她一眼："得了便宜还卖乖。"

楚千寻又好气又好笑地白了她一眼。

魔种降临之后，生活中的一切都变得艰难了许多，但女性的社会地位反而比黄金年代要高出不少。

异能的出现不分男女，女性只要愿意，完全可以在战场上达到和男性一样的高度。

伴随着女性社会地位和话语权的提高，女性拥有了和男性一样可以自由表述的权利。

你可以看见街边的几个男人聚在一起讨论某个女人身材火辣、容貌美艳，也同样会看见几个女人讨论着某个男人肩宽腰窄，性感迷人。男人遇到自己喜爱的女人，会主动展开热烈的追求，甚至动用自己的权势、金钱让对方屈服。而女性，遇到自己喜欢的男人，也同样可以来这一套。

这是一个强者可以生活得很恣意的时代。

所以，楚千寻清楚高燕口中的"味道"指的是什么。

"我们还没到那份上。"楚千寻说，"他不和我住一起，但应该会在楼里找一间房子住下来。"

"是吗？那有点可惜。以我这些年看男人的眼光来看，他……"高燕靠近楚千寻的耳朵压低声音说了几个字。

楚千寻来了兴致："你怎么看出来的？"

"看男人，你不能只看脸。"

高燕说着，就在楚千寻的腰上掐了一把，她一下蹦起来给掐了回去。

叶裴天上来的时候，两个女人还在嘻嘻哈哈地打闹。

"我刚刚和对面的邻居协商了一下，请他把屋子让给了我。"叶裴天指了指正对着楚千寻屋子的那扇门。那门此刻大开着，原本住在里面的一个中年男人正麻溜地整理着东西，准备往外搬，看见楚千寻，还不忘笑眯眯地打招呼。

楚千寻屋子的左手边住着高燕，右手边是楼梯间，对面这间屋子算得上是离她最近的一间了。

但这个距离对叶裴天来说，依旧有些远。事实上，他宁愿在楚千寻的屋子里搭一张小床或者打一个地铺，但她的屋子过于狭窄，而他也找不出长期住在里面的理由。

"我过去收拾一下。"他压着心中的依依不舍，提起自己的背包往外走。

高燕看着他离去的背影："他也太纯情了吧，说搬就搬，这么实在的吗？话说，他是怎么让对面那只铁公鸡搬得这么利索的？"随后，她张圆了嘴，"肯定砸了不少魔种，否则那铁公鸡不能这么好说话。你这个男朋友，不会是那种魔种多得能够吓死人的隐形富豪吧？"

楚千寻咳了一声，想起了叶裴天深埋在沙漠底下的那一屋子的

251

魔种。

那些魔种挖出来,可不得吓死人。

第二天一早,楚千寻和高燕端着洗漱用品出门的时候,叶裴天的房门已经打开了,屋子里没有多余的东西,一张小床上铺着湖蓝色的床单,窗户上挂着同色系的窗帘,窗台上摆了几盆和楚千寻屋内一样的盆栽。除此之外,只有一张小方桌,上面已经摆放着热气腾腾的早餐。

叶裴天坐在窗台上,借着晨曦翻阅手中的一本图书,看见她们俩出来,合上手里的书站了起来,邀请高燕一起用早餐。

"我还是……"高燕想客套一下,不料一眼看见了餐桌上种类丰富、样式精致的食物,她咽了咽口水,把到嘴边的谢绝拐了个弯,"还是就和你们一起吃吧。"

不过是吃了叶裴天的一顿饭,走出门的时候,高燕的立场已经完全倒向了他那边。

"你必须把这个男人抓牢一点,千万别让他被别人拐了。"高燕一脸严肃,"你要知道,这年头想找一个这么会做饭的男人有多难,就是这么会做饭的女人都不好找啊。"

楚千寻:"看,一顿饭就把你给收买了。"

高燕整张脸就垮了下来:"我的小姑奶奶,我五年都没吃过这样一顿好饭了呀。

"你看看小林,会做饭,身材好,口袋里有钱,等阶还高,这要是被楼里那些女人发现了,可不得像蜜蜂一样围上去。"

"他是挺好的。"

楚千寻心里想,他还有更好的地方,你不知道。那是只有我自己一个人能欣赏的风景。

"别犹豫,"高燕在楚千寻面前握紧了一下五指,"拿下他,征服他,把他吃干抹净,再对他负起责任。以后你的日子就幸福了,我也能跟着偶尔沾点光。"

楚千寻和高燕来到春城的佣兵公会。

魔种降临之后，几乎每一个人类基地内最重要的场所都是基地内的佣兵公会，在春城也不例外。

公会占地广阔的大堂被划分为好几个区域，有张贴各种告示的公告区，招聘人手、找寻队伍的招募区，高级魔躯、魔药、武器的交易区。

各大佣兵团队都在这里设有堂口，用来招募人手以及接受他人的委托雇佣。

零散的小团体或者个人聚集在那些公告栏前面，看着上面密密麻麻贴着的各种告示。有出行的商队雇佣保镖的，有打造武器的锻造者寻找某种特殊材料的，还有一些寻人、问事，找寻高阶魔物的，甚至有出售物品、出售消息、收集信息的……林林总总不一而足。

这里给大部分武力值高的圣徒提供了多种获取财富的有效途径。

相对于普通人聚集的生活集市，这里更像是一个单独提供给圣徒们交易交流的场所。

一楼大厅内穿行着的多是一些等阶相对低下的武者。另有一些高端的交易和会盟，在二楼的豪华包间内进行，那是楚千寻和高燕这种级别的人还接触不到的领域。

楚千寻和高燕从人群中穿行过去。

入冬了，各种猎魔行动少了下来，这里的人也相对不如往日那般拥挤。

一个公会内的工作人员拿着喇叭在有气无力地播报一则"围剿亵渎者，救援被困人员"的通知。

人群中有人议论——

"这都播报几天了？还没有队伍去接吗？"

"赏金又提高了，听说是某个商队老板的儿子被抓进洞穴了，才这样不惜代价要捞人出来。"

"赏金高也没用,高阶的大佬看不上,像我们这样的,谁敢去闯亵渎者的巢穴?不是找死吗!"

亵渎者是一种战斗力不高,等阶也相对低下的魔物,它们的最大特点是拥有普通低阶魔物不具备的智商,并且罕见地群居在一起。它们往往聚集在隐蔽的地下洞穴之中,一般不会马上杀害抓捕到的人类,而是拖到洞穴深处,作为储备粮圈禁养殖。比起那些呆滞、凶残直接捕食人类的魔物,这样圈养人类的行径反而更令人毛骨悚然。

对高阶圣徒来说,围剿这种数量众多的低阶魔物,费力又不讨好,不仅得不到任何提升自己等阶所需要的魔种和材料,甚至还有可能在魔物的围攻中遇到麻烦。低阶的圣徒进入那样地形复杂的魔物聚集地,更是十分凶险。因此,人人对这种魔物避而远之,即便受害者的家属开出相对丰厚的赏金,也往往无人问津。

公会的几个工作人员分开人群,走到告示栏前,将一张新的红色告示贴到了显眼的位置。

人群呼啦围拢上去,嗡嗡议论起来——
"出售处刑者的分泌物,七阶的。"
"什么东西?"楚千寻没听过这个,问身边的高燕。
"高阶处刑者的分泌物,能使人四肢无力,精神亢奋,"高燕附在楚千寻的耳边低声说。

魔种降临多年之后,人类对魔物身躯的各种开发利用逐渐成熟了起来,不仅学会利用魔物身躯坚硬的部位制造各种工具、武器,甚至还研发魔物的各种分泌物,制作出各类疗效显著的药物。

大厅的各个角落,有不少举着牌子的人在临时招募具有某些特殊能力的圣徒,以便去准备针对某种特殊魔物的战斗。

这样临时组成的小队,彼此之间能力和本性都互相不熟悉,意味着战斗的时候有可能出现太多的变量,是一种十分不稳妥的行为,是只有缺少人手的小型佣兵团队和散人才会采取的行动。

稍微有些实力又长期居住在春城的战斗系圣徒，大多会选择加入一些管理严谨的大型兵团，参加兵团组织的集体行动，日常外出猎魔也可以在兵团内邀请彼此熟悉的固定成员，提高战斗的安全性。

楚千寻来到自己所在的红狼佣兵团的堂口，报备一下自己已经归来。她离开了大半个月，需要登记一下情况，表示可以继续参与兵团行动。

负责登记的登记员翻开记录本："楚千寻，嗯，我看看。很抱歉，你所在小队的队长王大志，数日前在猎魔行动中不幸身故。你们先等一等，看被分配到哪支队伍吧。"

登记员口中说着不幸，语气里却没有多少同情的意思。他坐在这里每个月从笔记本上画去的死亡者名单不知几何，对他来说，宣读这些已经是一种公式化的工作而已。

"听说他的妻子在出事后没两天，卷了东西就搬到别的男人那里去了。她将小孩往黑街一丢，也没人管。真是世态炎凉啊。"登记员感慨了一句，就算总结了这位队长身后的情况。

楚千寻和高燕走出公会大门的时候，心情都有些沉重。她们的队长不算是一个特别好的队长，大概是因为家里养着小孩和妻子，每次分配战利品的时候，这位王队长都会表现得特别抠门，总是尽可能地往他自己的口袋里多放一些。战斗的时候，他还时常躲在后面，冲锋陷阵的时候，基本看不见他的身影。

但不管怎么说，他也并非是一个坏人，至少他还能在战斗的最后尽量不落下任何一个人，把每一个受伤的队员捞回基地。队员之间起冲突的时候，他也总能公正地站在受欺压的一方。

相处了不算短的时间，天天一起战斗的队长，说没就没了。只是一次日常的猎魔，甚至不是在什么特殊的大型战役，一个熟悉的生命没有亮起任何火花，就这样悄然消失，唯一的痕迹不过是登记员在名单上的一笔。

楚千寻握了握腰间的刀柄，向城门方向走去。

每日外出猎魔，获取魔种，锻炼自己的异能，已经变成她的习惯。眼下对她来说最重要的事，就是提升自己的能力，只有真正的强者，才能不留遗憾地活着。

"千……千寻。"高燕喊住了她，"就我们俩去吗？"

高燕的习惯是跟着小队成员一起出行，一队的人相互照应，主战人员顶在前面，她们只需要在安全的后方。这样，战斗不会那么辛苦，危险性也没那么大，尽管最后分配到每一个人手中的战利品十分有限，但也能够保证温饱。

"啊，不，燕姐，你不必去。我自己一个人就行。"楚千寻转过头来。

出了春城，举目望去，都是破败的城市废墟。

春城当初的修建是依托黄金年代一个大型都市周边的产业园区而进行的。基地之外，曾经繁华都市的高楼大厦在茂密的绿色植被间挣扎着露出一两处斑驳的玻璃墙体，显示出这个星球上曾经存在过高度文明。

高燕站在荒废的街区上，紧张得不得了。这里只有她和千寻两个人，面对着的却是一只狰狞的五阶魔物。习惯了藏身在大部队中"打酱油"的她，顿时觉得十分没有安全感。

魔物发出一阵低沉的吼声，从两栋建筑的间隙中冲出来，每一步都踩得整个地面砰砰直响。

楚千寻用衣袖抹了一把眼睛上的尘土，跃上半空中，双刀甩出数道弧形的风刃，激飞的风刃一路卷起烟尘，对着魔物交错而上，接连打在魔物的面孔和身躯。

她如羚羊一般敏捷的身影，在高空中一个漂亮的翻身，翻到了魔物的身后，一脚踩在魔物的肩头。刀光闪过，切开了魔物的脊背，露出其中那一抹绿色。

楚千寻面色一喜，伸手就要夺取魔种。

魔物的利爪突然而至，一下穿透她的肩膀，把她从身上抓下来，甩在地上，同时张开血盆大口，朝着地上的她喷出了一些腐蚀性极强的液体。

楚千寻在地上连滚数滚，急速起身，险险避过，还是免不了面部和脖子被溅上少许液体，肌肤因为被腐蚀而刺啦刺啦地冒起一缕缕青烟。

她单膝跪在地上，咒骂了一句，丝毫没有在意血淋淋的肩头，翻身再战。

他们交手的过程十分迅速，高燕刚刚醒过神，碎石瓣里啪啦地落下，就在她眼前一栋摩天大楼的侧面，转出了一只人面鹰身的魔物。

这只四阶魔物被她们的战斗吸引而来。

"怎，怎么办？千寻，我们跑吧？"高燕快急哭了。她眼下四阶，不认为自己有单挑同阶魔物的能力。

"四阶魔物，你能够对付的。"楚千寻头也不抬，身上冒着缕缕青烟，动作不停地同她眼前的魔物混战在一起。

随后，从漫天的烟尘中传出一句话："你牵制它，我解决了这只，就来帮你。"

巨大的魔物顺着高楼的外墙向下爬，它抖动一下浑身漂亮的羽毛，类人形的脸上一双金色的瞳孔圆溜溜的，饶有兴致地看着高燕。

高燕嘴唇颤抖，举起手臂，这是她第一次单独面对魔物作战。

"我就不应该跟着来。千寻，我们跑吧？我……我要跑了，我真的跑啦！"

她哆哆嗦嗦地胡乱嚷嚷着，手上却全力施展异能，魔物所在之处的一个矩形的范围内重力剧增，突然出现的无形压力，将那只趴在外墙上的魔物一下压得落到了地上。

那只人面鹰身的怪物，扭了扭脖子，站定了，慢慢顶着压力站

257

起身。

　　高燕拼命施展自己的异能，无形的压力从空中不停落下，接连不断地压到魔物的身上。那只魔物虽然不断被压得弯下腰去，但依旧艰难地、一步一步地、慢慢地向她走来。

　　"啊啊啊。"高燕惊恐地大叫，一抹黑色的身影从魔物身边擦过，圆弧形的银光一闪，魔物的双爪一齐断了。

　　"行啦，别喊那么大声。再来两只魔物，不跑也得跑了。"楚千寻一脚踹翻魔物，刀尖从魔物的腹部挑出一个四阶魔种，丢给了高燕，自己踩着魔躯，手中抛接着刚刚到手的五阶魔种，笑吟吟地道，"怎么样？收获不错吧。"

　　回到了基地内的住处，高燕才彻底回过神来，想到这一趟出去，自己竟然分得了整整一枚四阶魔种和完整的四阶魔躯，心中不禁美得冒泡。这可是她跟着小队外出猎魔十来次也不一定能得到的收获。

　　转头看着楚千寻那伤势不轻的面孔，她又有些心疼，虽然圣徒的恢复能力远远异于常人，但这样的伤如果不花费魔种请治愈者来治疗，只怕也是要疼上好些日子的。

　　"行不行啊，还是请人来看看吧，我也没出什么力，拿我那颗魔种去请治愈者吧。"

　　"没事，习惯了。"楚千寻不以为意地伸手打开了房门。

　　然后，她又砰的一声迅速地关上了门，和高燕面面相觑了一会，退回一步看了看门牌号，确定那真的是自己的屋子，并没有走错，才再度小心翼翼地推开屋门。

　　楚千寻的房间本来有多乱呢？那基本是她走进屋内，除了睡觉的床，再没有一块干净的地方。高燕的屋子比她的更过分，连床上都还要堆满衣物。

　　这也不怪她们俩，这个时代大部分人过着这样的日子，朝不保夕，食不果腹，又有几个人能分出精力打理生活。

但这一刻，她推开屋门，她的房间干净得让她几乎不敢认。靠墙一侧整齐地放着一摞纸箱，她那些被丢在角落里的各种废弃物都被收集到了纸箱子里面，纸箱子上还用马克笔清楚地注明了类别。

桌面和地板前所未有地光可鉴人，连窗户的玻璃都被擦得明晃晃的。床单和枕套明显是清洗过了，再被重新铺上，那张吃饭用的小方桌上摆了个小小的瓶子，初冬的季节里面竟然还插着惹人欣喜的一朵小花。

她们出门的时候，高燕把楚千寻屋子的钥匙还给了她，她就顺手给了叶裴天。

她知道叶裴天第一天来，可能要收拾一下他自己的屋子。

"你需要什么东西，就去我屋里拿。不用客气。"她这样交代。

"那我顺便帮你一起打扫一下。"当时叶裴天很随意地说了一句。

结果，这个男人就顺便打扫成了这个样子！

"我要变成柠檬了啊，千寻。你这是哪里找的男人，告诉我，我也去找一个啊。"高燕酸溜溜地说。

晚饭的时候，高燕很坚决地回避了："让你们多培养培养感情，等成了以后，我还怕没有饭蹭吗？"

叶裴天坐在桌边给楚千寻盛了一碗玉米排骨汤。

楚千寻脸上的伤有些疼，她一边小心地喝汤，一边微微吸着气。

"明天我想一起去。"叶裴天突然说。

"啊，你去干吗？"楚千寻端着那碗热乎乎的浓汤，"那些都是低阶魔物，对你没什么帮助。你可以先适应适应这里的生活，再……"

她的话没说完，手上一空，热乎乎的碗被人拿走了。

叶裴天抓着她的手，抿着嘴看了一会那伤痕累累的手背，突然低下头在那伤处吻了一下。

他抬起眼看了楚千寻一眼，顺着那些伤痕一点一点地吻上去。

楚千寻本来还火辣辣疼着的伤口上传来一阵清凉的感觉，疼痛感立减，伤势伴随着那湿漉漉的吻，迅速好转了。

叶裴天的治愈能力不仅仅限于他的血液。

"别舔啊，好痒。"楚千寻笑了起来。

但那个男人罕见地没有顺从她的意思，而是更亲密地靠过来，捧起她的脸，一点不嫌弃伤口狰狞，小心翼翼地轻吻那些伤处。

第二十一章

楚千寻突然想起小时候家里养的一只大狗，总爱把她扑在地上舔来舔去，就像叶裴天现在这样。

"行啦，行啦，我好痒。"楚千寻笑嘻嘻地挣扎。

然而，叶裴天禁锢着她不肯放手，那双唇滚烫，舌头软糯湿润，越来越炙热的气息直扑在楚千寻的脸颊和耳后。

炙热的触感，就这样一路顺着她的耳根往脖子爬。

最糟糕的是，楚千寻发现自己心底开始升起一股异样的感觉，又酥又麻，又酸又胀，让她几乎使不出力气来。

如果这个男人想再进一步，她也是愿意的。她这样想，虽然她更喜欢由自己主动一点。

叶裴天炙热的吻突然停了。

他撑起胳膊，低头看着楚千寻肩头的伤。

那里和脸部肌肤轻微的腐蚀性伤口不同，彻底被魔物的利爪贯穿，纤细小巧的肩头上赫然留着几个狰狞的血窟窿，只用一条绷带胡乱地包扎了一下，渗透出来的殷红血液甚至粘住了衣物。

楚千寻看不清叶裴天的面部表情，只看得见银色遮目下的双唇紧紧地抿了许久。

叶裴天翻出一柄随身携带的匕首，仔细切割开楚千寻肩头的衣服，小心揭开那些浸透了血水的绷带和布料。

随后他毫不在乎地伸手一把抓住了雪亮的锐利刀刃，狠狠地把刀锋从手掌中划过。

楚千寻吃了一惊，想要从地上坐起，却被叶裴天一把按了下去，温热的手按住了她的脸颊和脖子，结实有力的身躯禁锢着她的身体，不让她乱动。那只鲜血淋漓的手掌就小心地扶住了她的肩头，开始处理起她的伤口。

楚千寻第一次清晰地意识到，这个男人和自己在力量上真正的差距是多么悬殊。

她只好躺在地上，任由叶裴天为她的伤口仔仔细细地涂上一层"特效药"，再严严实实地包扎起来。

"啊，效果真好，好像已经不怎么疼了。"

处理完伤口之后，楚千寻坐起身，轻轻动了动缠着雪白纱布的肩膀。

她拉起叶裴天鲜血淋漓的手掌，来回翻看，只见那掌心和四只手指上各开了一道深可见骨的口子："干吗划得这么深，让我看了多心疼。"

叶裴天一下转过头来，下颌紧绷，张了张嘴，最终还是没有说话。

楚千寻盘腿坐在地上，手肘撑在膝盖上，好脾气地和叶裴天道歉："对不起啊，我知道让你也心疼了。我以后会更小心点。"

这个男人竟然也会冲自己生气？

他温柔软绵的时候很可爱，发起小脾气来好像更加有趣，如果不是看他为她受了伤，她都忍不住想再逗一逗这个气鼓鼓的男人。

叶裴天端起桌上的排骨汤，拿起勺子在碗沿刮了刮。

"不用啦，"楚千寻有些不好意思地伸手去接，"我还有一只手是好的呢。"

叶裴天举着碗避开了她的手。

"我受伤的时候，你都是这样喂我的。"他的声音有些哑。

楚千寻这才知道这个男人是真的在难受，她收起了嘻嘻哈哈的态度，想不到自己这么一点不算太严重的伤，都让他难过了。

于是，楚千寻的心就软了一块，由着叶裴天照顾她。

叶裴天照顾她吃完晚饭，又打来温水，弄湿毛巾后拧干，仔细地替她擦干净手和脸上的尘土。

楚千寻坐在床沿，看着低着头在自己眼前忙忙碌碌的那个人，心里就想使坏。她突然一用力，扯过叶裴天的手一拉，把他按在床上。

叶裴天想要挣扎，楚千寻贴着他的后背咬他的耳朵："别乱动，我手疼。"

他果然就不敢动了，乖乖趴着，任凭楚千寻从后面又咬又舔他那红透了的耳朵尖。

高燕刚刚回到屋内，就听薄薄的墙壁那边传来一个男人压抑喑哑的嗓音。

"别……别这样。"

然后楚千寻带着点戏谑的声音传过来："别怎么样？你说给我听。"

接着，那边乒乒乓乓地打翻了水盆。

"死女人，天还没黑就开始撒狗粮。"高燕愤愤不平地骂了一句，关上门又出去了。

……

清晨，楚千寻和高燕并肩往楼下走。

"千寻，你又想出去猎魔？你这一天天的，不休息一下吗？伤都还没好。"

"已经治疗过了，完全恢复了，不会影响行动。"楚千寻转动肩膀给高燕看，"你去不去，燕姐？"

高燕的心在高风险的战斗和丰厚的回报间左右摇摆着："林非呢？你怎么不喊上他一起，他好歹也是六阶圣徒。"

"他有自己的事，离开一两日。何况，我们猎魔干吗非要带上他。"

高燕左右衡量，终于还是咬咬牙："行！我和你一起去。"

她们正说着话，筒子楼的门外走进一对挽着手的情侣，女子容色惊艳，身材玲珑，是一个实打实的大美人。

她挽着男人的胳膊跨进门来，看见楚千寻，翻了个白眼，露出一脸不屑的神情。

这个女人名叫小娟，三阶水系圣徒，不同于高燕的明艳和楚千寻的飒爽，她有着一张传统意义上的女性柔媚的面孔，加上生活作风也比较开放，在这栋筒子楼里拥有着为数众多的追求者。

早些时候，小娟看上了住在楼里的林胜，为了拿下那个男人，她甚至多次在夜里主动潜入那个男人的房间。

想不到人类的劣根性在林胜身上表现得尤为突出，轻易到手的反而不珍惜，吃着碗里的小娟，看着锅里的千寻。

等到楚千寻成功越过四阶，那个男人更是急不可耐地甩开了小娟，一心追求楚千寻去了。此事让小娟大大地丢了颜面，更让她义愤难平的是，楚千寻根本还看不上林胜那个男人。

今日小娟挽着的是红狼佣兵团的一位小队长，人称老郑，六阶金属系圣徒。虽然他的年纪略微大了些，但毕竟等阶高，还是兵团内每月有工资可领的正式队长。

小娟自我感觉手里挽着个含金量十足的男人，总算赢了楚千寻一头，所以路过的时候鼻子不是鼻子，眼睛不是眼睛地瞥了她一眼，高抬着下巴往内走。

"等一下，这不是千寻吗？"小娟身边的老郑却突然停下脚步，热情洋溢地向楚千寻打招呼。

楚千寻有些疑惑不解，虽然他们都是红狼的成员，但她和这位小队长从未有过任何接触，交情仅限于知道有这么个人的程度。

"郑队？"

"欸，千寻。我这两日一直想找你，总是没碰上。"

老郑头发斑白，已经是年过五旬的男人了，手里挽着年纪轻轻的小娟和他人说话，丝毫没有不好意思的样子。

"你们王队前几日不幸离开了。我是想问问你，想不想到我们队里来？"

"是这事啊，这事我听团长的安排。"楚千寻笑着回答，却没明确接受他的邀请。

他还想再努力一下，小娟扯了扯他的衣角，嘟着嘴娇嗲道："这种事回头再说，先回人家屋里去吧，人家准备的早餐都要凉了。"

老郑一把甩开她的手，冷下脸呵斥："你男人在说正经事，你插什么嘴！"随后，他又转过脸对着楚千寻笑眯眯地道，"还没调教好，不懂事，让你们见笑了。"

被甩到一旁的小娟不敢说话，攥着衣角，脸色一阵青一阵白。

老郑和千寻说话，没有半分对待小娟时的那种轻佻模样。他看着楚千寻的眼神热切，不是男人看女人的样子，而是一位队长看到想要拉拢的人才的模样。

他是把楚千寻当作一个和自己平等的人来对待，却把她小娟当作可以随意发泄的工具。

小娟攥紧了自己的手，身躯微微颤抖。男人们对她的态度，她已经习惯，让她不能接受的是，一个和她一样的女人却能得到男人完全不同的待遇。

走出基地大门的时候，高燕还在笑："你看你，把娟子气得都发抖了。"

楚千寻抽出手中的刀，向着眼前破败不堪的废墟走去。

"每个人都有选择走哪条道路的权利，有些人愿意把自己的人

265

生寄托在别人的身上,将自己的路越走越窄,也怨不了别人。"

她的刀光一闪,边向前走,边说出了这句话。

高燕看着那个踩着荒草,毫不犹豫地深入战场的背影,突然就觉得自己也想追上去,像千寻那样活得充实而洒脱,不依靠他人,自己主宰属于自己的人生,过自己想过的生活。

……

晚上,在远离此地的一处废墟中,一只浑身漆黑的魔物站在坍塌了大半的建筑楼梯上。

它的个子并不高大,和普通人类男性的外形类似,身材紧实,肌肉发达,只是全身肌肤呈现一种暗淡无光的哑黑色,额头中央长了一根长长的尖角,眼神冰凉,毫无情感波澜。

相比起那些动辄数层楼高的魔物来说,这只魔物算得上小巧,没有什么震慑力。

但此刻,它的周边埋伏着麒麟佣兵团内几乎所有的高手,人人紧绷着神经,凝视眼前通体漆黑的魔物,不敢露出一丝懈怠。

"团长,恐怕不行,天成眼看撑不住了,兄弟们的异能也耗得差不多了。"一位队员忍不住向他身边的辛自明开口。

麒麟的团长辛自明神色凝重,他看着眼前的战况,心中反复盘算。兵团内最强大的防御性战士虞天成挡在魔物面前,已经伤痕累累,不可能再撑得住多久。他们精心策划多时,终于围困住眼前这只十阶魔物,付出了沉重的代价,才打到如今这个程度,难道最终还是不得不半途而废吗?

"愚蠢的人类,就凭你们这样的蝼蚁,还没有资格妄求吾之魔种。"魔物低沉而诡异的声音响起。它的身躯发出咯咯的响声,生长出尖锐的刺和鳞甲。

"不好,这才是它真正的狂化模式。虞天成,退!"辛自明大喝一声。

虞天成应声而退,勘堪躲过了魔种的强悍一击。

进入狂化状态的魔物速度快了接近一倍,想要抽身回避的虞天成被它紧紧追击,接连负伤,无从脱身。

四周的队员全力施展异能支援,魅影般的魔物在战场上横冲直撞,短短几个呼吸之间,便收割了数条性命,重伤数人。

战斗进入最为凶险的时刻。

战场边缘却突然传来一声轻轻的冷笑。

这道笑声并没有刻意拔高,但战场上所有的人清晰地听见了。

他们抬起头,看见不远处一栋爬满藤蔓的高楼顶上,不知何时悄无声息地坐着一个男人。那个男人背对着明月,长腿悠然地悬在空中,一只手支着下颌,居高临下地看着战场,微微卷曲的短发在夜风中轻摇,露出了那张令所有人毛骨悚然的面孔。

"老天,是人魔,人魔叶裴天。"

辛自明抬着头看着那个坐在楼顶上的男人,心里凉了一片。

凶名在外的人魔叶裴天,好整以暇地坐在高处,饶有兴致地低头看着脚下的战斗,从他的那张面孔上看不出他的真正情绪。

那个魔王的衣领敞开着,露出的脖子上空无一物,辛自明锁在他脖子上的束魔锁早已消失不见。

辛自明设计魔器的天赋,被公认为处于大师级水平,经其手出品的魔器,无一不是高阶圣徒趋之若鹜的精品。他对自己设计的魔器向来很有自信,当初他用来限制叶裴天行动的束魔锁,动用了十阶魔躯打造,他不认为有什么人能够轻易解开那个枷锁。

他在这一刻突然想起了关于叶裴天的传闻,听说即便砍断这个男人的手脚,切下他的头颅,这个魔鬼一样的男人还是能够恢复如初。这个男人会长出新的手脚、新的头颅,从地狱中再爬回来找敌人报仇。

想到这样惨烈的情形，辛自明心底一阵发毛，他不知道叶裴天会采取什么样的行动来报复他们。

在这样战况胶着的关键时刻，这位黄沙帝王只要随意抬一抬手，对他麒麟的队员来说，无异于灭顶之灾。

为了围剿这只强大又极为罕见的十阶魔物，麒麟佣兵团尝试了好几次，每一次都以失败告终。

这一次行动之前，辛自明制订了详细的计划，做了充分的准备，几乎调动了麒麟全部高阶战力。为了防止被他人干扰，他还在战场附近安排了充足的哨岗和防御。

但即便防得住其他人，在如今这个世界上，又有几个人能防得住人魔叶裴天的突袭？

战场上的魔物已经进入了狂化状态，速度和力量都达到了恐怖的程度，它在战场上化为黑色的魅影，横冲直撞。挡住它的防御型战士虞天成浑身是伤，却不敢后退半步。他清楚地知道，以这只魔物强横的攻击能力和速度，他只要一退后，身后那些防御能力低下的战友基本是被碰一下就死。他手中持盾，而他本人才是整个队伍最强的盾。

到了这样的时刻，魔物对他们的恨意已深，他们哪怕只是想要脱身撤离，都很难办到。

前有强敌，难以脱身，后有人魔，虎视眈眈。

即便是一向冷静自持的辛自明，后背都流下了冷汗。

战况惨烈，辛自明却没有把视线放在战场上，他只是死死地盯着坐在屋顶上的叶裴天。

在场的所有人中，只有同为九阶的他自己和叶裴天有一拼之力，若是叶裴天出手，也只能由他负责阻拦。但实际上，他心底很清楚，他也拦不住叶裴天。

额头的冷汗顺着眼镜边缘滴落，可是叶裴天始终没有动，他只是支着下颌，神色淡漠地看着眼前的一切。

辛自明知道，叶裴天的目标不仅是自己，还有眼前这只十阶的魔物。

他耗费了无数心思，对这只魔物围追堵截，为的是得到十阶魔种，给自己将来进阶十阶做好准备。而同为九阶的叶裴天又何尝不需要十阶魔种呢？

战场上突生异变，站在最前面的虞天成，因为叶裴天的出现分了一点心，被横冲过来的魔物一角顶穿了腹部。

"救人！"

"二梯队上前顶住！"

辛自明的呼喊声中，麒麟的队员们拿出牺牲精神和高度的配合默契，勉强从魔物的长角下抢回他们奄奄一息的"最强的盾"。缺少了强大的防御型战士，魔物如入无人之境，短短一瞬之间就重伤了数人，一位火系圣徒被它两爪分别抓住脖子和双腿，高举在空中，下一刻就面临着生生被分尸的命运。

这一刻，一缕黄沙锁住了魔物的手腕，以强横的力道将它向后拉了一步。

火系圣徒借机从魔物的手中滚落，险险逃过一劫。他的脖子上还残留着被冰凉的魔爪勒住的触感，吓得差一点魂飞魄散。

但空中那缕黄沙没有持续多久，已经迅速散去，魔物漆黑的利爪再度凌空向他抓来。他不得不拼尽全力施展异能，燃起熊熊烈焰对抗近到眼前的危机。

叶裴天行动了，麒麟的所有队员都发现一直坐在屋顶上的那个男人行动了。

虽然他不过是坐在屋顶上，轻轻动了动手指，但地面上的黄沙已经如黄龙一般滚滚流动起来。

黄沙竟然为他们挡住了来自魔物最为致命的那些攻击，但他也仅仅做到如此地步。他既不参与战斗，也不给任何人脱离战斗的机会。

魔物的速度很快，它面容冷峻，长角锋利，黑色的身影不停地闪现在战场的不同角落，在场的大部分人无法捕捉到它行动的轨迹。

万幸的是，一道道坚实的黄沙屏障总能及时出现，恰到好处地挡住了那些致命的攻击，使得防御力低下的远攻型圣徒有机会在仓皇中施展异能，同这只强大的十阶魔物相抗争。

这里的许多战士，都曾经在辛自明的带领下同叶裴天交过手。

那时候叶裴天是一位极其恐怖的敌人。这一刻，他们突然发现人魔叶裴天是站在自己一方的同伴的时候，觉得他简直是太可靠了。

"兄弟们的异能都快耗尽了，叶裴天这是耍着我们玩，让我们拼死拼活挡在前面。最后他一翻脸，再杀了我们，抢夺魔种。"满脸是血的阿凯从前线跑回来，"团副，你们先撤，我带几个兄弟在这里顶住。"

辛自明看着还在战场上殊死搏斗的兄弟，看着腹部被贯穿伤，已经濒临死亡的虞天成。

然后，他又抬头看着坐在屋顶上的黄沙帝王叶裴天，自己曾经和这个男人有过两次交手，这个男人和传说中嗜血的人魔并不相同。

如果此刻他带着人撤退，意味着留在战场上的这些兄弟的生命被舍弃在了这里。如果他留下来战斗，即便他不要魔种，叶裴天也许依旧会在得到魔种之后对他们大开杀戒。

他必须在这个时候做出正确的决定，团队成员的生死就取决于他的决定。

……

魔物的身躯，终于在漫天沙尘中倒下。

疲惫的战士们却体会不到胜利的喜悦，他们的战斗或许还没有结束，他们即将面对的是比魔物还更恐怖的敌人。他们警惕地缓缓退到辛自明的身边，和高楼上那个孤傲的身影形成泾渭分明的对峙。

那个男人从屋顶上跃下，一缕黄沙卷起了魔物的尸体，当着所有人的面把他们历尽千辛万苦才打下来的漆黑魔躯拉到了他的身边。

略微有些消瘦的高挑身影从昏暗的飞沙走石中穿行出来，露出了一张年轻而柔和的面孔，但伴随着狂乱的风沙和凌空悬浮在他身侧的漆黑魔躯，那张面孔几乎让在场的所有人都下意识地后退了半步。

叶裴天抽出一柄长刀，蓝色的刀光闪动，魔物黑色的长角、坚硬的甲胄纷纷掉落。一颗浑圆的绿色魔种，被他接在手中。

看着叶裴天当着自己的面抛接那颗绿莹莹的珍贵魔种，麒麟佣兵团的所有战士都恨得牙痒痒，心底升起一股浓重的憋屈感。他们为了这颗魔种，不知耗费了多少精力，流了血，出了汗，最终却是为他人作嫁衣。

最令人郁闷的是，他们还拿眼前的这个男人无可奈何。

"我找你有些事。"叶裴天理所当然地把那颗魔种收入自己的口袋，抬头看向辛自明。

辛自明绷紧神经，如临大敌。

作为已知人类中顶尖的精神系圣徒，他的精神力敏锐地感知到这天的叶裴天似乎比以往更为强大。这个男人的精神状态不像从前那样凶狠、暴戾，充满不安定的狂躁，反而沉稳、内敛，平静了起来。

这对辛自明来说是一个很不好的消息，这意味着他更加难以在精神领域打败这个对手。

"这些，"叶裴天把那哑黑色的十阶魔躯往前一推，"想麻烦你做一副贴身软甲和一副双刀。"

"剩下的可以随你处置。"他的口气听起来十分随和、大方。

如今已知的最高阶的魔物为十阶，数量极为稀少。即便是像辛自明这样的大师级魔器设计师，把剩余的魔躯送给他制作魔器，也算得上是一位大方的雇主了，如果这些魔躯不是他们麒麟佣兵团自己亲手打下来的话。

辛自明身后的战士们几乎都忍不住要出声嘲讽,但辛自明伸手阻止了他们。

"这里的材料,完全够做一副坚实的硬甲。"他甚至接过了叶裴天的话头,从专业的角度提出了建议。

魔器中的软甲,默认为贴身穿戴,只能保护要害部位,是不影响战斗中活动的内甲。如果要讲究防御能力,还是可以防护住全身关节的传统外穿铠甲更为有效。

以如今的情况,叶裴天对他能够有所求,是一件令他高兴的事。他敏锐地意识到这意味着叶裴天会放过麒麟的队员,甚至于他还有一点和对方谈判的空间。

"不必了,只需要一套软甲。轻薄一些,不要太厚重。"叶裴天说这句话的时候,神色似乎都温柔了起来,好像想起了什么让他欣喜的东西。

"我可以为你打造这些,但我有一个要求。"辛自明小心翼翼地说。

"你没有和我提要求的资格。"

"我只想,请你救他一命。是请求,请求你这么做。"

辛自明指着躺在地上的虞天成,这位战士的腹部被魔物洞穿了一个巨大的口子。尽管几位治愈系圣徒正围在他的身边拼命为他治疗,但他的口鼻中不停地向外流出大量的鲜血,面色逐渐灰白,眼看着就活不成了。

"只要你救活他,你想要的魔器,我都给你做,全力给你做到最好。"辛自明说出了自己的保证,他不想失去这位战友。

曾经他失去了麒麟佣兵团内最强的盾,也就是一手创建麒麟佣兵团的团长封成钰。这种体验,他不想再经历一次。

也许是心情过于迫切,使得他甚至开口向眼前的敌人求助。

叶裴天看了他半晌,身影出现在虞天成的身边,下一刻,他弯腰提起虞天成，转身消失在黄沙中，昏暗的飞沙中传来了一句话：

"拿做好的魔器到沙漠来找我换这个人。"

……

白马镇的西巷内，老郭的铁匠铺内依旧响着叮叮当当的敲击声。

一个小女孩坐在他的工作台边，睁着一双明亮的眼睛，托着腮帮，看他打造魔器。

"伯伯，那位哥哥再也不来了吗？他治好了我的眼睛，我很想当面和他道个谢。"

老郭伸出手指，竖在自己的嘴前："嘘，花花，你要知道，那个哥哥的身份只能我们三个人知道，一定不能在其他任何人面前提起。"

"我知道了，我哥哥也是这么说。以后我不提他就是了。"她沮丧地低下头，不多时，她又甜甜地笑了，抬起头大声说，"但我可以在心里想念他。我希望他能够知道，不论他是谁，我永远都会记着他，我永远都会在心里感谢着这位哥哥的。"

"行了，行了，他会知道的，玩去吧。"老郭用黑漆漆的手摸了摸小女孩的头顶，把她赶回院子里去了。

一道身影从铁匠铺里间走了出来，在老郭的身边默默坐下。

"听见没？人家小姑娘心里一直念着你的好。"老郭头也不抬。

那个人戴着一副银色的遮目，看不清神情，他伸手握拳挡在嘴前轻轻咳了一声，语气中带上了一丝不易察觉的高兴。

"能改得出来吗？要确保不被别人看出原貌。"他说。

"你可真会给我出难题啊。十阶的魔器，别人炫耀都来不及，你非要给它改头换面。"老郭口中抱怨着，眼里却闪着兴奋的光。

他额头见汗，施展异能，将悬停在空中溶解为一团的普通魔躯，一丝丝小心谨慎地覆盖在工作台上那形态不凡的黑色双刀上，使那华彩流动的刀刃逐渐变得普通而不起眼。

"放心吧，尽管打造这个魔器的是一位顶级大师，但我老郭也不差的，我一定把它改造得连制作者都认不出来。"

……

春城内的筒子楼里。

楚千寻和高燕端着刷好的碗筷，一起往屋里走。

"林非到底去哪里了，这么多天也没回来，你不会让他跑了吧？"高燕吃了好几天的白水泡馍，开始想念叶裴天的手艺。

楚千寻看了一眼屋子对面那道紧闭的房门，那个人还没有回来。

她和叶裴天相处了只有月余的时间，在他离开的这短短数日里，自己竟然就觉得十分不习惯。白日里频繁的凶险战斗使得她无暇多虑，但一到夜间，她的心就被一股不知道什么样的滋味给堵住了，总是辗转反侧，难以入眠。

"到底去哪了呢，还不回来？"楚千寻躺在床上，看着窗外疏朗的星空，有生以来第一次尝到了所谓相思的苦涩。

夜半时分，更深露重。

睡梦中的楚千寻被窗户外传来的轻轻的敲击声吵醒，她揉了揉眼，从床榻上爬起身来打开窗。

叶裴天披着夜色，从窗外一下翻进来。

楚千寻抑郁了几日的心，瞬间就晴朗了。

"半夜三更，干吗不走门，要从窗户进来？"她这句抱怨的话，是笑着说出口的。

叶裴天的头发上沾着露水，胸膛起伏，微微喘息着，眼里却盛着细碎的星辉，看着她，不说话。

楚千寻知道他肯定跑了很远的路，他的体力，她很清楚，能够让他累到喘气，想来是奔跑了一整夜，接近黎明时分，才回到这里。

他甚至连楼梯都等不及走，直接从窗口跃了上来。

楚千寻找了一条大毛巾，让叶裴天坐在床沿，自己坐在他身边擦他那湿漉漉的头发："去哪了，去了这么多天？干吗跑得这么急？"

那个男人突然伸出手,绕过她的腰,一下把她揽进怀里。

"我好想你,千寻。"他说,"好想你。四天又二十个小时。"

他把脑袋埋在楚千寻的肩窝上,轻声诉说着自己的思念,反复着,一遍遍地来说着。

那声音渐渐低沉,枕在她肩上的那个男人,慢慢垂下手,就这样睡着了。

她小心地扶他躺下,让他的头枕着枕头,把他的双腿搬上床。这些动作,都没有让这个素来警觉的男人醒过来。

楚千寻弯下腰摸了摸叶裴天冰凉的脸,在冬季的夜晚跑了很长的路,他的面色被冻得发白,眼下有着淡淡的黑影。

这么多天的时间,他或许都没有好好休息过一晚,以至于一回到她的身边就放松下来,立刻陷入了这样深沉的睡眠。此刻,他侧卧在床上,微微张着嘴,睡得正香,那只骨节分明的手,恰巧攥住了她的衣角,仿佛抓住了什么让他安心的东西,一直没有松开。

不忍心唤醒他,楚千寻叹了口气,凑合着挤在床边躺下,扯过薄被盖在了他的身上。

第二十二章

叶裴天醒来的时候，发现自己躺在一张陌生的床上——陌生的床单，陌生的枕头，但身边有一个熟悉的人。

他不知道自己有多久没有睡觉了，自从离开千寻，回到沙漠中的城堡，他就发觉自己再也受不了那种充满着往日种种回忆的寂静环境。独自一人在沙漠中的夜晚，他夜夜被强烈的思念烧灼着，难以入眠。

凌晨赶回这里，闻到那个熟悉的味道，听见那个让他安心的声音，他整个人才瞬间松懈下来。他甚至记不清自己是什么时候睡着的。

门外响起了敲门声，身边的人动了动，爬起身来摸了摸他的脑袋，扯起柔软的被子，把他整个人遮住了。

"你别管，继续睡。"那个人这样说。

叶裴天睁开眼睛，阳光透过眼前的被子，让他可以清晰地看见细细密密的棉布纹理。这床薄被怎么那么软，贴着肌肤的触感让他舒适而眷念。他在狭小又令人安心的空间里蜷缩起身体，不想理睬外面的任何事。

"千寻,今天不去猎魔了吗?"

"不去了,燕姐,今天我休息一天。"

门口传来高燕和楚千寻的对话。

叶裴天才后知后觉地清醒过来,知道了自己所在之处。

他竟然在千寻的屋子里,睡在了她的床上!

屋子的门开着,高燕就站在门口,尽管千寻伸手抓着门板,堵在门口挡住了她,躺在被窝里的叶裴天还是瞬间涨红了脸,掩耳盗铃地把露在被子外的脚趾和脑袋往被子里躲。

楚千寻的房间很小,从门口可以把里面看得一清二楚。

高燕一眼看见了床上鼓鼓的被子和那个正往被子里缩的毛茸茸的脑袋。她咬着嘴唇斜了楚千寻一眼,楚千寻脸皮比较厚,嘻嘻哈哈地把她送出去,关上了门,将清晨院子里的那些喧嚣声关在了屋外。

她回过身,掀开了棉被,看见了那颗耳朵尖泛着红色,整个埋在枕头里的脑袋,不禁觉得好笑。

"你才睡了几个小时,继续睡一会,我去搞一点吃的东西。"

楚千寻说完准备离开,一只手从被窝中伸出来,拉住了她的手。叶裴天的脑袋顶在棉被上,抬眼看着她。

他刚睡醒的样子有些迷蒙,纤细的睫毛颤了颤,没有说话,拉着楚千寻不放手。

他肯定不好意思把这种话说出口,但楚千寻就是明白了——他希望自己留在他身边陪他一会儿。

叶裴天离开了四天多,星夜归来,带回来了一副黑色的双刀。惯于使用单手武器的他,带回来的双刀是为谁准备的不言而喻。

因为楚千寻在战斗中受了点伤,这个男人就这样地把这件事放在心上,一言不发地奔忙了四天多,把自己累成这个样子,就是为了给她弄到一副称手的武器。

楚千寻的心里有一点暖，又有一点酸涩。

这么多年了，她已经习惯独自一人行走在风雪中，几乎已经忘记了那种被他人关怀、被他人照顾的感觉。这种感觉原来是这样美好，使她已经荒芜又冰冷的心池里重新注满温泉。

她突然觉得自己对叶裴天的付出其实十分有限，而这个男人却在用全身心的热情回报着自己。

真应该再宠他一点。楚千寻这样想着。

她伸手掀开被子，靠着叶裴天在床沿躺下。

"睡吧，我陪你一会儿。"两只手在温暖的棉被中交握在了一起。

叶裴天把脑袋靠近了那个全世界最令他安心的人，很快重新闭上了眼。

睡梦中，一只柔软的手伸了过来，把他圈进一个温暖的怀抱。他忍不住蜷缩起身体，在半睡半醒间一再地靠向那份温暖。

"千寻，千寻。"他在梦里轻唤那个人的名字。

迷迷糊糊之间，那人在他的额头落下了温柔的吻，伸手缓缓地拍着他的后背。

周身紧绷的肌肉放松了，心中的防线溃散了，叶裴天整个人沉浸在这份令他眷念的温柔里，陷入了安心的沉睡。

……

麒麟基地内，佣兵团的成员们挤在一起，看着躺在病床上的虞天成，有些不太敢相信眼前的事实。

虞天成的脸色苍白，身体虚弱，但和数日前那副腹部被开了一个大洞、吐血不止的模样相比，不知好了多少倍，总算是令人欣喜地捡回了一条命。他腹部那个夸张的血洞神奇地愈合了，还被人用白色的绷带紧紧地包扎了一遍。

"我现在还不敢相信这是真的，那个叶裴天就这样把天成给治好了？我之前总以为他肯定有什么阴谋。"一位年轻的队员这样说。

"我也是，跟着团副去他那座城堡里用魔器换人的时候，我都做好送死的准备了，谁知道最后啥也没发生。人家拿了魔器，就把我们赶出来了，白白让我紧张得半死。"火系圣徒阿凯感慨。

"凯哥，快和我们说说，那座黄沙城堡长啥样？是不是既阴森又恐怖？"

"瞎扯什么呢，我说你们真应该跟着一起去看看。人家可是黄沙帝王，那城堡既恢宏又气派，那么大一座城堡，就住着他一个人。他今天睡这间房，明天睡那间房，一年到头都可以不重样。城堡内的地板，全是用黄金铺的，墙壁上到处镶嵌着明晃晃的夜明珠……"

躺在床上的虞天成轻轻咳了两声，阻止了阿凯不着边际的胡言乱语。

"人人都说叶裘天是一个冷漠的杀人狂魔。"虞天成的声音虚弱，但精神兴奋，忍不住和战友们说起被囚禁在黄沙城堡中的见闻，"和他接触过之后，我才发现，这些可能都是偏见。"

他在传说中的魔窟中待了几日，终于回到了伙伴身边，有了种劫后余生的幸福感。

"天成，那个叶裘天真的没有为难你，还用，用他的……给你治疗？"

虞天成垂下眼睫，默认了这个说法："他的血，能够让人起死回生。这才是导致他被迫成魔的原因。"

麒麟的规模不大，几乎就等同于麒麟佣兵团的兵团驻地。

基地内，有一片占地广阔的墓地，那些密密麻麻的墓碑下，埋葬着这些年来麒麟佣兵团牺牲了的成员。

辛自明独自站在一块墓碑前，手中捧着一束鲜花。

埋葬在这里的是麒麟真正的团长，也是他的至交好友。

魔种降临的初期，团队内所有人的等阶都还不高，他们在团长封成钰的带领下，到基地附近的葫芦镇猎魔。那一次他们遇到了一个心术不正的速度系圣徒。在那个男人痛哭流涕的苦苦哀求之下，辛自明一时心软，没有痛下杀手，只是将他远远驱逐。

随后他们意外地在镇子深处发现了一只人马形的高阶堕落者。经过了一场极其艰难的战斗，全队人员精疲力竭，伤痕累累，即将取胜的时候，那个被他放走的速度系圣徒却引来了大批魔物。

他引来大量魔物，企图害死这些无冤无仇的同类，不过只是为了争夺那颗罕见的魔种。

辛自明伫立在墓碑前，摸了摸挂在脖子上的黑色鳞片。

他回想起了最后的时刻，在那个绝望的时刻，面对着蜂拥而来的魔物，团长封成钰将他和两名重伤的队员塞进了一道狭窄的缝隙中，自己施展异能将全身鳞甲化，堵在了缝隙的入口处。

"自明，以后兄弟们就交给你了，团长不好当，辛苦……你了。"

这是封成钰对他说的最后一句话，那个男人在死后都没有消散异能，用他覆着黑色鳞甲的血肉之躯，硬是为他们辟出了小小的一块生存空间。

叶裴天出现在战场边缘的时候，辛自明一度以为自己要再经历一次魔种被抢夺、同伴被杀死的悲愤。但想不到那个人人口中的魔鬼，却比那些自称为圣徒的道貌岸然之辈好得多。自己曾经数次为难于他，但他反而毫不介意地抬手放过自己。

"团长，自你走了以后，我已经不再对人性抱有希望。想不到反而是那位人魔，让我看到一点你曾经的影子。

"如果他不是不死之身，像你们这种类型的傻子，在这样的时代想必都活不了多久吧。"

辛自明弯下腰把手中的鲜花放在了墓碑前的祭台上。

……

叶裴天这一觉睡到了日上三竿，楚千寻做了一桌子的饭菜，把他从甜睡中摇醒。

他头发凌乱地从被窝中钻出来，还来不及局促，楚千寻就弯腰撩起了他的额发，给了他一个早安吻。

"肚子饿不饿？起来吃点东西。"

数日的奔波辛劳，相思之苦，统统沉淀在这一刻，化为美酒，灌进了叶裴天的五脏六腑，使他有些陶然迷醉。

他下了床，打开自己的背包，取出了一副用细细的黑色鳞甲打造成的贴身软甲，连带那副哑黑色的双刀，捧到心上人的面前。

"真的是给我的？"楚千寻笑着接过来，唰的一声抽出刀。

哑黑色的刀身颜色暗淡，造型简约，看上去毫不起眼，不像是用什么高阶魔躯锻造的武器。但楚千寻将它们握在手中，却隐隐能够察觉手中魔器蕴含着一股蠢蠢欲动的强大力量。

软甲摸起来轻薄又灵巧，一片片黑色的鳞甲紧密地排列在一起，贴身穿戴的时候，可以护住身体的要害部位，并丝毫不会影响佩戴者的行动。

楚千寻的指端发出凌厉的风刃，破空发出细细的轻响，在甲片上弹了一下，飞出窗外，削断了远处一棵大树的树冠。但她低头细看手中暗淡无光的甲片时，却看不出一丝损伤的痕迹。

楚千寻心中暗暗吃惊，她的手指在黑色的刀锋上轻轻试了试，暗淡无光的薄刃却无声无息地割破了她的肌肤。

一滴血珠滚落在刀身上，被黑色的刀身吸收了进去。

"这么锋利？到底是用几阶魔躯打造的？"楚千寻诧异地看了看被割伤之后就流血不止的手指，她是五阶圣徒，肌肤的强韧度并非普通人类可比，什么样的武器竟能在轻轻触摸之际，就划伤了她的手指，实在是令她有些意外。

叶裴天将她的手指拉过来，放进了自己的口中含着。

"十阶魔物，自带流血效果，你用的时候要小心一点。"他含混不清地说话。

春城最强的圣徒江小杰眼下处于八阶,是全城仅有的一位八阶圣徒。

人类已知最高的等阶九阶,数量极为稀少。叶裴天却给她弄来了由十阶魔躯打造的武器和防具。

楚千寻突然有了一种"自己并非捡到了一个没人要的小可怜,而是傍上了某位大款"的不真实感。